Aus Freude am Lesen

btb

Buch

Bo heißt eigentlich Beaudoin und ist achtundzwanzig Jahre alt. Schön ist sein Leben noch nie gewesen – oder eher ihr Leben, denn Bo ist Transvestit und wünscht sich nichts sehnlicher, als eine Frau zu sein. Als Kind von ihrem Vater misshandelt und nach dem Selbstmord der Mutter in der Obhut der Großmutter aufgewachsen, hatte Bo nichts zu lachen. Und auch jetzt, als sie nach längerer Abwesenheit in die Gemeinschaft des Rotlichtmilieus von Nizza zurückkehrt, stehen die Dinge für sie nicht zum Besten: Da ist zum einen der zwielichtige Johnny, der Mann, dem Bo mit Leidenschaft ergeben ist, ohne jemals auf Gegenliebe von ihm hoffen zu können. Aber viel schlimmer noch ist, dass sich genau zu diesem Zeitpunkt eine Serie von grausamen Frauenmorden ereignet hat, mit denen Bo alsbald in Verbindung gebracht wird. Und als man auch noch entdeckt, dass eines der Opfer ihren Namen mit Blut an die Wand geschrieben hat, beginnt für Bo ein verzweifelter Kampf – um ihre eigene Unschuld zu beweisen und herauszufinden, wer der mysteriöse Mörder wirklich ist …

Autorin

Brigitte Aubert, 1956 geboren, zählt zu den profiliertesten Krimiautorinnen Frankreichs. Sie schreibt neben Romanen auch Drehbücher und ist Produzentin der erfolgreichen »Série noire«, einer Koproduktion von Gallimard und dem französischen Fernsehen TF1. 1996 wurde sie für »Im Dunkel der Wälder« mit dem französischen Krimipreis ausgezeichnet. Brigitte Aubert lebt heute in Cannes.

Außerdem von Brigitte Aubert bei btb:

Im Dunkel der Wälder. Roman (72163) · Die vier Söhne des Doktor March. Roman (72240) · Marthas Geheimnis. Roman (72341) · Karibisches Requiem. Roman (geb. 75016)

Brigitte Aubert

Sein anderes Gesicht

Roman

Aus dem Französischen
von Eliane Hagedorn und
Barbara Reitz

btb

Die französische Originalausgabe erschien unter
dem Titel »Transfixions« bei Édition du Seuil, Paris

Die Übersetzerinnen sind Mitglied des Kollektiv Druck-Reif.

Umwelthinweis:
Alle bedruckten Materialien dieses Taschenbuches
sind chlorfrei und umweltschonend.

btb Taschenbücher erscheinen im Goldmann Verlag,
einem Unternehmen der Verlagsgruppe Bertelsmann.

1. Auflage
Deutsche Erstveröffentlichung August 2000

Umschlaggestaltung: Design Team München
Umschlagmotiv: Photonica/The Special Photos
Satz: IBV Satz- und Datentechnik GmbH, Berlin
CN · Herstellung: Augustin Wiesbeck
Made in Germany
ISBN 3-442-72603-4
www.btb-verlag.de

Letzte Schatten wirft die Sonne
auf die Erde, rot wie Blut.
Und ich geh in Strass und Federn,
verkauf mein Fleisch, mein einzig Gut.

BOS LIED

Fais-moi mal, Johnny, Johnny,
emmène-moi au ciel,
fais-moi mal, Johnny, Johnny,
j'aime l'amour qui fait boum!

BORIS VIAN

KAPITEL 1

»Johnny, kann ich mitkommen?«

»Hau ab.«

»Bitte, nimm mich mit!«

Er seufzt und sieht mich an, als wäre ich der letzte Dreck. Ich möchte über seine unrasierten Wangen streichen, aber ich weiß, wenn ich die Hand nach ihm ausstrecke, wird er mich schlagen.

»Johnny, nur eine Stunde oder zwei, dann setzt du mich ab, wo du willst.«

»Verflucht noch mal, Bo! Hast du nichts anderes zu tun?!«

Seufzend öffnet er die Wagentür. Ich schmiege mich in den Sitz, halte mich am Türgriff fest und stütze mich mit meinen Luftkissenturnschuhen am Armaturenbrett ab. Der Toyota fährt mit quietschenden Reifen an. Ich atme den Geruch seines Wagens ein – Johnnys Geruch: Aftershave, Zigaretten, Leder, Cheeseburger, Metall.

Johnny fährt schweigend. Aus den Augenwinkeln sehe ich ihn an. Gerne würde ich mit meinen rot lackierten Nägeln über seinen geraden Nasenrücken fahren, über die dunklen Ringe unter seinen hellen Augen, ich möchte die tiefen Falten um seinen vollen Mund auslöschen, durch sein blondes, kurz geschnittenes Haar streichen. Johnny. Im Geist flüstere ich seinen Namen: Johnny, Johnny …

Er streckt die Hand zum Radio aus, ein mit hellem Flaum

überzogenes Handgelenk, lange, schlanke Pianistenfinger, die jetzt auf den Knopf drücken, dann dröhnt diese widerwärtige Musik von Metallica durch den Wagen. Er dreht den Ton lauter.

Ich hasse Hardrock. Ich hasse Lärm. Ich möchte am Meer entlangfahren und Erroll Garner hören. Er fährt über die Schnellstraße, die an der Bahnlinie entlang und mitten durchs Industriegebiet führt. Superromantisch. Er bremst, und wir kommen in der Nähe einer Bushaltestelle zum Stehen. Johnny kurbelt die Scheibe runter. Dieses Miststück Ida mit dem dicken Hintern kommt angewackelt. Ich bete, dass Johnny nur hergekommen ist, um Stoff zu besorgen. Er wedelt mit einem Geldschein herum. Sie beugt sich zu ihm hinunter, nimmt den Schein und reicht ihm einen Beutel. Er tätschelt ihr die Wange, vielleicht etwas zu fest. Wir fahren weiter.

Wir halten auf dem Parkplatz eines Einkaufszentrums. Er zieht seine Linie, während ich aufpasse. Mir bietet er nichts an. Er wartet, dass ich frage. Ich werde nicht fragen. Er schnieft mit einem widerwärtigen kleinen Lächeln und schiebt die Zunge zwischen die Lippen. Ich wende den Kopf ab. Er packt mich bei den Haaren, ich widersetze mich absichtlich, er zieht noch heftiger, ich widersetze mich noch mehr. Er legt die Lippen an mein Ohr, ich erschaudere.

»Weißt du was, Bo?«, sagt er. »Ich glaube, du wirst aussteigen.«

»Nein, bitte.«

»Ich glaube, du wirst aussteigen und zu den Typen da hinten gehen.«

Er drückt den ausgestreckten Zeigefinger an meine Wange und zwingt mich, den Kopf zu drehen. Neben einem blauweiß gestrichenen Lagerschuppen steht eine Gruppe Halbstarker, um sich herum haben sie ihre Mofas aufgebaut, hinter denen sie sich verschanzen wie einst die Pioniere hinter ihren Wagen. Der Widerhall ihrer großen Ghettoblaster und ihres albernen Gelächters dringt zu uns herüber.

»Du wirst sie für mich um eine Zigarette bitten.«

»Johnny! Die machen mich fertig.«

»Willst du den Abend mit mir verbringen? Willst du?«

Er öffnet die Tür und stößt mich hinaus. Ich falle auf die Knie. Die Jungen drehen sich um. Einer ruft mir zu:

»He, komm her, Kleine.«

Johnny zündet sich in aller Seelenruhe eine Zigarette an. Er hat eine Knarre im Handschuhfach, eine Pistole. Mit der Hand scheucht er mich in ihre Richtung. Ich stehe auf, zupfe mein ausgeschnittenes T-Shirt unter der Jeansjacke zurecht und bewege mich mit wiegenden Hüften auf sie zu. Die Jungs kichern. Das lange braune Haar fällt mir ins Gesicht, ich werfe es mit einer Bewegung zurück, die Johnny rasend macht.

Jetzt bin ich ganz in der Nähe der Gören: vierzehn bis sechzehn Jahre alt sind sie, ein Alter, in dem blinde Leidenschaft jegliches Mitgefühl auslöscht. Ich sehe ihre erheiterten Mienen, sie sind voll wie die Haubitzen, stockbesoffen. Ein Geruch nach Leim, Ausdünstungen von Bier.

Ein kleiner Kerl von ungefähr sechzehn Jahren, die Arme, die an Baseballschläger erinnern, in die Hüften gestemmt, kommt auf mich zu. Sicherlich ihr Anführer.

»Na, was will die Kleine? Hat sie sich verlaufen?«, bellt ein großer Dunkelhaariger mit aknevernarbtem Gesicht.

Dummes Gelächter. Ich wende mich an den Mini-Chef, der mir gegenübersteht:

»Könnte ich bitte eine Zigarette haben?«

Angesichts solcher Kühnheit sprachlos, sehen sie sich an. Der Anführer kommt einen Schritt auf mich zu und lässt seinen Bizeps spielen. Er hat O-Beine wie ein Kind, das zu früh mit dem Laufen angefangen hat.

Er zieht ein zerdrücktes Päckchen Zigaretten aus der Gesäßtasche seiner Jeans, klopft eine heraus und schiebt sie mir unter dem Gefeixe der anderen zwischen die Lippen.

»Brauchst du auch Feuer?«

Dreckiges Gelächter.

»Ja, bitte …«, sage ich und befeuchte meine Lippen.

Das Gelächter erstirbt. Er fragt sich, ob das heute sein Glückstag ist. Unter den gespannten Blicken der ganzen Truppe zieht er sein Feuerzeug hervor und dreht mit dem Daumen das Rädchen. Verheißungsvoll schießt die Flamme empor. Er presst seinen Unterleib gegen meinen.

Ein leichter Stoß. Unsere Blicke begegnen sich. Ich sehe, wie sich seine Augen weiten, während er zurückspringt und schreit:

»Scheiße! Das gibt's doch nicht!«

Die anderen sehen ihn verständnislos an.

»Aber das ist ein *Kerl*!«

Rufe werden laut. Eine Bierdose scheppert auf den Boden. Wütend, weil er auf mich hereingefallen ist, packt er mich beim Revers meiner Jacke, lässt aber sofort angewidert wieder los.

»Was glaubste denn?«, schreit er und benetzt mich mit Speicheltröpfchen. »Hältst uns wohl für Schwuchteln, was? Ist es das?«

Ich sehe die Schweißperlen auf seiner Oberlippe, die Nasenlöcher, die sich weiten. Eine gewisse Erregung in seinen glasigen Augen. Ich sehe ihn an und antworte:

»Danke für die Zigarette …«

Ich weiß, was jetzt geschehen wird. Sie wissen, was jetzt geschehen wird. Er amüsiert sich wahrscheinlich köstlich in seinem Auto. Weil ich jetzt bestraft werde. Dafür bestraft, dass ich ihn liebe.

Ein eiserner Griff umschließt meinen Arm: Einer der Jungen zwingt mich niederzuknien. Ein anderer reißt meinen Kopf an den Haaren nach hinten. Ich protestiere nicht. Ich wehre mich nicht. Ein Dritter öffnet den Reißverschluss meiner Jeans und zieht sie herunter. Der Anblick meines roten Stringtangas löst hämisches Gekicher aus, Getuschel und Beleidigungen.. Ungeschickte, brutale Hände reißen ihn mir vom Körper.

Geruch nach Schweiß, schlecht kontrollierter Erregung und Turnschuhen. Ich zähle sechs Paar mit Luftkissensohlen. Sie drängen sich um mich herum wie die Schweine um einen wohlgefüllten Trog. Ich knie halb nackt auf dem Parkplatz, aus dem Radio dröhnt ein Gangsta-Rap.

Der Anführer packt mich bei den Haaren.

»Sag, dass du ein Dreckstück bist! Sag, dass du kein Mann bist«, brüllt er.

Es ist immer dasselbe. Die Leute schreien entsetzt auf, wenn sie merken, dass ich ein Mann bin, und werfen mir sogleich vor, keiner zu sein.

»Ja, ich bin ein Miststück. Nein, ich bin kein Mann«, wiederhole ich gefügig, den Blick starr auf die Ölflecken auf seiner Jeans gerichtet.

Durch meine Passivität aufgebracht, ohrfeigt er mich heftig und schreit:

»Du willst uns provozieren, was? Du willst uns provozieren!«

Aus den Augenwinkeln vergewissere ich mich, dass sie nur Bierdosen dabei haben und keine Glasflaschen, ehe ich mit anmutigem Lächeln sage:

»Ich ficke deinen Vater, mein Kleiner!«

Tiefes Schweigen.

Das verbessert natürlich nicht gerade die Stimmung. Aber ich tue es für Johnny, der mich beobachtet.

In eben diesem Augenblick schlägt eine Autotür zu, und der Motor springt an. Johnny. Nein! Ich habe gehorcht. Nein! Der Toyota verschwindet.

Sogleich bricht der Sturm los. Schneewittchen und die

sechs Zwerge. Sie schlagen ungeschickt zu. Ich falle, werde wieder aufgehoben, man schleudert mich nach rechts, nach links, eine stumme Puppe. Fußtritte in den Rücken, in den Bauch, ich erbreche mich. Gott sei Dank sind es Amateure. Sie schlagen zu wie Kinder, und genau das sind sie auch. Ein letzter Fußtritt auf den Kopf, ich verliere das Bewusstsein.

Ich liege auf dem Zement in einer kalten Pfütze. Es stinkt nach Pisse, Öl und Bier. Langsam richte ich mich auf. Offenbar ist nichts gebrochen. Die Sonne geht auf, eine orangefarbene Scheibe hinter der Burgerking-Reklame. Ich rappele mich auf, schwanke, finde mein Gleichgewicht. Alles tut mir weh. Meine Jeans liegt zusammengeknüllt in einer Ecke, voller Kotze und anderem Zeug. Ich schüttele sie aus und ziehe sie an. Sie ist nass und kalt

Als ich mit der Hand durch mein Haar fahre, wird sie klebrig. Meine rote Perlenkette ist zerrissen, die Perlen sind auf dem Boden verstreut. Ich habe nur noch einen Ohrclip, der andere hat sein Ende unter einem aufgeregten Nike-Turnschuh gefunden.

Ich setzte mich in Bewegung, folge der gelben Linie auf dem Boden. Sie führt mich zu gläsernen Schiebetüren. Als ich mein Spiegelbild betrachte, stelle ich fest, dass ich Glück hatte: kein blaues Auge. Sie haben auf der Herzseite zugeschlagen – linke Augenbraue aufgeplatzt, großes Hämatom an der Schläfe, Unterlippe aufgesprungen. Der Boxer nach der Niederlage. Ich trete einen Schritt zurück, um mich ganz zu begutachten.

Ich bin achtundzwanzig Jahre alt. Ich heiße Bo. Mein volles dunkles Haar fällt in Locken bis zur Taille. Ich bin klein und schlank. Ich sehe aus wie ein Mädchen. Und ich liebe Johnny. Aber Johnny liebt mich nicht. Er liebt Mädchen, die nicht nur aussehen wie Mädchen.

Ich spucke mein Spiegelbild an und wende mich ab. Aus

einer Mülltonne ragt ein Pizzakarton. Ich finde eine Serviette und wische mir das Blut vom Gesicht. Vielleicht ist Johnny zu Hause und schläft? Vielleicht hat er zu viel Stoff genommen und ist krank? Vielleicht darf ich ihm einen Kaffee kochen?

Ich gehe in Richtung Bushaltestelle, als neben mir ein Wagen bremst. Ich drehe mich nicht um. Quietschend gleitet die elektrisch betriebene Scheibe nach unten. Ohne zu laufen, beschleunige ich den Schritt. Eine Stimme ruft mir zu:

»He! Wohin gehst du, Bo?«

Mossa. Ich gehe weiter. Mossa lehnt sich aus dem Wagenfenster.

»Sag mal, Bo, bist du taub? Soll ich dir den Pfropf aus den Ohren holen?«

Seufzend bleibe ich stehen. Verfluchter Bulle! Er schaltet den Motor des GTI 205 aus, klettert aus dem Auto und klappt sein zwei Meter langes Gestell aus. Mit hoch gezogenen Augenbrauen mustert er mich von oben bis unten.

»Wohl unter die Frühaufsteher gegangen, was, Bo? Und in Topform, wie ich sehe. Ein richtiges Mädchen ...«

Ich antworte nicht. Der baumlange Kerl in seinem Denis-Rodman-Look pflanzt sich vor mir auf. Er knackt mit den braunen Fingern, fährt sich durch das gebleichte Bürstenhaar und gähnt.

»Ich habe den Eindruck, du hattest eine schlechte Nacht. Willst du dem lieben Onkel Mossa nicht erzählen, was passiert ist?«

Ich brumme:

»Alles in Ordnung, Inspektor.«

»Kommissar«, verbessert er mich. »Du weißt doch, dass bei uns alles modernisiert wurde.«

»Fällt mir schwer, mich daran zu gewöhnen.«

»Na ja. Aber was ist dir denn passiert?«

»Ich war kaputt. Ich erinnere mich nicht. Muss gefallen sein und mich gestoßen haben.«

»Du meinst wohl, du bist auf Schwulenhasser gestoßen.« Er grinst. Ich zucke die Schultern.

»Du tust mir Leid, Bo. Wirklich Leid. Jedes Mal, wenn ich dich sehe, stelle ich mir vor, wie ich mich eines Tages im Rinnstein über deine Leiche beugen werde. Du wirst deinen dreißigsten Geburtstag nicht mehr erleben, Bo.«

Das ist mir scheißegal. Wenn du wüsstest, wie egal mir das ist. Alles, was ich will, ist Johnny. Nur eine Stunde. Johnny ganz für mich. Johnny in mir. Ich will seine Frau sein, seine Hure, seine Hündin.

Mossa mustert mich und trommelt dabei gereizt auf seinem Autodach, er scheint besorgt und nervös.

»Ich habe zwölf Stunden durchgearbeitet, jetzt fahre ich nach Hause«, erklärt er. »Kann ich dich auf einen Kaffee einladen?«

Ich schüttele den Kopf. Ich muss mich beeilen, wenn ich Johnny noch sehen will, bevor er zur Arbeit geht. Wieder knackt Mossa mit den Fingern und seufzt. Dann steigt er ein und fährt wortlos davon.

Für einen Bullen von der Sitte ist Mossa eigentlich ganz in Ordnung. Er versucht mit uns in Kontakt zu bleiben: mit den Huren, den Transvestiten, den Süchtigen ... Er glaubt, wir lebten in derselben Welt. Er sieht nicht den Abgrund, der uns voneinander trennt, den Riss im Spiegel, der unser Bild zurückwirft.

Der Bus kommt, ich fange an zu rennen, das tut weh. Ich suche in meinen Taschen nach Geld, der Fahrer macht mir ein Zeichen, ich soll einsteigen, und ich setze mich in den hinteren Teil des Busses. Zu dieser frühen Stunde trifft man nur Leute, die von der Arbeit kommen oder dorthin fahren. Blasse, übernächtigte Gesichter, Gähnen. Man mustert mich aus den Augenwinkeln. Leise, vorsichtige Kommentare: »Ist das ein Mann oder eine Frau?« »Er/Sie hat eine Abreibung bekommen.« »Haben Sie den Transvestiten gesehen ...?«

Transvestit. Ein Transit-Traveller im Transsexuellen-Express, Einwanderer und Auswanderer zugleich. Die Reise geht in einer Fleischkapsel vom Planeten *Homo Erectus* zum Planeten *Bella Donna*. Und ich spreche abwechselnd in den beiden Sprachen von Babel mit mir selbst. Manchmal habe ich den Eindruck, Beaudoin sei der Besitzer meines Körpers und Bo die Mieterin. Nach der Operation wird Bo endlich allein über die Örtlichkeiten herrschen. Ach, Scheiße!

Als ich bei Johnny ankomme, bin ich trotz der beißenden Kälte schweißgebadet. Er wohnt in der Altstadt, da, wo ich früher auch gewohnt habe. Ein altes, einst gelbes Gebäude mit verblassten grünen Fensterläden. Ich steige die Treppe hinauf, die nach Katzenpisse stinkt. Vierter Stock. An der Tür klebt ein Schild: Johnny Belmonte. Ich glaube nicht, dass das sein richtiger Name ist. Und ich glaube auch nicht, dass das seine richtige Wohnung ist. Meiner Ansicht nach ist das nur ein Ort für gewisse Stunden. Ich klopfe an. In der Wohnung höre ich Johnny »Herein!« brüllen. Er ist da!

Ich trete ein. Er sitzt auf einer durchgelegenen Matratze, neben ihm liegt ein nacktes Mädchen. Sie schnarcht mit offenem Mund. Neben ihrer Hand liegen eine leere Weinflasche und eine schmutzige Spritze. Johnny sieht durch mich hindurch.

In leeren Pizzakartons krabbeln Schaben. Er nimmt eine und lässt sie in den Mund des Mädchens fallen. Sie fährt hoch, verschluckt sich, spuckt, läuft bläulich an und richtet sich hustend und mit weit aufgerissenen Augen auf. Johnny lächelt.

Mühsam stößt das Mädchen »Was ist ...« hervor, als er sie mit einem Paar kräftigen Ohrfeigen unterbricht. Tränen schießen ihr in die Augen. Er wirft sie bäuchlings aufs Bett, versohlt ihr den Hintern und erhebt sich, ohne mich aus den Augen zu lassen. Ein Machoman in all seiner Schönheit, äußerst zufrieden mit sich selbst. Er geht zur Dusche.

Das Mädchen spuckt auf den Boden, greift nach ihrem Kleid – einem schmutzigen, schwarzen Wollsack –, wobei sie mich von unten her ansieht, als fürchte sie, auch ich würde sie schlagen.

»Was für ein Scheißkerl!«, stößt sie zwischen ihren schlechten Zähnen hervor. »Der Typ ist ja total verrückt, ich mach 'ne Fliege …«

Die Tür geht auf.

»Ist jemand zu Hause?«, ruft Bull mit seiner lauten, unangenehmen Stimme.

Bull ist eine Abkürzung für Bulldozer, denn dieser Kerl hat das Aussehen und die Intelligenz eines Schaufelbaggers. Er wohnt im selben Stock gegenüber und ist Johnnys unterwürfiges Hündchen.

Er tritt ins Zimmer, sieht das Mädchen und bekommt gierige Augen. Blöd und geil. Johnny schiebt den Duschvorhang zur Seite. Blonder Flaum glänzt auf der nackten Brust.

»Bedien dich nur«, sagt er zu Bull.

Bull geht auf das Mädchen zu und bedient sich. Ich beobachte die Tauben vor dem Fenster. Als das Mädchen fertig gestöhnt hat, drehe ich mich um. Bull knöpft sich die Hose zu und ruft im Hinausgehen: »Ich kaufe Croissants!« Johnny ist noch immer unter der Dusche. Das Mädchen schnieft. Ich hebe ihr Kleid auf und reiche es ihr.

»Verschwinde lieber, schnell!«

Sie sieht mich an. Nicht sehr hübsch, sechzehn oder siebzehn Jahre alt, das Gesicht vom Weinen verquollen, Rotz in der Nase, bläulich verfärbte Lippen, dunkle Ringe unter den Augen, die Arme von Einstichen vernarbt. Wieder eine Kokainbraut, die bald im Leichenschauhaus landen wird. Sie streckt die Hand mit den abgebrochenen Nägeln nach meinem Gesicht aus.

»Hat man dich geschlagen?«

Ich zucke die Schultern. Ich empfinde es als schmerzlich,

wie vertraut ihr diese Frage zu sein scheint. Nicht meinetwegen, sondern ihretwegen; wegen all der Schläge, die sie sicher schon einstecken musste. Wegen des Mitleids, das sie trotzdem noch empfindet. Projektion, würde der Psychiater sagen. Bei Ihrer Vergangenheit …

Sie streicht mir leicht über das Haar.

»Bist du ein Kerl oder ein Mädchen?«

»Ein Gartenzwerg. Verschwinde und komm nie wieder her. Er ist verrückt«, sage ich mit einer Kopfbewegung in Richtung Dusche.

Der Plastikvorhang wird zur Seite geschoben.

»Was erzählst du da wieder für Unsinn, Bo?«

»Nichts, Johnny.«

»Lügner!«

Johnny steigt aus der Dusche, nackt und tropfnass. Er baut sich vor mir auf, damit ich seinen perfekten Körper bewundern kann. Er schüttelt sich wie ein Hund, und einige Wassertropfen spritzen mir ins Gesicht. Ich lecke mir die Lippen, während das Mädchen, das Kleid an sich gedrückt, entsetzt rückwärts das Zimmer verlässt.

Ich höre die Tür zuschlagen, dann eilige Schritte auf der Treppe. Unter welchem Typen sie wohl heute Abend liegen wird und für welche Dosis alles, was man von ihr verlangt, erdulden?

Johnny trocknet sich ab und kleidet sich an, während ich ihm zusehe. Er zieht die Hugo-Boss-Jacke an und kämmt sorgfältig das gut geschnittene Haar. Ich betrachte die fleckige Matratze, den vergammelten Fußboden, die Schaben, die überall herumkrabbeln, das schmutzige Geschirr, den überquellenden Mülleimer. Und ich betrachte Johnny, der seine Krawatte aus Wildseide knotet und nach seiner ledernen Aktentasche greift. Er baut sich vor mir auf.

»Was sagt man, Bo?«

»Danke.«

»Danke was?«

»Danke, Johnny.«

Er ohrfeigt mich mit aller Kraft, so dass ich schwanke.

»Danke, Jonathan, heißt das. Kapiert?«

»Danke, Jonathan. Entschuldigung.«

Er ohrfeigt mich erneut, diesmal kräftiger. Mein Kopf schlägt gegen die verblichene Tapete.

Er wirft einen Blick auf seine Uhr.

»Scheiße, ich muss los. Du hast kein Glück, Bo. Ich bin heute Morgen gut in Form, aber ich habe keine Zeit, mich um dich zu kümmern.«

Er schiebt mich hinaus, schließt die Tür ab und geht die Treppe hinunter. Ich drücke mich an der Wand entlang. Er weiß, dass ich ihm gehöre. Ja, ich bin sein Sklave. Er weiß, dass ich bereit wäre, für ihn zu sterben.

So ist das eben, es ist nicht meine Schuld. Ich bin ihm hörig. Das wusste ich sofort, als ich ihn zum ersten Mal vor der Disco sah und er mich ansah. Wir kamen gegen fünf Uhr morgens raus. Stephanie war betrunken, und Maeva half mir, sie zu stützen. Sie stolperte, und wir fielen alle drei hin. Ich spürte eine Hand, die mich ergriff und unsanft hochzog. Ich sah auf. Da war er. Wie in dem Lied von Edith Piaf. Ich wusste es sofort. Er musterte mich aufmerksam, dann betrachtete er uns alle drei und schließlich das Namensschild der Disco, und ich las in seinen Augen, dass er verstanden hatte und dass ihn das nicht interessierte. Er ließ mich los, und ich fiel, schlaff wie ein nasser Sack, wieder zu Boden.

Er will nicht, dass ich ihn liebe.

Aber ich liebe ihn trotzdem.

Dieses Schwein Bull steigt mit seiner Croissant-Tüte in der Hand über mich hinweg. Hinterhältig rufe ich ihm nach:

»Du hast Johnny knapp verpasst.«

»Schnauze!«, brummt er, ohne sich umzudrehen.

Ich gehe runter in die Kneipe an der Ecke, die Linda und

Laszlo gehört. Drinnen ist es dämmerig. Alte Männer trinken schweigend, aus dem Radio tönt der Wetterbericht.

Der Wetterbericht. Mir ist immer kalt oder heiß. Ich erinnere mich nicht mehr, wann es mir je gut ging. Ich möchte rauchen, aber ich habe kein Geld. Diese Idioten haben mir heute Nacht alles geklaut. Die Brille auf der Nasenspitze, liest Laszlo Zeitung, wobei er sich mit der Hand durch das graue Haar fährt. Mit seinen siebzig Jahren misst er sich noch im Armdrücken.

Linda kommt aus der Küche. Das rote Haar ist zu einem Knoten zusammengefasst. Als sie mich sieht, zieht sie die Augenbrauen hoch.

»Bist du unter einen Laster gekommen?«

»Nein, ich hatte Ärger mit ein paar Idioten.«

»Eines Tages, mein Mädchen, wirst du an eine Bande von Kranken geraten, die dir die Haut abziehen. Glaube mir, Bo, das Geschäft hat sich verändert. Du musst aufhören.«

»Ich warte, dass man mir wieder eine Show anbietet«, brumme ich.

Sie beugt sich zu mir. Alles an ihr ist rund, die üppigen Brüste, die rosigen Wangen, der volle rote Mund, die schwarzen Augen, die mich in- und auswendig kennen.

»Sie nehmen dich nicht mehr, Bo. Nicht in diesem Zustand. Du musst dich pflegen. Du musst wieder zunehmen, dich ausruhen. In den Revues wollen sie keine Reklame für Aids machen.«

»Ich bin nicht krank. Sie haben dort schon einen Bluttest gemacht.«

Dort, das war in der weiß-grauen Krankenstation des Gefängnisses. Während meiner dreijährigen Haft hatte ich Gelegenheit, sie alle besser kennen zu lernen. Seit sechs Monaten bin ich wieder draußen. Kein Job mehr. Kein Geld. Johnny ist wie Krebs. Ich strenge mich an, Linda zuzuhören, die fortfährt:

»Vielleicht bist du nicht krank, aber du siehst so aus als ob. Die Leute bezahlen, um Transvestiten zu sehen, die im Paillettenstring auf der Bühne tanzen. Glaubst du, dich möchte man noch im Tanga sehen? Seit du dich mit diesem Verrückten abgibst, spinnst du total.«

»Ich gebe mich nicht mit ihm ab, zwischen uns läuft nichts.«

Ich trinke meinen Kaffee aus und versuche mich selbst davon zu überzeugen, dass ich die Wahrheit sage.

»Der Kerl ist gefährlich, Bo. Hör auf deine alte Linda. Findest du es normal, dass man Armani- oder Boss-Klamotten trägt und in einem solchen Loch wohnt?«

»Ja. Das bedeutet nur, dass er einen Job hat, bei dem er gut gekleidet sein muss, dass ihm aber ansonsten materielle Dinge gleichgültig sind.«

Sie bricht in schallendes Gelächter aus, ein gezwungenes Gelächter, das ihren üppigen Busen erbeben lässt, dann tätschelt sie mir den Kopf.

»Dich hat's wirklich erwischt, was, mein Häschen? Komm, ich lade dich zu einem Doppelten ein.«

Sie serviert uns zwei ordentliche Whiskys. Ich schiele auf ihre Zigaretten, sie bemerkt es und bietet mir eine an. Ich inhaliere den Rauch tief. Das tut gut.

»Mossa war vorhin hier«, fährt sie fort. »Er hat mir Fragen über dich gestellt.«

»Welcher Art?«

»Ob du im Haus wohnst, mit wem du Kontakt hast, solche Sachen ...«

»Und?«

»Und nichts.«

Schweigend leeren wir unsere Gläser. Ich kann mir gut vorstellen, wie sich Mossa und Linda vor einem dampfenden Espresso Sorgen um mich machen. Ich habe Linda gern, aber sie ist anstrengend. Wenn ich mir eine Mutter vorstellen müsste, wenn man mir sagen würde: Los, Bo, such dir eine Mutter aus, natürlich nicht in der Luxusabteilung, aber eine starke, vernünftige Person ... ich glaube, dann würde ich jemanden wie sie wählen.

Neue Gäste kommen herein, und sie geht hinter ihre Theke zurück. Als ich aus meinem Appartement musste, hat sie mir angeboten, meine Sachen über der Bar in einer Mansarde im fünften Stock unterzustellen. Sie weiß, was es bedeutet, auf der Straße zu stehen. Im Alter von zehn Jahren hat sie ihre Eltern und ihren Bruder zum letzten Mal gesehen – als sie in den Wagen der Gestapo stiegen. Sie kam vom Brotholen zurück und war hinter einer Hoftür versteckt, als sie abfuhren. Den Rest des Krieges verbrachte sie in einem benachbarten Pensionat, wo ihr die Nonnen eine Taufbescheinigung ausgestellt haben.

Ich wäre gerne von Nonnen erzogen worden, mit dem Geruch von Bohnerwachs und frisch gebügelten Laken groß geworden; im dunkelblauen Rock, mit meinen Freundinnen tuschelnd, zur Kapelle gegangen. Wir hätten albern gekichert und die Augen beim Anblick der Jungen niedergeschlagen. Vor allem hätte ich gerne beobachtet, wie mein Vater in einen Gestapowagen steigt.

»Sind Sie auch ganz sicher, dass Sie direkt nach Auschwitz fahren?«, hätte ich den schönen Nazioffizier gefragt.

»Natürlich, mach dir keine Sorgen, kleines Gretchen«, hätte er mir geantwortet und mich an das raue Tuch seiner Uniform gezogen ...

Träumen wird man ja wohl noch dürfen.

Die Mansarde ist einfach. Es gibt ein kleines Waschbecken, ein Bett und eine Dachluke. Mir gefällt das. Ich wasche mir die Hände, das Gesicht, den Mund. Kein ausgeschlagener Zahn. Das Zahnfleisch blutet, aber, gut, das geht schnell vorbei. Ich betupfe meine Wunden mit Desinfektionsmittel. Ich bürste mein Haar und verberge meine blau geschwollene

Schläfe unter den Locken. Es stimmt, ich bin zu mager. Der hässliche Adamsapfel hüpft an meinem Hals. Das schmutzige, zerrissene T-Shirt ist viel zu weit und schlottert um meine hervorstehenden Rippen. Das liegt daran, dass ich keinen Hunger mehr habe. Bei der Vorstellung, zu essen, überkommt mich Übelkeit. Es ist, als wäre meine ganze Energie, mein ganzes Verlangen auf ein einziges Ziel gerichtet: Johnny. Linda hat Recht, ich muss zur Ruhe kommen. Ich brauche Arbeit in einer Show. Ich will nicht länger an der Tankstelle anschaffen gehen. Ich will tanzen, mich schön und begehrenswert fühlen. Ich will eine Frau sein. Eine Frau für Johnny.

Nein, Bo, eine andere Platte! Sieh dir die blauen Flecke an: Hier, da, überall. Und die schmerzenden Rippen. Sieh dir die aufgeplatzte Haut am Schienbein an. Gefällt dir das, du dumme Pute?

Ehrlich gesagt, es ist mir völlig gleichgültig.

Plötzlich fällt mir ein, dass Dienstag ist und ich zur Polizeiwache muss. Schon Dienstag? Ich schminke mich nicht und tausche mein T-Shirt gegen einen giftgrünen Pullover von Kookaï, wechsle die Jeans, ziehe meine Dokkers an und gehe nach unten.

Dort trinke ich meinen Whisky aus und sehe auf die alte Schlaguhr über der Theke: 8.45 Uhr am Faschingsdienstag.

»Welcher Tag ist heute, Linda?«

»Dienstag«, bestätigt sie, während sie ein Bier für den Schlosser von nebenan zapft. »Musst du nicht deinen Besuch machen?«

»Ja, ich gehe schon. Tschüs.«

»Ciao, mein Liebes«, ruft sie mir unter dem erstaunten Blick des Schlossers mit dem schaumgekrönten Schnauzer nach.

KAPITEL 2

Draußen nieselt es. Ich ziehe den Reißverschluss meiner Jacke zu. Letzte Woche hatte ich noch einen superschönen Mohairpullover, aber ich weiß nicht, wo er ist. Alle zwei Wochen muss ich mich bei meinem Bewährungshelfer melden. Er überzeugt sich davon, dass ich nicht an der Nadel hänge. Er fragt mich, ob ich noch Arbeit suche, ob ich auch schön meine Papiere ans Arbeitsamt schicke, ob ich zufrieden bin, aus dem Knast zu sein, ob ich mich um mich kümmere ... Mein Bewährungshelfer ist ein Spaßvogel. Höflich tische ich ihm immer ein paar Märchen auf. Ich bin vorzeitig entlassen worden, zwei Jahre früher.

Manchmal denke ich an den Kerl, den ich umgebracht habe. An sein Gesicht, als er spürte, wie das Messer in sein Fleisch drang. Ich wollte es nicht tun. Er sagte, er würde mich mit einem abgebrochenen Flaschenhals entstellen. Er war viel stärker als ich und zerquetschte mich förmlich. Ich habe nach dem Messer auf dem Tisch gegriffen, ein ganz gewöhnliches Messer, ich hätte nie gedacht, dass man damit jemanden umbringen kann, aber ... Sie haben gesagt, ich hätte die Leber verletzt. Der Wirt der Kneipe hat zu meinen Gunsten ausgesagt.

Es war das erste Mal, dass ich jemanden umgebracht habe. Während die Bullen hereinstürmten und rumbrüllten, sah ich, wie seine Augen glasig wurden. In meiner Zelle habe ich oft an diesen Augenblick denken müssen. Ich hätte gerne diesen Blick mit meinen Händen gegriffen und den Mann ins Leben zurückgeholt, so wie man jemanden aus dem Wasser zieht. Das habe ich auch dem Psychiater gesagt, aber ich vermute, er hat mir nicht geglaubt.

Das Polizeirevier. Die französische Flagge hängt schlaff im Nieselregen. Ich öffne die Tür und grüße den wachhabenden Beamten, der mir nicht antwortet. Dann gehe ich an einigen Polizisten vorbei, die übernächtigt und griesgrämig scheinen. Auf einer Bank warten schlecht rasierte Typen. Ich nehme den Aufzug, dessen Aschenbecher überquillt. Vierter Stock. Schreibmaschinengeklapper. Polizisten in Zivil rennen hektisch über den Gang. Ich gehe zu meiner Tür, Zimmer 38, und frage mich, was hier los ist. Ich klopfe an, keine Antwort. Ich klopfe noch mal. Nichts. Dann drücke ich die Klinke hinunter, aber die Tür ist abgeschlossen. Verblüfft sehe ich mich um. Die Wanduhr zeigt 9.15 Uhr an. Schließlich erblicke ich Mossa, der am Wasserspender trinkt. Er hebt den Kopf und sieht mich.

»Du bist umsonst gekommen!«, ruft er mir zu, während er sich mit dem Ärmel seines senfgelben Sweatshirts den Mund abwischt.

»Ich hatte drei Kilometer Fußweg!«

Eine böswillige Übertreibung, es waren höchstens achthundert Meter.

»Du kannst einem direkt Leid tun«, höhnt Mossa.

Mürrisch deute ich mit dem Daumen auf die Tür und erkläre:

»Er könnte wenigstens Bescheid sagen!«

»Das dürfte ihm einigermaßen schwer fallen. Er liegt im Krankenhaus, und man versucht, ihn wieder zu beleben.«

Ich betrachte Mossa, um herauszufinden, ob das ein Scherz sein soll. Er lacht übertrieben und entblößt seine weißen Zähne.

»Er ist halb tot, verstehst du? Man hat ihn vor zwei Stunden zu Hause gefunden. Genauer gesagt, seine Exfrau, die heimlich den Fernseher abtransportieren wollte. Sie hatte einen Schlüssel behalten und dachte, er sei bei der Arbeit ... Vorsorglich hat sie geklingelt, keine Antwort, also geht sie rein und ... welche Überraschung! Der gute Derek lag mit verdrehten Augen auf dem Küchenboden. Er hat versucht, sich umzubringen, indem er am Gasschlauch genuckelt hat«, schließt er seufzend.

»Verdammte Scheiße«, sage ich automatisch.

»Du sagst es. Da er zu viel Umgang mit Leuten wie dir hatte, muss er sich gesagt haben, dass das Leben letztlich nichts anderes ist als ein Riesenhaufen Scheiße.«

Ich zucke die Schultern. Mossa ebenfalls. Ende der Grabrede. Als ich mich an unser morgendliches Treffen erinnere, füge ich hinzu:

»Ich dachte, Sie wollten nach Hause und schlafen.«

»Ich wollte, aber dann hat man mich zu einer Identifikation gerufen. Man hat wieder eine gefunden ...«, entgegnet er, während er in seinen roten Lederblouson schlüpft.

»Wieder was?«

»Eine Hure. Tot.«

Ich verstehe nicht.

»Mit Derek zusammen hat sich eine Hure umgebracht?«

»Du solltest bisweilen mal eine Gehirnspülung machen, meine Kleine! Man hat wieder eine Frau gefunden. Ermordet, verstümmelt!«

Ich fröstele. Das gefällt mir gar nicht. Die Erste, das war vor ungefähr zwei Monaten. Eine Frau von etwa vierzig Jahren, eine Russin, zerstückelt auf dem Parkplatz des Supermarktes Intermarché. Eine abartige Geschichte. Da sie anschaffen ging, hatten wir alle zwei Wochen lang Angst, na ja, und dann ... Mossa hielt es für das Werk eines Wahnsinnigen, aber die Bullen dachten auf Grund von Marianas

Herkunft eher an die Russenmafia. Durch die Nachforschungen war der hiesige Ring zwar zerschlagen worden, aber das hatte letztlich hinsichtlich des Verbrechens selbst zu keinem Ergebnis geführt. Die Zeit verging, und niemand hatte mehr an die arme Frau gedacht, ermordet und verstümmelt, wie jedes Jahr Dutzende anderer Prostituierter, ohne dass das die Öffentlichkeit groß kümmert.

Leicht beklommen frage ich ihn:

»Kenne ich sie?«

»Weiß ich nicht. Man nannte sie Natty ... Natty die Belgierin.«

Das sagt mir zwar nichts, aber die Mädchen aus dem Norden der Stadt kenne ich ohnehin nicht.

»Man hat sie auf dem Parkplatz eines Supermarktes gefunden, diesmal war's Auchan«, fährt er fort. »Auf dieselbe Art zerstückelt wie die Erste. Zerstückelt und ausgenommen.«

Ich muss an ein Hähnchen im Supermarkt denken. Ich hebe den Kopf zu Mossa.

»Glauben Sie, es war derselbe?«

»Na, wenn es nicht derselbe war, dann gibt es zwei Fanatiker mit einer Vorliebe für Hackbeile.«

Fassungslos sehe ich ihn an. Ein Hackbeil? Soll das ein Witz sein oder was hat das zu bedeuten? Mossas große Hand malt eine Art kleines Beil in die Luft.

»Weißt du, so ein Ding, wie es die Großmütter in der Küche hatten, um damit den Hühnern den Hals abzuhacken.«

Ich sehe meine Großmutter, die in ihrer ordentlich aufgeräumten Küche sitzt und trinkt, um zu vergessen, dass mein Vater ein Schwein ist. Ich sehe das glänzende Hackbeil, das auf dem sauberen Schneidebrett liegt. Die gut geschärfte Klinge ... Mossa fährt fort:

»Wir gehen nicht davon aus, dass es viele Typen gibt, die mit so einem Ding rumrennen. Normalerweise ist es eher ein Messer, eine Knarre oder notfalls ein Schraubenzieher, aber ein Hackbeil, das deutet auf jemanden hin, der vorsätzlich handelt.«

»Sie glauben also nicht mehr an die Russenmafia?«

»Nachdem wir dort erst kürzlich aufgeräumt haben, scheint mir das wenig wahrscheinlich.«

Ich überlege kurz.

»Vielleicht ist es ein Metzger ... Vielleicht hat er sein Hackbeil in seinem Verkaufswagen dabei.«

»Daran hat der Pastor auch schon gedacht. Sag auf alle Fälle den anderen, sie sollen aufpassen. Also, ich muss gehen. Komm morgen wieder vorbei, dann ist Dereks Vertreter da.«

»Ist er nett?«

»Jaaa ...«

Schon gut, ich habe verstanden. Mossa eilt die Treppe hinunter. Ich warte auf den Aufzug. Der Pastor, das ist Luther, ein Kumpel von Mossa. Er arbeitet bei der Kripo. Man nennt ihn Pastor wegen seines Namens und auch wegen seines strengen Auftretens. Meist ist er schwarz gekleidet und trägt eine runde Metallbrille. Wenn ich ihm begegne, habe ich jedes Mal das Gefühl, einen rosafarbenen Stern auf der Stirn zu tragen.

Auf der Straße nieselt es noch immer. Die Reifen schmatzen in den Pfützen, Wasser spritzt auf. Die Leute gehen schnell, mit gesenktem Kopf und aufgespanntem Regenschirm. Einige werfen mir verstohlene Blicke zu. Daran bin ich gewöhnt. Ich öffne den Mund, um die Regentropfen auf meinen Lippen zu spüren. Sie sind frisch und sanft.

Ich kaufe einen Hamburger und schaffe es, die Hälfte zu verspeisen. Die andere Hälfte lege ich neben eine Pennerin, die sich mit Pappkartons zugedeckt hat.

»Ich bin doch kein Mülleimer«, brüllt sie mir nach.

Ich mache Anstalten, den halben Hamburger zu zertreten.

»Dreckskerl!«, protestiert sie und stürzt sich darauf, um ihn zu essen.

Bo, sage ich mir, du hättest Psychiater werden sollen!

Als ich in unserem Viertel ankomme, nehme ich die Straße, in der die Mädchen stehen. Anscheinend hat sich der Mord schon rumgesprochen. Jemand klopft mir auf die Schulter. Es ist Miranda, sie ist sechzig Jahre alt und hat schon alles erlebt, alles mitgemacht.

»Hast du das mit Natty gehört?«, fragt sie in ihrem harten spanischen Akzent, der untrennbar mit ihren rot geschminkten Lippen und ihren Augen verbunden ist, die schwärzer sind als die einer Operetten-Carmen.

Ich nicke, und sie schreit plötzlich: »Rauch, das ist belgischer!«, was mich ernsthaft an ihrem Geisteszustand zweifeln lässt. Dann fügt sie hinzu:

»Das haben wir immer gesagt, sobald Natty, die Belgierin auftauchte, dann war sie stocksauer, die Ärmste.«

»Hat sie auf diesem Parkplatz gearbeitet?«

»Nein. An der Autobahnbrücke. Nein, nun stell dir das doch nur vor! Mit einem Hackbeil! Mir macht das Angst.«

»Keine Sorge, er nimmt nur Junge!«, ruft ihr Elvira zu, eine falsche, ganz in Leder gekleidete Sado-Maso-Mieze.

»Du bist blöd … wenn du erst mal in Scheibchen zerschnitten bist, wirst du das weniger lustig finden«, entgegnet Miranda.

»Einmal müssen wir schließlich alle sterben …«, philosophiert Elvira und zündet sich eine Zigarette an.

Sie bietet mir auch eine an. Ich nehme sie. Dann lächelt sie mir zu, sie lächelt die ganze Zeit, sie hat sich erst letzten Monat die Zähne richten lassen. Ich zwinge mich ebenfalls zu einem Lächeln. Ich mag sie nicht. Sie ist ganz und gar der Typ blöde Blondine, der Johnny gefällt. Ich frage mich immer, ob er nicht zu ihren Kunden gehört. Ob sie ihn in ihrem armseligen Appartement zum Stöhnen bringt.

Ob sie sieht, wie er die Augen verdreht.

Wie sich seine Haut mit Schweißperlen überzieht. Einmal habe ich einen Schweißtropfen von seiner Lippe gewischt, er hat mich so heftig geohrfeigt, dass ich hingefallen bin. Ich habe meinen Zeigefinger in den Mund gesteckt und ihn abgelutscht.

»Und was ist dir passiert?«, fragt Miranda und mustert mich prüfend. »Bist du aus dem Bus gefallen oder war das dieser Dreckskerl, in den du verknallt bist?«

»Ich bin aus dem Bus gefallen.«

Ich habe keine Lust, ständig darüber zu reden. Sie zuckt die Schultern und gibt ein missbilligendes »tsst-tsst« von sich. Ich frage mich, warum die ganze Stadt darüber informiert ist, dass ich mich zu Johnny hingezogen fühle. Ich kann mich nicht erinnern, diesbezüglich eine Kleinanzeige aufgegeben zu haben.

Elvira fragt mich, ob ich ihr einen ausgebe. Unter Freundinnen. Ich erkläre ihr, dass meine einzige Freundin in meinem Slip ist. Sie lacht, und ich verschwinde.

Ich mache mir Sorgen. Gerunzelte Stirn und vorzeitige Falten. In einer Schaufensterscheibe betrachte ich mein Spiegelbild. Stimmt, das Abbild eines genervten Menschen. Ich versuche, mich zu entspannen. Vergeblich. Ich bin nervös. Ich habe unglaubliche Kopfschmerzen, eine Folge meiner äußerst angenehmen Nacht, und Lust zu kotzen. Und es ist nicht eben hilfreich, mir den alten Derek vorzustellen, wie er in seiner Küche liegt, einen dreckigen Gummischlauch im Mund.

Auf der Suche nach einem kleinen Happymacher laufe ich durch das Viertel. Ich treffe Axelle, ihre Pupillen sind klein wie Stecknadelköpfe. Sie zeigt mir ihr neues Implantat: ein Nylonarmband, das sie sich unter die Haut des Unterarms hat nähen lassen. Touristen wechseln bei unserem Anblick die Straßenseite. Ich habe sie im Internet-Café kennen gelernt, wir surften beide auf BME (Body Modifikation E-Zine). Wir haben lange über den Schmerz und die körperliche Veränderung gesprochen.

»Für mich ist die körperliche Veränderung eine Art, meinen Körper erneut in Besitz zu nehmen«, sagte sie und strich sich mit der Hand über den kahl geschorenen Kopf.

»Und für mich ein Weg, ihm zu entfliehen«, erklärte ich ihr und dachte daran, was es mich kosten würde, meine Brüste etwas stärker wachsen zu lassen.

Axelle hat immer das Neueste. Zuerst waren es Unmengen von Piercings und ein Metallstab durch die Nasenscheidewand. Dann entschied sie sich für einen jener Halsreifen, die den Hals in die Länge ziehen wie bei den »Giraffen-Frauen« und für in die Ohren eingenähte 500-Lire-Stücke.

Dann ging's weiter mit Relief-Tätowierungen – ein Alpha unter dem rechten Auge, ein Omega unter dem linken und am Kinn ein Branding, ein mit dem glühenden Eisen eingebranntes @ der e-Mail-Adresse. Und nun sind also Implantate an der Reihe: diverser Modeschmuck, den sie sich unter die Haut schieben lässt, »unter ärztlicher Aufsicht, versteht sich«. Axelle liebt alles, was medizinisch ist. Sie nimmt nur synthetische Drogen. Einmal hat sie mir gestanden, dass sie keine sexuellen Beziehungen haben kann, weil der Geruch menschlicher Haut sie anwidert. Wenn man eines Tages vakuumverpackte Typen anbieten würde, wäre das eine echte Befreiung für sie.

»Das Kabel«, meint sie plötzlich.

»Was, das Kabel?«

»Im Kabelkanal. Gestern Abend. Eine Reportage. Unglaublich, das Höchste. Nächstes Mal lasse ich mir Hörner machen.«

»Hörner?«, frage ich und komme mir plötzlich alt vor.

»Hörner aus Inox, ja, an jeder Schläfe, wie ein Stier.«

»Ja, mit einem Schild um den Hals ›im Tele-Shop gesehen‹.«

»Du bist blöd! Hörner, das ist super. Los Angeles. Die Typen sind das Super-Delirium.«

Ich nicke höflich. Sie zeigt mir ihren Unterarm, die ovale Form des Armbands ist deutlich unter der Haut zu erkennen.

»Absolut genial, was?«

Ich streiche über die durch das Armband erhöhte Haut. Ein eigenartiges Gefühl. So muss es sein, wenn man einen Humanoiden berührt.

»Wir sollten unser Gespräch von neulich fortsetzen.«

»Welches?«

»Transsexualität als Body-Art.«

»Ah, genau. Sag mal, hast du nicht ein bisschen Stoff für mich?«

»Tut mir Leid, aber ich bin blank.«

Das glaube ich ihr. Ich gebe ihr einen Kuss und verziehe mich.

Zoran, dem der rund um die Uhr geöffnete Gemischtwarenladen gehört, ist bereit, mir auszuhelfen. Ich will ihm auf meine Art danken, aber er lehnt lachend ab: Das ist nicht sein Ding.

Anschließend gehe ich am Hafen spazieren, ich beobachte die Fähre, die nach Korsika ablegt. Ich beobachte gerne, wie die Schiffe auslaufen. Die weiße Schaumspur, die majestätischen Wellen, die Sirene, die den Aufbruch verkündet. Ich möchte in der Reede schwimmen und die riesige Fähre auf mich zukommen sehen, die große weiße Masse, der spitze Bug, der genau auf meinen Kopf zuhält. Ich würde mich nicht von der Stelle rühren, mich ganz klein fühlen, winzig wie Fliegendreck. Von einer Masse zu Tode gequetscht zu werden, die tausendmal größer ist als man selbst, so wie wenn eine Ameise von einem Menschen zertreten wird. Genial.

Ich setze mich mit dem Rücken an einen Betonpfeiler, betrachte das Wasser und schlafe ein.

Als ich wieder aufwache, ist es später Nachmittag, und ich

habe noch immer Kopfschmerzen. Ich recke mich. Dann pinkele ich in Form eines J an den Betonpfeiler. Ich habe es satt, mich rumzuschleppen. Ich habe dieses Leben satt.

Zurück zu Johnnys Junggesellenbude. Ich verstecke mich hinter der Eingangstür des Nachbarhauses. Plötzlich fällt mir auf, dass ich friere. Ich reibe mir die Arme. Was machst du, Johnny? Komm, komm schnell.

Ich warte eine Stunde, ich habe aufgehört, mir die Arme zu reiben, ich bin halb erfroren. Frösteln. Vielleicht ist es nicht die Kälte, sondern Hunger? Habe ich heute schon etwas gegessen? Ich vermag meine Empfindungen nicht mehr auseinander zu halten.

Der Psychiater im Knast hat gesagt, das sei wegen dieses Zimmers, in das ich mich flüchtete, wenn mein Vater lostobte. Kein richtiges Zimmer, vielmehr ein Zimmer in meinem Kopf, ein schwarzes Loch, in dem man nichts spürt. Na ja, vielleicht. Was der Psychiater meint, ist mir egal.

Im Knast hat man mir die Haare geschnitten, mich in eine Uniform gesteckt, in der ich mich hässlich fühlte, und er nannte mich die ganze Sitzung über Beaudoin. Er sagte, ich sei Transvestit, weil ich in gewisser Weise meine Mutter imitierte, um meinem Vater zu gefallen. Vielleicht, um ihn für mich zu gewinnen, damit er aufhört, mich zu hassen. Damit er mich liebt. Aber ich musste nicht erst Transvestit werden, damit mein Vater mich missbrauchte, habe ich ihm erklärt. Der Einzige im ganzen Haus, an dem sich dieses alte Ekel nicht vergangen hat, war der Hamster, und wahrscheinlich auch nur, weil ich den Käfigschlüssel versteckt hatte.

Man hätte meinen können, mein Leben und all das hätte dem Psychiater Sorgen gemacht. Auch dass ich auf den Strich gehe. Dass ich rote Spitzen-BHs trage. Aber was sollte ich ihm sonst erzählen? Erstens steht mir Rot gut, zumindest, bevor mein Teint so gelblich wurde. Vor Johnny. Vor dem Abstieg.

Eines Tages habe ich den Psychiater gefragt, ob er es schon mal mit einem Mann getrieben hätte. Er hat Nein gesagt. »Dann kann ich nicht mit Ihnen reden«, habe ich ihm geantwortet. »Ich kann nicht mit jemandem reden, der nicht weiß, wie es ist, einen anderen in sich zu spüren.« Als ich das sagte, hatte ich den Eindruck, ihm eine genaue Definition meiner selbst zu geben: jemand, der ständig einen Fremdkörper in sich fühlt.

Der Psychiater sah mich seufzend an und fragte, ob ich Antidepressiva wolle. Ich antwortete: »Nein, warum?« Er hat mir erklärt, ich müsse aufhören, mein Leben wie einen Film zu kommentieren. Ich müsse es vielmehr leben. Es spüren. Die kleine Stimme in meinem Kopf zum Schweigen bringen, diejenige, die nie aufhören will und sich über alles lustig macht. Ich habe gesagt: »Okay, geben Sie mir Antidepressiva.«

Es wird Nacht. Johnny kommt nicht. Es wird Nacht, aber ganz langsam, die Straßenlaternen gehen an, die Metalljalousien vor den Geschäften werden geschlossen, Autos hupen. Johnny kommt nicht. Ich blase in meine kalten Hände und krame in meiner Tasche nach einem Kaugummi. Nichts. Ein Fünf-Franc-Stück, ein Präservativ, eine Schachtel Streichhölzer, ein schmutziges Papiertaschentuch, zwei Zwanzig-Centime-Stücke, das Preisschild des Blousons, den ich neulich im Supermarkt geklaut habe, meine Versicherungskarte. Eine gute Werbung für einen Soziologiekurs.

Ein Taxi hält am Bordstein. Die Tür öffnet sich. Ich halte den Atem an. Johnny mit seinem Aktenkoffer.

Er bezahlt den Fahrer, ich sehe ein Bündel Geldscheine in seiner Hand. Wenn er gleich schick gekleidet wieder aus dem Haus kommt, geht er essen, kommt er in Jeans, dreht er eine Runde. Eine halbe Stunde vergeht.

Er verlässt das Haus in Jeans und einer wattierten Jacke. Er geht zu seinem verbeulten Auto. Ich laufe hin. Johnny dreht sich um und sagt, ich solle verschwinden.

»Lass mich mitkommen.«

»Hau ab, Bo.«

»Bitte.«

»Nicht heute Abend.«

Der Ton ist unbeteiligt, fast höflich. Kalt. Johnny ist weit weg. Unerreichbar. Es ist, als würde er mich nicht sehen. Dieses Gefühl ertrage ich nicht. Es ist mir lieber, er schlägt mich. Jetzt bin ich nichts, ein Niemand, nur eine Sache, die ihm lästig ist. Ein Fleck in der Landschaft. Ich überlege verzweifelt, was ich sagen könnte, etwas, das seinen Blick belebt und seine Finger in Bewegung geraten lässt. Schließlich sage ich:

»Ein Mädchen ist ermordet worden.«

»Na und?«

»Mit einem Hackbeil. Mossa hat es mir erzählt.«

»Mossa?«

»Du weißt schon, der schwarze Bulle, der mich gerne mag.«

»Ah ja. Na und?«

Ich habe ihm schon öfter von Mossa erzählt, von Derek, von meinem Leben. Aber Johnny hört mir fast nie zu.

»Eine Nutte, in der Nähe von Auchan«, erkläre ich.

»Hör zu, Bo, ich habe es eilig, und deine Geschichten von mit der Axt ermordeten Nutten …«

»Mit einem Hackbeil.«

»Das ist das Gleiche. Mir ist es scheißegal. Ciao.«

Er öffnet die Tür und setzt sich hinters Steuer. Na, Bo, wirst du neben ihm einsteigen, dich an die Tür klammern, warten, bis er dich mit Fußtritten verscheucht? Er lässt den Motor an. Ich weiß nicht, was ich tun soll. Ich will nicht, dass er wegfährt.

»Johnny«, brülle ich und weiß, dass ich es besser nicht tun sollte.

Er seufzt und tritt aufs Gaspedal. Mit quietschenden Reifen schießt der Wagen vom Gehsteig weg. Er sieht sich nicht um. Mit der Verzweiflung eines Kosmonauten, den sein Raumschiff auf dem Planeten *Sinistra* ausgesetzt hat, starre ich den Rücklichtern nach. Jemand klopft mir auf die Schulter. Es ist Bull. Diesen Typen mag ich wirklich nicht. Entschlossen und geräuschvoll kaut er seinen Kaugummi.

»Bist du verrückt, Bo. Wartest du auf deinen Märchenprinzen?«

Sein Gelächter entblößt seine vom Nikotin gelb verfärbten Zähne. Sein Pferdeschwanz hängt wie ein dünner Rattenschwanz auf einer Wildschweinschulter. Sein Grinsen ist mir egal.

»Kannst du mir nicht zwanzig Franc leihen? Für einen Hamburger?«

»Du solltest lieber einen Hotdog nehmen, dann könntest du dich anderweitig mit dem Würstchen vergnügen, ehe du es frisst ...«

Er lacht ausgiebig über seinen Witz, die Hände in die Hüften gestemmt, den Wanst rausgestreckt. Ein Hell's Angel für Arme.

»Kannst du mir nicht doch was geben?«

»Meine Filzläuse? Gerne!«

Wieder Gelächter. Sein Fett hüpft. Er hat riesige Brustmuskeln wie ein Catcher. Ich kann ihn mir gut mit einer Kapuze auf dem Kopf vorstellen wie einen Henker oder wie er sich im Schlamm wälzt und versucht, einen anderen unter seiner Fleischmasse zu begraben.

»Ich habe kein Geld«, fährt er fort und kneift die kleinen Schweinsaugen zusammen. »Für dich habe ich kein Geld. Du pumpst ständig alle an, das nervt.«

Ich antworte nicht. Ich wiege den Kopf hin und her, um mein Haar auf den Schultern zu spüren. Mein Haar ist schön – schwarz, voll und gelockt. Das Haar einer arabischen Prinzessin. Von Dreck verklebt. Das Haar einer in einen Laderaum gesperrten Prinzessin, die von nach Anchovis stinkenden Seeleuten vergewaltigt wird. Ekelhaft. Ich streiche über einen der Stampfer, die er anstelle des Bizeps hat.

»Gib mir Johnnys Schlüssel. Ich muss duschen.«

Bull lässt sich mit der Antwort Zeit. Er lässt mich gerne warten, mich spüren, dass er Johnnys Kumpel ist, dass er die Schlüssel zu seiner Bude hat und sie mir nicht geben muss.

»Ich weiß nicht, ob das Johnny recht ist«, sagt er mit der unschuldigen Miene eines Erstkommunikanten, der auf seiner Kerze sitzt.

»Er hat es mir erlaubt, gerade, ehe er abgefahren ist. Hast du nicht gesehen, dass ich mit ihm geredet habe? Er will, dass ich mich wasche. Er sagt, ich stinke.«

Das bringt Bull zum Lachen. Alles bringt ihn zum Lachen, außer wenn es um sein Essen oder sein Geld geht. Er kramt in seiner Tasche, zieht den Schlüssel hervor, schwenkt ihn vor meiner Nase hin und her und zieht ihn weg, sobald ich nach ihm greife. Schließlich lässt er ihn in den Rinnstein fallen. Ich bücke mich, um ihn aufzuheben, er schubst mich, und ich falle hin. Brüllendes Gelächter.

Ich umklammere den Schlüssel, stehe auf und schlage ihm meine Faust mitten ins Gesicht. Mit dem Schlüssel in der Hand tut das weh.

Sein Gelächter erstirbt, Blut strömt aus der aufgeplatzten Lippe. Er brüllt: »Verdammte Scheiße! Ich bringe dich um!« Doch ich bin schon auf der Treppe. Ich bin doppelt so schnell wie er und verriegele bereits die Tür hinter mir, als er noch im zweiten Stock ist.

Heftige Schläge gegen die Tür. Eine Flut von Flüchen, deren Vielfalt bei diesem Zurückgebliebenen fast verwundert. Der alte N'Guyen brüllt, er werde die Polizei holen.

Ich presse den Mund gegen die Tür und säusele:

»Johnny wird es nicht recht sein, wenn die Bullen kommen ... Du solltest lieber den Mund halten.«

Bull beruhigt sich. Er schnaubt wie ein wütender Stier.

»Ich kriege dich, Bo, das schwöre ich dir!«, ruft er in rachsüchtigem Ton.

Ich bin bei Johnny. Ich tänzele durch das Zimmer und mache Luftsprünge, werfe mich auf die Matratze und rieche an den zerknüllten Laken, an dem fettigen Kopfkissen, ich wälze mich auf den schmutzigen Klamotten, die sich in einer Ecke des Betts türmen. Ich presse den Unterleib gegen eine zusammengerollte Jeans, die Lippen drücke ich auf ein Hemd, das nach Schweiß stinkt. Ich wickele mich in das Laken. Ich bin bei Johnny!

Den Kopf in das Kissen vergraben, atme ich den Geruch seines Haars ein.

Ich lasse meine Lippen über den Bezug gleiten, rolle mich von einer Seite auf die andere – es ist wie Ferien.

Dann erhebe ich mich und wühle überall herum. Die kleine Küche ist schmutzig, im Spülbecken wimmelt es von Schaben. Fettige Teller, mit Lippenstift beschmierte Gläser, Ravioli in der Dose, Pulverkaffee. Weder Zucker noch Milch. Ich öffne den Kühlschrank: Cola, verdorbene Eier, eine angebrochene Tafel Schokolade. Der Kadaver einer unvorsichtigen Küchenschabe. Der Gegensatz zwischen der schmutzigen Wohnung und Johnnys Sauberkeit ist erstaunlich. Keiner käme auf die Idee, dass er in einem solchen Saustall haust.

Die Dusche hingegen ist blitzblank. Bis in den letzten Winkel gescheuert. Kein einziges Haar. Cremes, Gels, flauschige Handtücher. Ein Arzneischrank voller Beruhigungsmittel. Pflaster, ein Beutel mit Zahnpflegeutensilien. After Shave, Rasierklingen, Rasierschaum, Nagelscheren.

Ich lasse das warme Wasser über meinen Kopf rinnen. Lange. Es spült den Dreck, den Schweiß, die Ausdünstungen fort. Ich strecke mein Gesicht dem Brausekopf entgegen. Lauwarmes Prickeln auf meinen Wangen, meiner Stirn. Ich stelle mir vor, Johnnys Finger würden mich berühren. Sie gleiten an meinem Leib hinab. Noch weiter nach unten. Sie umklammern mich so fest, dass ich schreie.

Ich trockne mich mit einem dicken, beigefarbenen Handtuch ab. Dann lege ich mich hin und ziehe mir das schmutzige Laken über den Kopf. Ich bin glücklich, ich bin geschützt, ich kann schlafen.

KAPITEL 3

Jemand schlägt mit einem Stock gegen die Wand. Jemand klopft … Ich fahre aus dem Schlaf hoch. Wie spät ist es? Nein, da klopft niemand, jemand kommt die Treppe herauf – mit schnellen Schritten. O mein Gott, Johnny! Er wird wütend sein. Schnell, in den Schrank! Ich springe aus dem Bett und laufe zum Schrank. Wenn er schläft, werde ich verschwinden. Ich höre den Schlüssel im Schloss. Mein Herz schlägt wie wild. Die Tür öffnet und schließt sich wieder. Er ist da, ganz nah. Ich halte den Atem an.

Durch einen Spalt in den Schranktüren sehe ich ihn. Er macht kein Licht, bewegt sich leise wie ein Dieb in dem von Mondlicht erfüllten Zimmer. Er sieht müde aus.

Er geht in die Küche und verschwindet aus meinem Gesichtskreis. Wasserrauschen und das Geräusch von Plastikflaschen. Dann kommt er mit nacktem Oberkörper zurück, ich sehe die kräftigen Muskeln, die sich unter der weißen Haut abzeichnen. Das Spiel der Bauchmuskulatur. Er zieht sich aus, wirft die Jeans auf den Boden. Streift den Slip ab.

Im Gegensatz zu vielen anderen Männern macht ihn die Nacktheit nicht verletzlich. Er geht durchs Zimmer, sinkt plötzlich auf die Knie. Mit zurückgeworfenem Kopf verweilt er reglos, als böte er sich dem opalisierenden Mondlicht dar. Ich habe das Gefühl, einem geheimen, archaischen Ritual beizuwohnen.

Er erhebt sich wieder, kratzt sich, seufzt, fährt durch sein Schamhaar und lässt sich aufs Bett fallen. Zwei Minuten später schnarcht er. Ich lasse mich hinreißen, ein wenig von dieser quälenden Luft zu atmen. Ich bin erregt, weil ich ihm ganz nahe bin, ihn in seiner Intimsphäre beobachtet habe …

Ich warte noch zehn Minuten, dann öffne ich leise die Schranktür. Knurrend dreht er sich in seinem Bett um. Das Licht der Straßenlaterne hüllt ihn in einen bläulichen Schein. Der schlafende Luzifer. Sein Kopf ruht anmutig in der Armbeuge. Die Brust hebt und senkt sich regelmäßig. Ich mag seine weiche Haut, die so weiß und glatt ist.

Ich möchte sie mit meiner Wange berühren, den Schlag seines Herzens spüren, es mit meiner Hand umfangen.

Ich fische meine Sachen aus dem Stapel Klamotten auf dem Boden und beobachte ihn dabei aus den Augenwinkeln. Er lächelt im Schlaf, und ich hasse den mir unbekannten Grund für dieses Lächeln.

Wenn ich könnte, würde ich ihn in ein kleines, hermetisch abgeschlossenes Zimmer sperren, eine einfache, saubere Zelle. Ich würde ihn füttern wie ein Tier, ihm in einem Napf Leberpastete geben. Er müsste nackt leben, wäre meinen hinter einem Einwegspiegel verborgenen Blicken preisgegeben, ganz meiner Begierde, meinem Verlangen ausgeliefert. Ich würde ihn zwingen, sich Vergnügen bereiten zu lassen, er wäre gedemütigt, wütend, hätte keinen sehnlicheren Wunsch, als mich zu töten, und könnte es nicht, weil ich sein Herr wäre. Es wäre wie eine Vergewaltigung.

Ich schleiche zur Tür und lege die Hand auf die Klinke, ein flüchtiger Dieb der Träume.

Eine Hand umschließt meine Kehle, mein Kopf schlägt gegen den Türrahmen, ich werde hochgehoben, gegen die Wand gedrückt, halb erwürgt, ich ersticke, ich …

»Verfluchte Scheiße! Bo, bist du das?«

Er lässt mich los, und ich falle wie ein nasser Sack zu Boden, massiere meine Kehle. Ich habe keine Zeit, den Fußtritt abzuwehren, der mich in den Bauch trifft, krümme mich zusammen, er zielt zwischen meine Beine, tritt noch fester zu, es tut so weh, dass mir die Tränen in die Augen schießen, wieder schlägt er mir in den Magen, kniet sich über mich, packt mich mit beiden Händen bei den Haaren.

»Verfluchte Schwuchtel, was hast du hier verloren?«

»Ich ...«

Er versetzt mir schallende Ohrfeigen.

»Sprich deutlich!«

»... gekommen, um ... zu duschen ...«

»Wer erlaubt, hierher zu kommen?«

»Bull ...«

Erneute Ohrfeigen. Ich liebe Ohrfeigen. Kräftige, mit der flachen Hand ausgeteilte Ohrfeigen. Ich liebe es, wenn seine Handfläche meine Wangen, meine Lippen berührt. Ich versuche, seine Hand zu küssen. Das versetzt ihn in rasende Wut. Eine Flut von Schlägen prasselt auf mich nieder. Ich leiste keinen Widerstand. Das macht ihn wahnsinnig. Er ist über mir. Nackt, schwitzend, zerzaust wie ein Liebhaber. Er dreht mir den Arm auf den Rücken, so heftig, dass ich ein Stöhnen nicht unterdrücken kann.

»Und das, gefällt dir das, Bo? Antworte, schwule Sau!«

»Ja ... Danke.«

»Soll ich ihn dir brechen?«

Ich antworte nicht. Er dreht stärker. Ich spüre seinen Unterleib an meinem Hinterteil, das erregt mich, seinen Mund an meinem Ohr, seinen Atem, der mich erschauern lässt.

»Soll ich ihn dir brechen?«, fährt er fort. »Verdammt noch mal, verteidige dich! Schrei, sag, dass ich dir wehtue! Bo! Antworte, antworte, sonst breche ich dir den Arm, das schwöre ich dir!«

Ich antworte nicht. Der Druck ist unerträglich. Ich beiße die Zähne zusammen.

»Ich will nicht, dass du mich liebst! Ich will dich nicht!«

Diese Worte hat er geschrien und mir mit einem kurzen, brutalen Ruck den Arm gebrochen. Ich spüre, wie der Knochen nachgibt, den stechenden Schmerz, gleich werde ich ohnmächtig, o mein Gott, der Knochen ist gebrochen und ich … Er springt auf, weicht angewidert zurück, während ich keuchend auf dem schmutzigen Boden liege, den gebrochenen Arm an meinen schmerzenden Leib gepresst.

»Du bist echt krank, Bo. Total krank, verflucht noch mal!«

Er läuft im Zimmer auf und ab.

»Verschwinde, geh ins Krankenhaus, hau ab!«

Er hält mir ein Bündel Geldscheine hin, wirft sie mir schließlich ins Gesicht.

»Verschwinde! Sofort, oder ich bringe dich um.«

Mühsam rappele ich mich auf, sammele mit meiner gesunden Hand die Scheine ein und stopfe sie in meine Tasche. Mit geballten Fäusten beobachtet er mich aus der Distanz.

Wortlos öffne ich die Tür. Ich fühle mich leer, weit weg auf einem Stern, wo Johnny und ich miteinander kommuniziert haben. Er blickt mir nach, während ich hinausgehe. Sein Blick ist eisig, es ist der Alltagsblick, der des normalen Mannes, der arbeitet. Ich schließe die Tür hinter mir und schiebe mich an der Wand entlang die Treppe hinunter.

Im Bus rücken die Leute von mir ab. Die Spuren der Schläge auf meinem Gesicht, der kalte Schweiß, der mir am Körper hinunterrinnt, meine angespannten Züge, die Kleider, die ich irgendwie angezogen habe, die offenen Schnürsenkel.

Mein Handgelenk ist auf die doppelte Größe angeschwollen. Ich habe furchtbare Schmerzen, und das Rütteln des Busses macht es nicht gerade besser. Mit zusammengebissenen Zähnen schreie ich innerlich.

Eine Gruppe Jugendlicher mustert mich. Einer von ihnen, mit einer Rappermütze auf dem Kopf, kommt zu mir.

»He Mann, du bist verletzt, Mann.«

Eine Frage? Eine Feststellung? Ich zucke die Schultern.

»Ja.«

»Eine Schlägerei?«

»Ja.«

»Und die anderen Arschlöcher, hast du sie fertig gemacht, die anderen Arschlöcher?«

»Ist das Krankenhaus Saint-Roche noch weit?«

»Noch drei Stationen. Und was ist nun mit den anderen?«

Ich fahre mit der gesunden Hand über meine Kehle, als wolle ich sie durchschneiden. Beeindruckt weicht der Junge zurück und geht zu seiner Gruppe. Als ich aussteige, winken sie mir zu.

Ich bin ein moderner Held. Ein Mörder.

In der Notaufnahme weist man mir einen orangefarbenen Plastikstuhl zu, auf dem ich auf den Dienst habenden Arzt warten soll. Neben mir wiegt eine weinende Mutter ihren Sohn. Sein Kopf blutet, die Augen sind geschlossen. Ein Mann stöhnt und hält sich den Leib. Türen schlagen, Menschen hasten geschäftig vorbei, weiße Kittel eilen über die Gänge, es riecht nach Formalin, Blut und Angst. Die Frau und das Kind verschwinden hinter einer weißen Tür.

Um mir die Zeit zu vertreiben, erkundige ich mich an der Rezeption nach dem Polizeioffizier Derek Prysuski, der am Morgen gegen sieben Uhr eingeliefert worden war. Das junge Mädchen blättert einen Stapel Karteikarten durch und fragt, ob ich mit ihm verwandt sei. Ich antworte ja, in gewisser Weise, wir seien Kollegen.

»Sie sind Polizist?«, ruft sie aus, während sich ihre von blau getuschten Wimpern umrahmten Augen ungläubig weiten.

Ich zwinkere ihr vertraulich zu und flüstere: »Rauschgiftdezernat ...«, während ich auf mein Haar und meinen Aufzug deute.

»Ah, ich verstehe ...«

Um glaubwürdig zu wirken, füge ich hinzu:

»Ein paar Bolivianer haben mir den Arm gebrochen.«

»Ein gefährlicher Job ...«, meint sie.

Ich seufze, als wollte ich sagen: Einer muss ihn ja machen. Sie reicht mir Dereks Karteikarte, und ich überfliege sie schnell, ohne viel zu verstehen. Starke Kohlenoxydvergiftung. Hypertonisches Koma mit Pyramidenbahnzeichen. Isobarer Sauerstoff, hyperbarer Sauerstoff ...

»Wird er durchkommen?«

Sie nimmt die Karteikarte zurück und ordnet sie ein.

»Schwer zu sagen, er liegt immer noch im Koma.«

»Wo ist er?«

»Auf der Intensivstation. Zweiter Stock, Flügel B.«

Ich überlasse einem Typen mit blutüberströmtem Gesicht den Platz. Sie nimmt seinen Namen und seine Adresse auf, während er seine Brille mit einer Broschüre über Geschlechtskrankheiten reinigt.

»Bo! Was machst du denn hier, Liebes?«

Diana rauscht in einem rosafarbenen Cocktailkleid herein, eine majestätische Erscheinung. Sie arbeitet in der Nähe des Flughafens. Sie hat sich auf die Imitation prominenter Persönlichkeiten spezialisiert. (Unvorstellbar, wie viele Kerle auf Nancy Reagan scharf waren.) Vor zehn Jahren hat sie sich auf die Prinzessin von Wales verlegt. Die Lastwagenfahrer lieben es, Lady Di in der Kabine ihres Sattelschleppers zu vernaschen. Nach dem tragischen Tod der Prinzessin beschloss Diana, sich einer anderen Persönlichkeit zuzuwenden, aber sie hat sich so sehr mit ihrem Idol identifiziert, dass sie noch keine neue Inkarnation gefunden hat.

Sie wirft mir einen verschwörerischen Blick zu. Ich weiß, dass sie herkommt, um sich Stoff zu besorgen, sie hat einen Deal mit einem Krankenpfleger, der wiederum einen Deal mit einem Assistenzarzt hat.

Der Kerl mit den Magenschmerzen reißt verwundert die Augen auf, als er zwei Meter von sich entfernt die wieder auferstandene Lady Di sieht. Es stimmt, sie achtet sehr auf ihr Äußeres – Frisur, Kostüm, Schminke –, die Männer bekommen was geboten für ihr Geld.

Ich deute auf mein Handgelenk.

»Gebrochen.«

»O je! ... Ein Arbeitsunfall?«, fragt sie mit einer Miene, als wolle sie sagen, es sei mir während der Wachablösung vor dem Buckingham-Palast passiert.

»Ein Johnny-Unfall«, erkläre ich, weil ich Lust habe, seinen Namen auszusprechen.

Sie runzelt die Stirn und droht mir mit einem tadellos manikürten Zeigefinger.

»Dieser Kerl wird dich noch umbringen, Bo, er ist durch und durch schlecht.«

Nein, er wird mich nicht umbringen, das erledige ich schon selbst. Johnny ist nichts anderes als der Katalysator meines Wunsches nach Selbstzerstörung. Ich brauche ihn ebenso sehr wie ein Süchtiger seinen Stoff. Ich lächele Diana an, ich mag sie wirklich sehr.

»Mach dir keine Sorgen. Und wie geht's dir?«

»Du weißt ja, die Wechselfälle des Lebens ...«

Sie ist die Einzige, die das so aussprechen kann, als wäre es eine ganz alltägliche Redensart.

»Ein paar Probleme mit Prinz Charles, aber na ja ...«

Prinz Charles ist ihr Liebhaber und Zuhälter: Er stammt aus Kamerun, ist ehemaliger Schwergewichtsboxer und gebaut wie ein Kleiderschrank. Der Gegensatz zwischen seinem faltigen Gesicht, der Frisur im Afro-Look und den Anzügen aus Wildseide ist beeindruckend. Ein notorischer Trinker, nicht boshaft aber bisweilen nervig.

Als er von Prinz Charles reden hört, vergisst der Typ mit den Magenschmerzen das Stöhnen. Er reibt sich die Augen, öffnet den Mund und schließt ihn wieder. Ein Arzt kommt und holt ihn. Der Typ deutet auf uns und erklärt ihm etwas. Misstrauisch sieht ihn der Assistenzarzt an und schiebt ihn schnell in das Untersuchungszimmer. Mit einem Blick auf die Uhr nähert sich mir eine rundliche Krankenschwester. Plötzlich öffnen sich die großen Flügeltüren, um zwei keuchende Träger mit einer Bahre hereinzulassen. Sie setzen sie auf einem Fahrgestell ab und wechseln einige Worte. Unverständliche, medizinische Ausdrücke. Die Krankenschwester eilt zu ihnen, ihre Absätze hallen auf dem Kachelboden wider. Polizisten stürmen herein, sie wirken abgespannt und nervös. Draußen erhellt der zuckende Schein der Blaulichter die Nacht.

Auf der Bahre ruht eine reglose Gestalt, bedeckt mit einem Laken, das vor allem im Bauch- und Oberkörperbereich blutdurchtränkt ist. In dem mit goldenen Armbändern überladenen Arm steckt eine Infusionsnadel. Langes blondes Haar hängt von der Bahre herab.

Ein Mann mit blauer Regenjacke und Schnauzbart hält seinen Fotoapparat in die Höhe und drückt mehrmals auf den Auslöser, Blitzlichter flammen auf, zwei Polizisten in Uniform schieben ihn ohne weitere Umstände zur Tür. Ein junger Arzt kommt angelaufen, beugt sich über die Bahre und brüllt seine Anweisungen, man könnte glauben, man sei in der Serie *Emergency Room*.

Im Laufschritt wird der Wagen weggerollt. Die Bullen diskutieren leise und erregt.

»Sieht nach einer ernsten Sache aus«, meint Diana.

»Ja, um die schöne Blonde scheint es eher schlecht zu stehen. Und mich haben sie darüber wohl ganz vergessen«, sage ich und deute auf mein bläulich verfärbtes Handgelenk.

Die Türen öffnen sich wieder, und Mossa taucht auf. Er sieht grau aus und schwitzt. Als er uns bemerkt, bedenkt er uns mit einem verächtlichen Blick.

»Was habt ihr hier zu suchen?«

»Guten Abend, Herr Kommissar«, antwortet Diana höflich, die ständig auf der Etikette herumreitet, wenn nicht gerade auf jemand anderem.

Er klopft ihr auf die Schulter.

»Hallo, Hoheit«, bemerkt er in Gedanken vertieft, er scheint Sorgen zu haben. Ich versuche, mein Handgelenk vor ihm zu verbergen. Der Schmerz strahlt bis in die Schulter und den Rücken. Das erinnert mich an das Mal, als mein Vater …

»Schon wieder Probleme, Bo?«, brummt er und wischt sich mit dem Ärmel über das Gesicht. »Was ist mit deinem Arm?«

»Ich bin auf der Treppe ausgerutscht. Ich glaube, er ist gebrochen …«

»Tss-tss«, macht er, ehe er in die Richtung eilt, in der die Krankenbahre verschwunden ist. »Mit dir geht's bergab, mein Junge.«

»Was ist denn los?«, ruft Diana ihm nach und ringt die Hände.

»Mord«, bemerkt er knapp, ehe er hinter der Tür verschwindet.

Diana scheint erschrocken.

»Mord? Verdammt!«

Ich nicke. Einer der Polizisten in Uniform bückt sich, um etwas aufzuheben, das von der Bahre gefallen ist. Blutverschmiertes, langes blondes Haar. Für den Bruchteil einer Sekunde denke ich, man habe die Frau skalpiert! Ich erschaudere, doch dann wird mir klar, dass es eine Perücke ist.

Ich zucke zusammen. Eine Perücke. Eine Frau. Opfer eines nächtlichen Mordversuchs.

»Lass uns etwas warten, vielleicht erfahren wir ja mehr. Die Jungs von der Kripo kommen bestimmt zurück«, beschließt Diana, die ganz offensichtlich keine Lust hat, wieder an die Arbeit zu gehen.

Eine Krankenschwester holt mich in dem Moment, als der Pastor und sein Gefolge Einzug halten. Das weiße Haar zurückgekämmt, mit blitzender Brille, nähert er sich mit gemessenen, großen Schritten.

In dem kleinen Raum reinigt man meine Wunden, verbindet sie und stellt mir Fragen. Ich antworte nur immer wieder: die Treppe.

Als der Arzt sich die alten und neueren Narben an meinem Körper ansieht, brummt er, scheint nicht zufrieden. Er gipst meinen Arm ein und gibt mir ein Schmerzmittel. Verwundert und beunruhigt stellt er mindestens zehn alte Brüche am ganzen Körper fest. Ob ich deshalb schon bei einem Arzt war? Es sei nicht normal, dass die Knochen so brechen. Ich nicke, als wollte ich sagen: Ja, ja, ich weiß. Ich kann ja schlecht erklären, dass meine Knochen nicht zerbrechlicher sind als die aller anderen, aber auch nicht widerstandsfähiger, vor allem gegenüber den väterlichen »Erziehungsmaßnahmen« in meiner Jugend.

Unter argwöhnischem Kopfschütteln füllt er ein Krankenblatt aus. Ich gebe meine Versicherungsnummer und Lindas Adresse an. Er sucht meinen Blick, doch ich bin Meister im Ausweichen. Meine Augen sind so glasig, dass er den Eindruck haben muss, es mit einer Auster zu tun zu haben. Er fragt, ob ich genug esse, lässt mich tief ein- und ausatmen und bescheinigt mir einen schlechten Allgemeinzustand. Ob ich krank bin. Ob ich einen Aids-Test gemacht habe. Ich erkläre ihm, alles sei in bester Ordnung, nur augenblicklich sei ich etwas erschöpft, eine schlechte Phase in meinem bewegten und unregelmäßigen Künstlerleben. Er runzelt die Stirn, dann gibt er es auf.

Meinen frisch eingegipsten Arm in einer Schlinge, durch die Tabletten weitgehend schmerzfrei, mit Vitaminspritzen aufgebaut und einem Rezept in der Tasche, komme ich wieder in die Eingangshalle. Diana eilt auf mich zu.

»Es ist Jésus!«, ruft sie aufgeregt.

»Jésus?«

»Jésus Ortega, du weißt schon, Marlène!«

Ah, ja! Marlène! Eine Altgediente, auf Heteros spezialisiert. Die blonde Perücke.

»Er wurde mit einer Axt angegriffen!«, fährt sie fort und verdreht die Augen. »Arme Marlène! Seit fünfzehn Jahren arbeitet er an der Tankstelle. Der Pastor sagt, die Chancen, dass er durchkommt, stehen eins zu tausend.«

Ich kann meine Verwunderung nicht verbergen.

»Bist du mit dem Pastor befreundet?«

»Wenn man das so nennen will. Ich habe ihn kennen gelernt, als Prinz Philip erschossen wurde.«

Prinz Philip war ihr Onkel. Filippo Rasetto. Er wurde mit zwei Kugeln im Kopf in der Tiefgarage seines luxuriösen Hauses gefunden. Er war Geschäftsführer des Alcade, einer Transvestitenbar in der Nähe des Hafens. Das war lange bevor Drag-Queens in Mode waren. Ich bin fast ein Jahr lang dort aufgetreten. Piaf, Lio, Arletty, Tina Turner und andere, denen meine Figur in etwa entsprach, und viele Chansons aus der Vorkriegszeit, die gefallen mir besonders. Dort habe ich auch Maeva, Stéphanie, Diana und viele andere kennen gelernt, von denen es heute einige nicht mehr unter uns gibt.

Plötzlich dringen ihre Worte in mein Gehirn vor.

»Man hat sie mit einer Axt angegriffen?«

»Ja, grauenvoll! Stell dir nur vor!«

Schritte hinter uns. Mossas müde Stimme:

»Immer noch da?«

»Sie sind gerade erst fertig mit Bo«, erklärt Diana und deutet auf meinen Gips. »Wie geht es Marlène?«

Mossa zuckt die Schultern.

»Er ist tot. Das Herz hat nicht mehr mitgemacht.«

»Oh, wie furchtbar!«, ruft Diana entsetzt aus. »Wissen Sie, wer es war?«

Er zuckt erneut die Schultern und deutet auf uns.

»Wahrscheinlich einer der Verrückten, die allabendlich zu euren Kunden gehören.«

»Mossa«, ruft der Pastor, der, sein Notizbuch in der Hand, auf uns zukommt.

Dieser Mann hat einen so lautlosen Gang wie eine Katze. Er nimmt Mossa beiseite. Wir lauschen angestrengt, Diana betrachtet dabei angelegentlich ein Plakat, das die Vorzüge einer gesunden Ernährung bei der Krebsvorsorge rühmt, während ich mich angeblich in eine Broschüre mit dem Thema »Wie bringe ich meinem Kind bei, Nein zu sagen« vertiefe. Das hätte ich zwanzig Jahre früher lesen sollen ...

Gesprächsfetzen dringen zu uns herüber. Ich lausche mit weichen Knien:

»... Gerichtsmediziner kommt. Meiner Meinung nach war es dieselbe Waffe ... Es ist doch Ortega?«

»Ja ... Ortega Jésus, genannt Marlène, achtunddreißig Jahre ... Zwei Entziehungskuren, mehrere Selbstmordversuche ... Kokaindealer ... Auf Bewährung frei gelassen. Nichts Besonderes.«

»Auf alle Fälle ... kein Selbstmord ... in Anbetracht der Verletzungen! ... Merkwürdig ... nicht ganz getötet ... gestört worden?«

»... du, der Spezialist ...«

Die Schwingtür öffnet sich. Ein kleiner, kahlköpfiger Mann von etwa sechzig Jahren mit rundem Gesicht, der einen Kamelhaarmantel und eine schwarze Tasche trägt, tritt mit ruhigem Schritt ein. Der Pastor verzieht das Gesicht zu einem Grinsen à la Mister Freeze.

»Ah, guten Abend, Doktor Spinelli!«, ruft er und schüttelt dem Mann die Hand. »Kennen Sie Kommissar Mossa von der Sitte?«

Mossa streckt ihm höflich die Hand entgegen. Spinelli bedeutet durch ein Zeichen, dass er ihn kennt, ohne die dargebotene Hand zu ergreifen. Ein ausgemachter Rassist, schließe ich daraus.

»Wo ist die Leiche?«, fragt er mit zusammengezogenen Nasenflügeln und wirft einen Blick auf seine marineblaue Breitling.

»Sie bringen sie Ihnen ins Untergeschoss«, erklärt der Pastor und deutet auf den großen Aufzug am Ende des Ganges.

Zwei Krankenschwestern schieben eine Bahre, die lautlos dahingleitet. Diana bekreuzigt sich. Meine Augenlider zittern.

»Was glauben Sie, wie lange es dauern wird?«, erkundigt sich der Pastor, während er seine Brille mit dem Zipfel seines grauen Polohemds putzt.

»Woher soll ich das wissen?«, erwidert Spinelli gereizt. »Das hängt vom Zustand des Körpers ab. Wenn es so wie gestern ist ... Eine pro Nacht, das ist etwas viel, mein Lieber! Ich hoffe, das wird nicht zur Gewohnheit ...«

Mossa verdreht unauffällig die Augen. Der Pastor blinzelt, sein Gesicht ist so ausdruckslos wie das eines Leguans.

»Es ist nicht ›eine‹, diesmal ist es ›einer‹«, erklärt er.

»Egal, beide gehen auf den Strich«, meint Spinelli unbeeindruckt. »Wenn ich recht verstehe, wurde auch in diesem Fall der Thorax aufgeschnitten ...«

»Aber nicht geleert«, unterbricht ihn der Pastor.

Kurz taucht das Bild eines geleerten Thorax vor meinem geistigen Auge auf. Diana, die wie erstarrt vor ihrem Plakat steht, reißt entsetzt die Augen auf.

»Und haben Sie wenigstens die Zunge wieder gefunden?«, fragt Spinelli, als habe er einen Kandidaten beim Abitur vor sich.

Die Zunge?

Diana wird bleich. Ich kämpfe gegen einen aufsteigenden Brechreiz.

»Noch nicht«, antwortet der Pastor. »Wir haben die ganze

Gegend abgesucht. Offenbar hat der Dreckskerl sie mitgenommen.«

»Also, keine Spur?«, fragt Spinelli, während er sich davon überzeugt, dass Batterien in seinem Diktiergerät sind.

»*Nada!*«, meint der Pastor mit einem automatischen Lächeln. »Wir hoffen, dass uns die Autopsieergebnisse Aufschluss geben werden.«

»Wie immer«, seufzt der Gerichtsmediziner. »Also los. Ich habe meinem Enkel versprochen, morgen mit ihm Ski fahren zu gehen, um sieben Uhr geht's los.«

Während sich die beiden Männer entfernen, setzen sie leise ihr Gespräch fort.

Mit gerunzelter Stirn wendet sich Mossa zu uns um.

»Werdet ihr fürs Rumstehen bezahlt?«

Diana blinzelt ihm verschmitzt zu.

»Seien Sie nett, sagen Sie uns, was los ist ... Das betrifft uns schließlich auch.«

»Ihr wisst genauso viel wie ich. Hat einer 'ne Zigarette?«

Eilig bietet ihm Diana ihre King-Size-Mentholzigaretten an. Mossa verzieht das Gesicht. Eine Krankenschwester ruft:

»Rauchen verboten!«

»Okay«, brummt Mossa und zündet seine Kippe an.

Er inhaliert den Rauch tief.

»Jésus wurde hinter den Toiletten an der Tankstelle angegriffen. Keiner hat etwas gesehen oder gehört. Ein Rentner, der mit seinem Hund spazieren ging, hat ihn gefunden. Wenn er eine Stunde länger durchgehalten hätte, hätte er uns vielleicht sagen können ...«

Er schüttelt den Kopf und nimmt einen weiteren tiefen Zug.

»Stimmt es, dass man ihn mit einer Axt angegriffen hat?«, fragt Diana.

»Mit einem Hackbeil«, berichtigt Mossa, »wahrscheinlich ist das leichter mitzunehmen.«

»Zwei Frauen, ein Transvestit … drei Prostituierte. Glauben Sie, der Mörder hat Marlène für eine Frau gehalten?«, frage ich nachdenklich.

»Möglich. Das würde erklären, warum er von ihr abgelassen hat. Als er seinen Irrtum bemerkte, hat er aufgehört.«

»Verstümmelt er die Leichen? Der Doktor hat … eine Zunge erwähnt …«, murmelt Diana, eine Hand auf die falsche Perlenkette an ihrem Hals gelegt.

Mossa zieht übertrieben die Augenbrauen hoch.

»Holla! Haben wir zwei Neue in der Abteilung?«

Er beugt sich zu uns, als wolle er uns ein Geheimnis anvertrauen und flüstert:

»Ich bin nicht berechtigt, den Fall mit so wenig vertrauenswürdigen Personen wie euch zu besprechen. Gute Nacht, meine Schönen!«, schließt er und lässt die Kippe auf den schmutzigen Kachelboden fallen.

Er schlägt den Kragen hoch und geht. Diana trippelt hinter ihm her. Ich hole sie auf dem Parkplatz ein. Mossa ist schon abgefahren. Diana seufzt:

»Dreckskerl! Na gut, bleibt uns nur der Bus. Wohin fährst du?«

Ich zucke die Schultern.

»Okay, komm mit zu mir. Prinz Charles spielt mit seinen Kumpeln Poker. Er kommt erst morgen früh nach Hause.«

Der Bus rumpelt durch die verlassenen Straßen. Ich erinnere mich plötzlich an mein letztes Treffen mit Jésus-Marlène. Es war vor zwei Wochen, vor dem Zimmer 38 der Polizeiinspektion. Sie war bei Derek gewesen. Sie glich mehr einer schlecht rasierten Bulldogge als Marlene Dietrich. Wir haben uns kurz begrüßt. Armes altes Haus.

Mein Handgelenk schmerzt. Eine Katze stöbert in einer Mülltonne, eine Ratte läuft über die Straße. Hoch oben am Himmel kreischen die Möwen. Kein Mond. Keine Sterne.

Feiner Nieselregen rinnt über die Scheiben. Ich bin müde.

KAPITEL 4

Als ich aufwache, unterhält sich Diana mit jemandem. Ich richte mich auf der Schlafcouch auf und unterdrücke einen Schmerzensschrei. Der verfluchte Arm, den habe ich ganz vergessen. Ich beuge mich vor, um Diana zu sehen. Sie steht im Chanel-Kostüm in der Küche, den Telefonhörer in der Hand. Mit einer Handbewegung in meine Richtung deutet sie auf die dampfende Kaffeekanne. Ich nicke.

Ich fühle mich benommen. Vermutlich die Tabletten, die mir der Arzt gegeben hat. Ich stehe auf, um pinkeln zu gehen. Das Klo ist mit Fotos der königlichen Familie tapeziert. Ich bin nicht daran gewöhnt, unter dem strengen Blick der Königin zu pinkeln, das verwirrt mich. Dann statte ich dem Badezimmer einen kurzen Besuch ab. Mit dem Finger putze ich mir die Zähne und tupfe mein Gesicht mit einer nach Zitrone duftenden Lotion von Prinz Charles ab. Ich greife mir ein schwarzes T-Shirt, das mir zu passen scheint, und streife es mühsam über. Als ich in die Küche komme, ist Diana noch immer am Telefon.

»Ein absolutes Gräuel, alles voller Blut! ... Ja ... Genau! ... Nein, nun stell dir doch nur vor! ... Man ist nirgendwo mehr sicher! ... Was, ein Stammkunde! ... Was? ... Okay!«

Sie wendet sich zu mir um und schenkt mir Kaffee ein.

»Das war Estelle. Sie hat gerade einen Kunden, sie ruft

später wieder an. Sie hat die Zeitung gelesen, anscheinend berichten sie in allen Einzelheiten über den Fall, ich laufe schnell runter und kaufe eine. Im Schrank steht Zwieback.«

Sie ist schon auf der Treppe. Ohne Appetit knabbere ich an einem Zwieback, trinke einen Orangensaft und rühre in meiner Kaffeetasse. Im Wohnzimmer steht eine Stereoanlage. Ich suche eine CD aus. Diana und Charles haben die schönste Sammlung schottischer Musik, die ich kenne. Ich lege eine Auswahl des Königlichen Regiments von Edinburgh auf, das muntert auf. Auf dem Couchtisch liegt ein Fotoalbum. Prinz Charles im weißen Anzug in Monte Carlo, eine Menge Leute, die ich nicht kenne, bei Abendeinladungen, im Casino, am Swimmingpool, Diana vor ihrer Operation, als sie noch Frank hieß, umgeben von schönen Jünglingen mit Pailletten und Schlaghosen. Ich erkenne ihre Augen, das Kinn, der Rest hat sich verändert – Adel verpflichtet.

»Es steht auf der Titelseite, sieh nur!«

Atemlos reicht sie mir die Zeitung. Die Schlagzeile lautet:

Wieder eine Prostituierte ermordet

Die Polizei ist einem Verrückten auf der Spur

Seite 6

Darunter ein Foto vom Ort des Verbrechens mit dem Krankenwagen, der Bahre und den Polizisten, die mit erhobenen Händen versuchen, das Objektiv zu bedecken. Im Hintergrund erkennt man die Tankstelle.

»Der Tankwart wird zufrieden sein, das bringt ihm neue Kundschaft«, fährt Diana fort. »Alle Leichenfledderer der Umgebung werden kommen.«

Ich lese den Artikel, während sie uns Butterbrote schmiert. Der Journalist erinnert daran, dass dies der dritte Prostituiertenmord in knapp zwei Monaten ist und der zweite innerhalb von achtundvierzig Stunden! Die beiden ersten Opfer, Mariana Mikhalkov und Nathalie Devos, wurden in der Nähe eines Supermarkt-Parkplatzes gefunden, das dritte hinter einer Tankstelle am Meer, die abends geschlossen ist und *deren Umgebung bei der Polizei als bevorzugter Treffpunkt für zahlreiche Peripatetiker bekannt ist.*

»Peripatetiker, dass ich nicht lache! Er wollte nicht sagen, dass es der Transvestitenstrich ist!«, ruft Diana aus. »Ah! Diese kleinbürgerlichen Spießer ...«

»Nicht jeder hat die Geistesgröße der wahren Aristokraten«, bemerke ich und nehme meine Lektüre wieder auf.

Keine Fingerabdrücke am Tatort, man wartet auf das Ergebnis der genetischen Analyse. Die Opfer wurden mit einer sehr scharfen Stichwaffe getötet, erklärt der Journalist. Der Mörder hat wie besessen immer wieder zugestoßen und sogar die Gesichter seiner Opfer verstümmelt. Keine weiteren Details, schließlich handelt es sich um eine Zeitung für die ganze Familie.

»Die Zunge!«, ruft plötzlich Diana. »Der Arzt hat davon gesprochen, erinnerst du dich? Ich bin sicher, das ist es. Nun stell dir das nur mal vor! Mir wird ganz übel, wenn ich daran denke, dass wir die arme Marlène auf ihrer Bahre gesehen habe, sie lebte noch, und wenn man sich vorstellt, dass ihre Zunge ... O nein, das ist wirklich ekelhaft!«

Ich schlucke. Ich habe keine Lust, mir diese Art Details vorzustellen.

Im letzten Abschnitt erfahren wir, dass die Polizei die Bekannten und Freier der Opfer unter die Lupe nehmen wird. Rache? Wahnsinnstat eines Serienmörders? Neben der abgeschnittenen Zunge verschweigt der Journalist zwei weitere Informationen: Das dritte Opfer war ein Transvestit und starb erst im Krankenhaus. Diese Informationen wollte die Polizei also nicht veröffentlichen. Das ist immer nützlich, um die Geständnisse irgendwelcher Verrückten auszusortieren, die Selbstanzeige erstatten, ohne etwas mit der Tat zu tun zu haben.

Wie durch einen Wirbelsturm fliegt die Wohnungstür auf, und Charles, die Morgenzeitung unter dem Arm, schwankt herein. Mit düsterem, wütendem Gesicht und einer Whiskyfahne torkelt er auf uns zu.

»Hast du das gesehen? Nein, wirklich, hast du das gesehen! Es gibt keinen Respekt mehr, nichts zählt mehr!«

Er lässt sich auf das Sofa fallen, zieht an seiner verdrehten Krawatte und legt sein Glencheck-Jackett ab. Er sieht aus wie Georges Foreman nach seiner Niederlage gegen Muhammed Ali in Kinshasa.

»Wie viel hast du verloren?«, fragt Diana mit feuchten Augen.

»Geht dich nichts an! Gib mir Kaffee. Was hast du hier zu suchen?«

Du, das bin ich. Diana antwortet an meiner Stelle:

»Die arme Bo sitzt auf der Straße. Ich habe ihr gesagt, sie kann hier übernachten.«

»Die arme Bo sitzt auf der Straße …«, äfft Prinz Charles nach und bedenkt mich mit einem wenig freundlichen Blick.

Er wendet sich an Diana.

»Ich habe dir schon hundertmal gesagt, ich will nicht, dass du hier Nutten anschleppst.«

Diana nickt und reicht ihm eine Tasse starken Kaffee. Prinz Charles klopft mit seiner dunklen Hand auf die Zeitung.

»Heute Abend gehst du nicht arbeiten. Du wirst so lange nicht arbeiten gehen, bis sie diesen Verrückten geschnappt haben, verstanden?!«

»Aber die Raten für das Haus«, protestiert sie.

Sie haben ein Bauernhaus im Hinterland gekauft, mit Ziegen und Olivenbäumen. Dort spielt Diana zur Entspannung Marie-Antoinette.

»Das ist mir egal! Du bleibst hier! Verflucht, wir werden

den Kerl schnappen und ihm die Eier abschneiden, du wirst schon sehen!«

Geschmeichelt angesichts der Sorge ihre Machos, beugt sich Diana zu ihm herab und streichelt liebevoll sein Gesicht. Ich nutze die Gelegenheit, um mich davonzustehlen, gestärkt durch ein richtiges Frühstück und noch dazu sauber.

Draußen ist es kalt. Das schöne Wetter hat einem hässlichen grauen Himmel Platz gemacht, es regnet kalte Tropfen, Aprilschauer. Ich stelle fest, dass Diana einen Fünfhundert-Franc-Schein in die Gesäßtasche meiner Jeans geschoben hat. Da wird mir warm ums Herz, wie man so schön sagt.

Ich gehe am Blumenmarkt entlang, wo die Mimosen verwelken. Mein eingegipster Arm ist schwer. Ich versuche, an nichts zu denken, aber meine Gedanken kreisen ständig um die Morde. Um die Leiden der Opfer. Solange ich mich erinnern kann, bin ich an Schmerzen gewöhnt. Als ich im Sado-Maso-Club arbeitete, sagte man, ich wäre die Beste. Diejenige, die am meisten aushält. Manche Kunden gingen sogar so weit, dass hinterher ein Arzt kommen musste. Die Narben sind mir innerlich und äußerlich geblieben. Wenn ich bedenke, dass ich bereit wäre, mich Johnny hinzugeben, mich auf dem Altar seiner Brutalität zu opfern, und dass er mich zurückweist …

Unbewusst habe ich den Weg zu seinem Haus eingeschlagen. Ich sehe Bull, der auf der Terrasse von Lindas Kneipe sitzt. Er trinkt eine Cola, und sein Gesicht hat den zufriedenen Ausdruck eines wahnsinnigen Rindes. Auf seiner Oberlippe klebt ein Pflaster: das freut mich. Ich tue so, als würde ich die Auslagen der Bäckerei betrachten, und beobachte heimlich den Eingang zu Johnnys Haus.

Nach zehn Minuten kommt er heraus, dunkelgrauer Anzug, bordeauxrote Krawatte, hellgraues Hemd, blitzblank polierte Weston-Schuhe. Er ist gekämmt, rasiert und trägt einen Aktenkoffer in der Hand.

Berichtigung: »Johnnys« Anschluss ist vorübergehend nicht erreichbar, der, der hier zur Arbeit geht, ist »Jonathan«. Bull winkt ihm zu, er antwortet mit einer kurzen Geste. In Jonathans Leben gibt es keinen Platz für Bull. Mit entschlossenem Schritt geht er zum Taxistand und steigt in den ersten Wagen, der ihn in sein anderes Leben bringen wird, von dem ich nichts weiß. Mein Wunsch, etwas darüber zu erfahren, ist plötzlich unwiderstehlich. Ich laufe über die Straße und setzte mich in das nächste Taxi. Gott sei Dank hat mir Diana das Geld zugesteckt. Der Fahrer, der aussieht wie der Sultan von Qatar, sieht mich fragend an. Auch wenn ich sicher bin, dass er mich auslachen und rauswerfen wird, sage ich:

»Folgen Sie dem Taxi, das gerade losgefahren ist.«

Wortlos lässt er den Wagen an und schiebt sich in den dichten Verkehr. Vor uns biegt Johnnys Taxi links ab.

»Schnell, wir werden ihn verlieren.«

Der Fahrer zuckt die Schultern, drückt auf einen Knopf seiner Sprechfunkanlage und sagt etwas in einer Sprache, die ich nicht verstehe. Eine verzerrte Stimme antwortet. Ein kurzer Dialog. Der Funk rauscht. Er sieht mich im Rückspiegel an.

»Kein Problem«, erklärt er. »Das Taxi vor uns gehört meinem Cousin. Er bringt Ihren Freund zum Ambassador.«

Das Ambassador. Ein Vier-Sterne-Luxushotel aus den zwanziger Jahren, das an der Promenade liegt. Was hat Johnny dort verloren?

Während wir im Stau stehen, schlucke ich meinen Ärger hinunter. Die Scheibenwischer quietschen mit schöner Regelmäßigkeit.

Ich betrachte die Jogger, die im Regen über den Strand laufen. Die kleinen Hündchen mit lockigem Fell und Regencape, die brav ihr Häufchen in den Rinnstein setzen. Die Boule-Spieler, die unter ihren schwarzen Regenschirmen palavern.

Das erste Taxi hält einige Meter vor dem Ambassador. Ich sehe, wie Jonathan den Fahrer bezahlt. Ich zahle ebenfalls und steige aus. Beinahe hätte ich einen Radfahrer mit gelbem Regencape umgestoßen, der mich mit einem Schwall von Flüchen überhäuft.

Johnny geht die Hoteltreppe hinauf und verschwindet durch die lackierte Drehtür. Das Ambassador gehört zu jenen Hotels, in denen ein stetes Kommen und Gehen zwischen der Pianobar mit Ledersesseln, dem Teesalon und dem Zeitungskiosk herrscht, sodass man völlig unbemerkt bleibt. Ich beschließe hineinzugehen. Ich ziehe ein Gummiband aus meiner Hosentasche und binde mein Haar zu einem Pferdeschwanz zusammen. Automatisch werfe ich einen Blick auf meine Hände: kein Nagellack, sehr gut. Die Schuhe: große Treter wie sie jetzt in Mode sind. Männerschuhe. Perfekt.

Gerade ist eine Gruppe von Russen angekommen, und die Hotelangestellten an der Rezeption sind überlastet. Ich laufe durch die Hallen, kein Johnny weit und breit. Ich statte der Toilette einen kleinen Besuch ab, um mein Äußeres zu überprüfen: ein Geschöpf unbestimmten Geschlechts, bleich und hager, mit sehr dunklem Haar, blickt mich im Spiegel an. Es trägt eine schwarze Lederjacke, ein schwarzes, zu großes T-Shirt und eine verwaschene Jeans. Das eingegipste Handgelenk ruht in einem Tuch. Es hat graue Augen, die von feinen Fältchen umgeben sind. Der Adamsapfel springt vor wie bei einem Truthahn. Normalerweise verberge ich ihn unter einem Schal oder einem Rollkragenpullover. Die langen Nägel sind sorgfältig manikürt. Am Ringfinger steckt ein Ring in Form eines Skarabäus – das Geschenk eines Motorradfahrers. Ich zwinkere dem Spiegelbild zu, es zwinkert zurück, ich gehe hinaus.

Plötzlich fällt mir ein, dass Johnny hier vielleicht ein Zimmer haben könnte. Ich frage den erschöpften Angestellten an der Rezeption nach Monsieur Belmonte. Unter diesem Namen sei hier niemand abgestiegen, antwortet er, während er weiter mit den Russen auf Englisch radebrecht. Also gehe ich auf einen zierlichen Pagen zu, der, an eine Säule gelehnt, im Stehen zu schlafen scheint. Ich erkläre ihm, dass ich jemanden suche, der gerade das Hotel betreten habe. Ich beschreibe ihm Johnny. Er zwinkert mir zu und lächelt mich an, sagt, es gehöre sich nicht, fremden Herren ins Hotel zu folgen. Ich setze mein bezauberndstes Lächeln auf und schlage vor, wir könnten ja abends mal zusammen ein Gläschen trinken gehen; er antwortet mir, er habe jeden Tag um dreiundzwanzig Uhr Dienstschluss. Als sich ein anderer Page zu uns gesellt, nimmt er sogleich eine respektvollere Haltung an und sagt höflich:

»Ich denke, es handelt sich um Monsieur Garnier. Sie finden ihn im California Grill.«

Garnier? Also hatte ich Recht: Belmonte ist nicht sein richtiger Name. Jonathan heißt Garnier. Wie unsere Oper. Jonathan Garnier, das Phantom meiner ganz persönlichen Oper.

Ich finde den California Grill, hochmodern, großstädtischer Chic in Leder und Metall, Non-Stop-Service, pseudokalifornische, eher teure Spezialitäten. Ein eigenartiger Ort zum Frühstücken.

Nachdem ich die schwere Glastür aufgestoßen habe, bleibe ich vor einem blauen Absperrungsband stehen. Eine Kellnerin in ebenfalls blauer Uniform eilt mit einer riesigen Speisekarte in der Hand auf mich zu. Zwei Amerikaner kauen angestrengt eine üppige Portion Tacos und unterhalten sich so lautstark, als läge der Rio Grande zwischen ihnen. Ich folge der Kellnerin und versuche, Johnny zu entdecken.

Affektiert führt sie mich in eine Ecke zu einem Tisch mit Blick aufs Meer. Ich vertiefe mich in die Karte, um schließlich einen starken Kaffee zu bestellen. Sie scheint enttäuscht und versucht mir Brownies anzudrehen, doch ich bleibe standhaft: Bei einem Teller Brownies zu achtzig Franc vergeht mir der Hunger. Hüftschwingend eilt sie davon; sie geht mir auf die Nerven. Am Nachbartisch redet eine magersüchtige, auf der Sonnenbank gegrillte Dame im Gucci-Kostüm auf den leeren Stuhl ihr gegenüber ein.

»Nein, kannst du dir das vorstellen, mir so etwas zu sagen!«

Mit wem spricht sie? Ich beuge mich etwas vor und sehe zwei behaarte Ohren und eine schwarze Schnauze. Ein Gremlin?

»Als hätte sie Michael entdeckt!«, fährt sie mit schriller Stimme fort.

Der Gremlin, der brav auf seinem Stuhl sitzt, stimmt ihr mit einem vagen Knurren zu.

Ich beuge mich etwas weiter vor, und dann sehe ich ihn: die schwarzen Augen eines Yorkshireterriers, die auf den Teller seines Frauchens gerichtet sind.

»Hast du Hunger? Soll ich dir ein Carpaccio bestellen?«

Ein kurzes Jaulen. Nächstes Mal nehme ich Axelle mit ihren Inoxhörnern zum Tee hierher mit. Sie entspricht genau dem Stil des Etablissements.

Ich blicke auf den regenverhangenen Strand. Das Meer wirkt wie ein kalter, grauer See, wie trübes, schmieriges Gelee, das den Sand bedeckt. Das Mädchen kommt zurück, stellt den Kaffee vor mich hin, ohne sich um ein Lächeln zu bemühen. Als ich den Zucker suche, schaue ich auf und sehe ihn.

Johnny. In einer blauen Jacke mit Goldknöpfen, wie er einer alten Dame mit bläulichem Haar die riesige Speisekarte reicht. Diese Entdeckung trifft mich wie ein Herzschlag. Johnny ist Kellner! Ich muss einen eigenartigen Anblick bieten und mache schnell den Mund wieder zu. Er hat mich nicht gesehen. Er führt die Alte zu einem Tisch, quittiert ihre bissigen Bemerkungen mit einem freundlichen Lächeln, gibt schnell die Bestellung weiter und eilt mit unterwürfiger Miene zu einer Gruppe gestresster Geschäftsleute. Johnny ein Domestik?!

Oder ... Sollte er einen Zwillingsbruder haben? Ich beobachte ihn eine Weile.

Er gibt sich geschäftig, kompetent und ausgesprochen höflich. Seine hellen, eisigen Augen sind wie verschleiert. Ein leichtes nervöses Zittern durchläuft seine linke Hand, wenn er sie nicht bewegt. O nein! Das ist kein Zwilling, kein Doppelgänger. Er ist es. Der Prinz meiner Nächte ist Kellner im Ambassador. Mein Herr und Meister buckelt vor steinreichem Gesindel, das ihn verachtet. Steckt das Trinkgeld ein und bedankt sich unterwürfig. Am liebsten würde ich schreien: Er hat mir heute Nacht den Arm gebrochen ... Ja, dieser Kerl, den ihr nicht einmal wahrnehmt, der große Blonde, der so höflich ist ... Er hat mir den Arm gebrochen, weil er nicht will, dass ich ihn liebe. In diesem Augenblick dreht er den Kopf in meine Richtung und sieht mich.

Er öffnet den Mund, schließt ihn wieder. Auf seinen bleichen Wangen zeichnen sich rote Flecke ab. Dabei beantwortet er ungerührt weiter die Fragen der Geschäftsleute, hilft ihnen aus den Mänteln und trägt diese zur Garderobe. Ich weiß, dass er mich hasst. Ich weiß, dass er sich gedemütigt fühlt. Dass er Angst hat, ich könnte gekommen sein, um einen Skandal zu machen. Ich weiß auch, dass ich dafür bezahlen muss. Ich möchte ihm sagen, dass ich es nicht wusste, dass ich es nicht absichtlich getan habe. Aber er wird mich nicht anhören. Er wird sagen: Na, Bo, hast du dich heute Morgen gut amüsiert? Und er wird mich bestrafen. Er wird mich schlecht bestrafen, weil er weniger Selbstvertrauen hat, weil ich sein Geheimnis kenne.

Aber vielleicht wird er sich auch schwach und furchtsam verhalten, und dann würde ich ihn nicht mehr lieben. Ich wäre frei. Erlöst.

Ich hebe die Hand, um ihn heranzuwinken. Zunächst tut er so, als hätte er es nicht bemerkt, doch die Kellnerin ist am anderen Ende des Restaurants beschäftigt, und er muss kommen.

Mit zusammengebissenen Zähnen steht er vor meinem Tisch. Mein Kopf ist auf der Höhe seines Schritts. Ich sehe die Wölbung unter dem blauen Stoff. Ich schiebe das Kinn einige Zentimeter vor, ich könnte meine Lippen darauf legen.

»Wünschen Sie noch etwas?«, fragt Johnny mit einer kalten, respektvollen Stimme, die ich nicht kenne.

»Nein, danke. Die Rechnung bitte.«

Unter meinem Blick geht er durch das Restaurant und kommt mit der Rechnung zurück. Fünfundzwanzig Franc für den Kaffee. Ich bezahle mit Dianas Geld. Schweigend gibt er mir das Wechselgeld zurück.

»Das schöne Wetter hat nicht angehalten«, sage ich, vom Teufel geritten.

»Der Wetterbericht kündigt Schnee an«, entgegnet er ungerührt.

Ich stecke das Wechselgeld ein und erhebe mich, er tritt zur Seite, um mich vorbeizulassen, und da kann ich nicht widerstehen: Diskret streiche ich über die Innenseite seines Schenkels. Er läuft vor Wut rot an, ich gehe in aller Seelenruhe. Bevor ich hinausgehe, drehe ich mich um und begegne seinem Blick, der mit der grausamen Intensität eines Katers auf mir ruht, der einen Vogel außerhalb seiner Reichweite beobachtet.

Auf der Straße möchte ich lachen, Luftsprünge vollführen und *Singing in the Rain* trällern. Ich weiß, wo Johnny arbeitet, ich habe ihn in der Hand, ich kann ihn sehen, wann ich will. Überschwänglich küsse ich meinen Gipsverband.

Und wenn er mich nun nie wieder sehen will? Wenn er mich aus seinem Leben streicht? Ich würde jeden Tag auf der

Treppe des Hotels auf ihn warten. Ich würde auf allen vieren auf dem Asphalt hinter ihm herkriechen, ihm die Blamage seines Lebens bereiten.

Um mich loszuwerden, müsste er mich umbringen.

KAPITEL 5

Mein neuer Bewährungshelfer sieht mich missmutig an. Er ist etwa fünfunddreißig, klein, hat struppiges, braunes Haar, einen Backenbart. Er trägt einen beigefarbenen Zopfpullover, gebügelte Jeans und braune glänzende Boots. Vor ihm auf dem Schreibtisch steht auf einem kleinen Schild: Théodore Morelli, auf einem anderen: Rauchen verboten und auf einem dritten: Freiheit bedeutet, sich selbst zu beherrschen. Ich bin also nicht für die Freiheit geschaffen. Er deutet mit dem Zeigefinger auf mich.

»Ich bin sicher, dass wir uns gut verstehen werden, Beaudoin.«

Auf der Stelle bin ich vom Gegenteil überzeugt.

»Solange du mir keine Märchen auftischst, werden wir beide keine Probleme haben, aber wenn ich feststelle, dass du mir was vormachst, also dann ...«

Drohendes Schweigen. Ich setze ein dümmliches Gesicht auf, das haben sie gerne. Er deutet auf meinen Arm.

»Hattest du einen Unfall?«

»Ich bin die Treppe runtergefallen.«

»Hmmm ...«

Er sieht sich meine Akte an, überfliegt sie seufzend.

»Ich habe nicht den Eindruck, dass du große Anstrengungen unternommen hast, um dich wieder einzugliedern, Beaudoin.«

»Es ist nicht leicht, Arbeit zu finden.«

»Ehrliche Arbeit, meinst du? Wie ich sehe, hattest du schon keine sehr glückliche Kindheit, willst du dir auch den Rest deines Lebens versauen?«

Meine stummen Einwände fegt er mit einer Geste beiseite.

»Ich weiß, dass du ... na, sagen wir mal ... ein Problem hast. Viele Leute haben Probleme«, räumt er unter mitleidigem Kopfschütteln ein. »Aber ich will dir eines sagen, Beaudoin: Du bist ein Mann, ob du es nun willst oder nicht.«

Der offene, direkte Blick eines Nachtschattengewächses. Ich würde ihm gerne meine Nägel ins Gesicht schlagen.

»Kommt es dir nie in den Sinn, dich wie ein Mann zu verhalten? Dein Schicksal in die Hand zu nehmen?«

Zerknirschter Gesichtsausdruck bei Beaudoin, der Versuch, einem hilflosen Waschbären zu gleichen. Morelli runzelt die Stirn und fährt fort:

»Hier ist nicht der Ort, um sich auszuheulen, und ich bin nicht die Sozialhilfe. Meine Arbeit ist es, mich zu vergewissern, dass du keine Gefahr für die Gesellschaft darstellst.«

»Ich bemühe mich.«

»Ach ja? Indem du in Nuttenbars arbeitest? Dich als Transvestit zur Schau stellst?«

»Die Touristen mögen das.«

»Ich glaube, du verstehst mich nicht richtig, Beaudoin. Ich spreche nicht davon, sich irgendwie durchzuschlagen. Ich spreche davon, sich anzustrengen, sich richtig anzustrengen. Versuche, bis zum nächsten Mal darüber nachzudenken.«

Er erhebt sich und bedeutet mir, das Gespräch sei beendet. Ich drehe mich auf dem Absatz um und öffne die Tür, als er noch kalt hinzufügt:

»Denn wenn du dich nicht für mich anstrengst, werde ich mich auch nicht für dich anstrengen.«

Ohne etwas zu erwidern, schließe ich die Tür. Ich spüre, dass dieser Typ Streit mit mir sucht. Drogenkontrolle und das ganze Zeug. Aber ich gehe nicht zurück ins Gefängnis. Ich werde nicht mehr das Arschloch vom Dienst spielen. Ich werde mich am Riemen reißen. Arbeit finden. Egal, was. Ich muss Linda fragen.

Bei Linda ist Stoßzeit. Pastis-Fans drängen sich um die Theke. Plumpe Witze machen die Runde. Laszlo, der sich inmitten seiner Flaschen zu schaffen macht, erinnert an einen Orchesterchef, der eine unvollendete Symphonie dirigiert. Ich drängele mich in die Küche vor, wo Linda, mit wirrem Haar und einer Schürze um die Taille, ihres Amtes waltet.

Als sie meinen Gips sieht, stößt sie einen entsetzten Schrei aus, und ich erzähle ihr kurz die Treppen-Version. Sie tut so, als würde sie mir glauben.

Zwischen zwei Bestellungen erkläre ich ihr mein Problem mit einem Job, sie fragt, ob ich etwas Ragout will, und schon sitze ich in einer Ecke neben drei Typen von der Telekom, die über das am Abend anstehende Fußballspiel Wetten abschließen. Zwischen richtigen Männern und der feuchten Scheibe eingezwängt, verzehre ich ohne Appetit mein Ragout, kaue die Fleischstücke sorgfältig.

Draußen auf der Straße laufen Leute vorbei und versuchen, den Regentropfen zu entgehen. Ich liebe den Regen, nasses Gras. In der Altstadt gibt es nicht viel Gras, ausgenommen das, was in Zigarettenpapier zu einem Joint gedreht wird.

Die Jungs von der Telekom sehen mich schief von der Seite an. Ich halte mich zu gerade, esse zu manierlich, meine Bewegungen sind zu manieriert. Eine alte Angewohnheit, die ich nicht abzustreifen vermag. Ich schiebe meinen Teller zurück. Im Ambassador muss jetzt auch Hochbetrieb herrschen. Johnny verausgabt sich, läuft ehrerbietig und unterwürfig zwischen den Tischen umher. Jetzt weiß ich, woher seine Wut kommt, die er später an mir und den anderen auslässt. Nachdem er den ganzen Tag über gebuckelt hat, muss der Supermann seine Männlichkeit ausleben!

Allmählich werden die Gäste weniger. Es duftet nach Kaffee und Digestif. Die Kasse klingelt. Wiederholt fällt die Tür ins Schloss. Endlich lässt sich Linda seufzend auf den Stuhl mir gegenüber sinken.

»Du willst also arbeiten?«, fragt sie.

Ich nicke, während ich einen Brotrest zerbrösele.

»Lass das Brot, es hat dir nichts getan. Das Problem ist, dass mir eigentlich nichts einfällt, was du machen könntest.«

»Weil ich aussehe wie eine Verrückte, nicht wahr?«

»Na ja, ehrlich gesagt … siehst du nicht gerade wie ein hart gesottener Kerl aus der Fremdenlegion aus.«

»Oh, aber die mögen mich sehr.«

»Nein, ernsthaft, Bo, du brauchst eine Arbeit, bei der du nicht allzu sehr mit der Öffentlichkeit in Berührung kommst. Eigenartig, dass du gerade heute nachfragst, denn wenn du willst, kann ich dir einen Job als Tellerwäscher anbieten. Ali geht in vierzehn Tagen, er hat endlich eine Stelle als Lagerverwalter im Kaufhaus Galeries Lafayette gefunden.«

Ich überlege einen Augenblick. Tellerwäscher, das hat nicht viel mit Pailletten und Glamour zu tun. Ziemlich weit von dem entfernt, was ich normalerweise mache. Aber mal ernsthaft, es wäre in Lindas Nähe, und ich wäre allein.

»Okay.«

»Was das Gehalt angeht …«

»Ich vertraue dir.«

»Gut. Du fängst um sieben Uhr morgens an und bist um fünfzehn Uhr fertig.«

»Und abends?«

»Abends ist Karim dran. Nutz die Zeit nicht, um Unsinn zu machen.«

»Nur ein bisschen …«

»Glaubst du, dass du deinen Arm in zwei Wochen wieder benutzen kannst?«

»Kein Problem. Und danke ...«

»Ja, werd's ausrichten. Kaffee?«

»Kaffee.«

Ich schlürfe einen meiner letzten Espressi als Gast. Linda diskutiert mit einem alten, fetten Mafioso, der in dem Ruf steht, eine besondere Vorliebe für kleine Mädchen zu haben. Sie hat geschäftlich mit ihm zu tun, denn er hat ihnen Geld geliehen. Als ich auf meine Uhr schauen will, stelle ich fest, dass ich keine Uhr mehr habe. Wahrscheinlich haben die kleinen Idioten von neulich nachts sie mir geklaut. Ich habe den Eindruck, von einem langen Trip, von einer sehr, sehr langen Reise zurückzukehren. Vielleicht ist es der reale Schmerz meines bleischweren Handgelenks, das wie Feuer brennt, und die Tatsache, dass Johnny nicht nur ein Phantom der Nacht ist. Indem ich ihm in sein Leben bei Tag folgte, bin auch ich in die Wirklichkeit zurückgekehrt. Dorthin, wo unter der Schminke die Bärte sprießen. Das erinnert mich an meinen. Als ich noch Geld hatte, habe ich eine elektrische Epilation begonnen. Als ich dann aus dem Gefängnis kam und keine Arbeit hatte, konnte ich sie nicht fortsetzen. Diese blöde Kosmetikerin hat auf der rechten Seite begonnen, so dass ich nun eine unbehaarte und eine behaarte Gesichtshälfte habe. Eine Versinnbildlichung meiner Dualität, würde der Psychiater sagen.

Was soll ich heute machen? Auf dem Kalender an der Wand sehe ich, dass es der Zweiundzwanzigste ist. Das ist der Geburtstag meiner Großmutter. Mein letzter Besuch bei ihr liegt sicher schon sechs Wochen zurück. Ich sage Linda, dass ich in die Mansarde gehe, um mich hübsch zu machen. Ganz mit ihren Verhandlungen beschäftigt, nickt sie. Ich öffne meine beiden großen Koffer und betrachte die Fülle von Stoffen, Farben und Aufmachungen. Das ist meine Dalida, das meine Piaf, meine Tina Turner ... Ich entscheide mich für ein diskretes Ensemble: eine Hose aus beigefarbenem Wildleder, eine dazu passende Wolltunika und Lackschuhe. Wegen meines Arms habe ich Mühe, mich anzuziehen, ich fühle mich unbeholfen. Ich schminke mich sorgfältig, bürste mein Haar, binde mir einen Seidenschal um den Hals und lege mir einen ebenfalls beigefarbenen Regenmantel um die Schultern. Dazu ein passender Regenschirm. Armband und Kette aus Golddoublé und Handschuhe aus braunem Nappaleder, um meine Hände zu verstecken. Nun sehe ich aus wie ein Yuppie aus der Provinz, die Blutergüsse sind mit Make-up überdeckt.

Als ich nach unten komme, pfeift Laszlo, Lindas Mann, bewundernd durch die Zähne. Diskret strecke ich den Mittelfinger in die Luft, und er amüsiert sich hinter seiner Theke. Er hat das Konzentrationslager überlebt und beschlossen, das Leben von der besten Seite zu sehen.

Die ersten Schritte draußen sind der Test. Wenn sich niemand umdreht, wenn niemand lacht, habe ich gewonnen. Ich winke ein Taxi heran.

Der zweite entscheidende Test: die Stimme. Dank eines verständnisvollen Arztes habe ich jahrelang Hormone genommen. Meine Stimme ist sanft und etwas belegt, natürlich recht tief, aber nicht auffallend. Die Stimme einer Raucherin. Ich habe gelernt, sie zu modulieren, hohe und tiefe Töne zu meiden. Ich sage die Adresse des Altenheims, und der Mann fährt ruhig an. Madame Ancelin macht einen Besuch.

Meine Großmutter erkennt mich schon lange nicht mehr. Sie hält mich für Elsa, ihre Schwiegertochter. Elsa, meine Mutter. Im Altersheim *Calme Bleu* glaubt man, ich sei ihre Enkelin. Meiner Großmutter fehlt es an nichts, mein Vater veranlasst alles Nötige durch seinen Rechtsbeistand. In seiner Zelle braucht er nicht viel Geld. Acht Jahre habe ich ihn nicht mehr gesehen. Ich bin jetzt achtundzwanzig. Wenn er herauskommt, werde ich sechsunddreißig sein. Ich hoffe inständig, dass ich mein sechsunddreißigstes Lebensjahr erreiche und er vorher sterben wird. Denn ich weiß nicht, wie ich es überstehen sollte, ihn wieder zu sehen. Ich habe das Gefühl, ich würde mich einfach auflösen, und es würde nur ein kleines Häufchen falscher Fingernägel auf dem Boden zurückbleiben.

Er wollte mir Geld geben, aber ich habe es abgelehnt. Der Anwalt überweist jeden Monat eine feste Summe auf ein auf meinen Namen eingerichtetes Konto. Ich rühre dieses Geld nicht an. Ich verkaufe meinen Körper gerne jedem, aber nicht meinem Vater: Er wird sich nie von dem loskaufen können, was er getan hat, was er mir und anderen angetan hat.

Elsa. Mama. Sie ist gestorben, als ich sechs Jahre alt war. Sie hat sich elegant angezogen, so, als würde sie auf Reisen gehen: Chanel-Kostüm, Kaschmirmantel, einen Louis-Vuitton-Schal. Dann hat sie das Bett mit einer Plastikplane abgedeckt, sich darauf gelegt und sich die Pulsadern aufgeschnitten. Ich habe ihren Leichnam gefunden. Das weiß ich, weil man es mir erzählt hat, aber erinnern kann ich mich nicht daran. Mit dem Psychiater habe ich daran gearbeitet. Aber ich kann mich noch immer nicht erinnern.

Da meine Großmutter bei uns lebte, hat sie mich aufgezogen. Sie hat mir nie verboten, im Kleiderschrank zu kramen und die Sachen meiner Mutter anzuziehen, mich stundenlang vor meinem Frisiertisch zu schminken. Vielleicht hoffte sie, wenn ich wie ein Mädchen aussähe, könnte ich dem väterlichen Verlangen entgehen. Vor allem aber war es ihr, glaube ich, egal. Sie trank. Sie war nie betrunken, aber auch nie nüchtern. Ein wahrer Albtraum für das Personal.

Ohne dass ich es bemerkt hätte, hat das Taxi angehalten. Ich bezahle die Fahrt mit Dianas Geld. Bei einem Blumenverkäufer, der sich, so gut er kann, unter dem Wellblechdach seines Standes vor dem Regen schützt, kaufe ich einen

Strauß Veilchen. Die Dame am Empfang lächelt mir zu und sagt, meiner Großmutter gehe es gut. Sie sei etwas müde. Aber das ist mit dreiundachtzig normal. »Oh, Ihr Arm, mein Gott, was ist denn passiert?« – »Die Treppe …« – »O je! So ein Pech.« – »Ja, so ist das Leben …«

Auf dem Gang, der nach Medikamenten riecht, treffe ich einen Greis, der mühsam seine Gehhilfe vor sich herschiebt. Sein Atem geht pfeifend, Tränen rinnen über seine faltigen Wangen. Ich wende den Blick ab.

Ich klopfe an die Tür des Zimmers. Keine Antwort, ich trete ein. Sie liegt in ihrem Bett, die Decke bis zum Hals hinaufgezogen, das weiße Haar zu jenem untadeligen Knoten gesteckt, so wie ich sie in Erinnerung habe. Sie wendet den Kopf in meine Richtung.

»Ich will keine Spritze.«

»Ich bin es, Elsa. Hier …«

Ich reiche ihr die Blumen. Sie betrachtet sie, dann lächelt sie.

»Das Veilchen im Moose ist besser als die stolze Rose«, rezitiert sie mit kindlicher Stimme.

Ihr Vorname ist Violette, das Veilchen. Ich küsse sie auf beide Wangen, und sie legt ihre Hand auf meinen gesunden Arm.

»Du musst ihn verlassen, Elsa.«

»Ich weiß, mach dir keine Sorgen.«

»Er ist gefährlich. Er …«

Sie beendet ihren Satz nicht, verdreht die Augen, die Hände verkrampfen sich. Erinnert sie sich daran, dass sie sich durch ihr Schweigen zur Komplizin meines Leides gemacht hat, bis ich mich schließlich mit sechzehn Jahren aus dem Staub gemacht habe? Erinnert sie sich an die Schreie und das Schluchzen ihres Enkels, des bleichen, zitternden Kindes, das sich unter den Möbeln verkroch? Ich richte mich auf und nehme auf einem Plastikstuhl Platz. Die Tür öffnet sich, und die Oberschwester kommt herein. Ich mag ihre gekünstelte Fröhlichkeit, ihren allwissenden Gesichtsausdruck nicht.

»Ah, Madame Ancelin! Wie gefällt Ihnen unsere Violette?«, erkundigt sie sich.

»Etwas welk«, sage ich geziert.

Das verschlägt ihr die Sprache. Sie räuspert sich.

»Vorgestern war sie ein wenig müde, aber jetzt geht es schon besser. Heute Mittag hat sie gut gegessen und ihre Tabletten genommen, jetzt wird sie sich ausruhen.«

»Nun, da bin ich ja zufrieden«, bestätige ich. Sie erstarrt leicht, nimmt an, dass ich mich über sie lustig mache.

»Gut, ich lasse Sie allein ...«

Schon ist sie draußen. Ich lache in meine Barthälfte. Violette stöhnt unter den weißen Laken. Ich ergreife ihre alte, faltige Hand.

»Alles wird gut«, sage ich. »Alles ist gut, mach dir keine Sorgen.«

»Er wird in die Hölle kommen!«

Ich weiß nicht, ob sie von mir oder von meinem Vater spricht. Ich glaube, meine Existenz hat sie schlichtweg vergessen.

»Beaudoin umarmt dich.«

»Der Metzger?«

»Nein, nicht der Metzger. Beaudoin, dein Enkel, dein hübscher kleiner Bo. Erinnerst du dich an Bo?«

»Er ist nicht hübsch. Er ist hässlich. Geh! Ich will ihn nicht sehen!«

Ich seufze. Ein schönes Seufzen, tief und traurig, der Kameliendame würdig. Auf der Nussbaumkommode an der Wand stehen gerahmte Fotografien. Meine Mutter, die im Cocktailkleid lächelnd neben einem glänzenden Porsche steht. Meine Großmutter mit kaum ergrautem Haar und einem hübschen Baby auf dem Arm. Das hübsche Baby einige Jahre später mit langen Locken, in einer Latzhose, eine Barbie-Puppe ans Herz gedrückt. »Wie niedlich Ihre Enkelin war, Madame Ancelin«, sagt die Pflegerin immer wieder.

Wenn ich das letzte Foto betrachte, bekomme ich jedes Mal einen bitteren Geschmack im Mund. Er. Im grauen Anzug vor seinem Empire-Schreibtisch, eine Hand auf meine Schulter gelegt. Ich war etwa dreizehn Jahre alt. Die Augen sind von tiefen Schatten gezeichnet, ich lächele nicht. Ich trage marineblaue Bermudashorts, ein weites, weißes Baumwollhemd und weiße Turnschuhe. Mein Haar ist im Nacken zusammengebunden, die Augen sind mit Kajal betont. Kurz bevor das Foto aufgenommen wurde, hat er sich an mir vergangen, dort in seinem Arbeitszimmer. Er wusste, dass der Fotograf vom *Figaro* kommen würde, und das erregte ihn.

Der gute Vater. Letztlich hat seine pädophile Veranlagung ihm, dem Chefarzt der Kinderstation des städtischen Krankenhauses, doch das Genick gebrochen ... Vergewaltigung und Mord, der *in extremis* in »fahrlässige Tötung« umgewandelt wurde. Ein mit Äther getränkter Wattebausch, den er auf Nase und Mund eines sechsjährigen Jungen gedrückt hatte, um ihn zum Schweigen zu bringen. Das Kind war erstickt. Sechzehn Jahre Zuchthaus. Allgemeine Schmach. Sein Name in der örtlichen Tagespresse. Gespielte Überraschung der Familie. Wahrer Abscheu im Bekanntenkreis. Zusammenbruch eines sorgfältig inszenierten Doppellebens.

Und ich wurde der Justiz zum Fraß vorgeworfen, damit sie ihren Wahrheitsdurst stillen konnte. Wieder einmal wurde ich zerrissen, zur Schau gestellt, durchwühlt.

Ich habe gegen ihn ausgesagt. Ich habe gesagt, er sei ein Schwein. Ein Gutachter hat die Qualen aufgezählt, die ich in meiner Kindheit zu erdulden hatte. Unter den Geschworenen begann eine Frau zu weinen. Ich hörte nicht hin. Ich sah ihn an, zusammengesunken und gebeugt auf seinem Stuhl. Grau meliertes Haar. Der Mund mit den tadellosen Zähnen.

Seine Lippen. Dann merkte ich, wie ich die Fäuste ballte, als wollte ich sie gegen seine Porzellankronen schlagen. Aber so einfach ist das nicht: Ich habe ihn geliebt. Ich liebte seine Zärtlichkeiten. Ich hatte gelernt, das Leiden zu lieben. Ich konnte nicht einfach diesen Kerl aus meinem Leben streichen, der jetzt meinem Blick auswich. Ich war Fleisch von seinem Fleisch.

»Das ist alles nur Verleumdung!«, schreit Großmutter plötzlich und richtet sich mit hochroten Wangen in ihrem Bett auf.

Kurz nachdem die Sache ans Licht kam, verlor sie den Verstand. Das Kommen und Gehen der Polizei, das Büro des Untersuchungsrichters, ich wurde in einem Sado-Maso-Bordell gefunden, die sensationslüsterne Presse ... Sie hat sich den Dingen gestellt und ihren Sohn mit Händen und Füßen verteidigt, doch sobald das Urteil gesprochen war, hat sich Violette empfohlen und allen Angriffen entzogen. Es gab keine Aussöhnung mit der Familie. Kein Verzeihen.

Wieder öffnet sich die Tür, und die Krankenschwester kommt mit einer Bettpfanne herein. Ich erhebe mich und küsse Großmutter auf die Stirn, sie schüttelt sich angewidert. Ich verabschiede mich von der Krankenschwester und stehe auf dem Gang mit den vielen Rollstühlen.

Der Besuch hat mich demoralisiert. Ich beschließe, Maeva-die-Tahitianerin zu besuchen. Mit ihren einhundertzwanzig Kilo und dem Profil eines Sumo-Ringers ist Maeva als Frau nicht sonderlich glaubwürdig, aber es macht sie so glücklich, Blumenkleider in Größe achtundfünfzig zu tragen und auf hohen Absätzen Kaffee und Kuchen zu servieren, dass ihre gute Laune ansteckend wirkt. Vor allem die Typen vom Hoch- und Tiefbau stehen auf sie. Sie hat einen leichten Akzent und plappert pausenlos, dadurch erinnert sie vermutlich an eine Puppe von den polynesischen Inseln. Außerdem gibt es bei ihr keine Drogen. Ihr Appartement ist eine wahre

Werbung für Kitsch: Spitzenvorhänge mit Katzenmotiven, handgestickte Deckchen, Spieluhren aus Perlmutt, die verschiedensten kulinarischen Spezialitäten, frischer, selbst gebackener Kuchen … Fehlt nur noch, dass sie die Freier in Pantoffeln steckt, ehe sie es mit ihnen treibt …

Die Abdeckung des Türspions hebt sich, und ein zartes Stimmchen ruft mir zu:

»Wenn Sie von den Zeugen Jehova kommen, können Sie gleich wieder gehen.«

»Ich bin es, Bo!«

Sie öffnet die Tür und schließt mich in ihre runden Arme.

»Bo! Wie hübsch du bist! Komm herein, mein Liebes! Eine wahre Prinzessin! Willst du einen Kaffee? Er ist noch heiß!«

»Gerne, das ist lieb.«

Ich nehme in einem per Warenhauskatalog bestellten Ohrensessel Platz. Maeva macht sich in der Küche zu schaffen und kommt mit einem voll beladenen Tablett zurück. Ich sehe unser Spiegelbild in der Mattscheibe des ausgeschalteten Fernsehers: Zwei als Frauen verkleidete Typen – ein jüngerer und ein etwas älterer – spielen mit voller Überzeugung ihre Rolle, die immer eine Rolle bleiben wird. Grotesk? Ich knabbere ein Anisplätzchen, während Maeva voller Empörung den Mord an Jésus-Marlène kommentiert. Plötzlich stellt sie so wütend ihre Tasse auf den Tisch, dass der Kaffee überschwappt.

»Wenn ich daran denke, dass ich den Kerl gesehen habe! Stell dir das mal vor! Wenn ich keinen Freier gefunden hätte, wäre die arme Marlène noch am Leben!«

Ich springe auf.

»Was! Du hast ihn gesehen?«

»Ja, wir standen halb erfroren an der Ecke hinter den Zapfsäulen, ich trug meinen geschlitzten, grünen Rock, du weißt schon …«

»Und?«

»Und eigentlich ist er nicht sehr praktisch ...«

»Nein, ich meine, was geschah dann?«

»Ach so, also der Typ kam zu Fuß, er trug so eine Kapuzenjacke, die Kapuze halb vor das Gesicht gezogen, kam er auf Marlène und mich zu. In diesem Augenblick hupte einer meiner Freier, ein Stammkunde, auf dem Weg von Genua nach Marseille macht er hier immer Station, und ich bin zu ihm gegangen. Wenn ich geahnt hätte ...«

»Aber woher weißt du, dass Marlène mit dem Kapuzenmann gegangen ist, vielleicht hat er sie nur um Feuer gebeten?«

»Nein, ich habe sie durch die Scheibe des Lastwagens gesehen, sie sind hinter die Tankstelle gegangen, unter die Eukalyptusbüsche. Und als ich zurückkam, war die Polizei da und die Krankenwagen und all das. O mein Gott! Welch ein Schock! Als ich sie auf der Bahre liegen sah und all das Blut ...! O Gott, o Gott! Weißt du, sie lebte noch! Ich wollte zu ihr gehen, aber sie ließen mich nicht. Wenn ich bedenke, dass sie ganz allein im Krankenhaus gestorben ist ...«

»Du hast den Kerl gesehen und den Bullen nichts gesagt?«

»Ach, die Bullen ... außerdem hatte ich keine Lust, mit Paul zu sprechen.«

»Paul?«

»Paul Luther. Ein richtiger Dreckskerl.«

»Was hat er dir getan?«

»Nichts Besonderes. Er ... Er hat sich unhöflich mir gegenüber verhalten.«

Sie presst die Lippen zusammen und senkt die Augen. Ich kann mir gut vorstellen, dass der große Luther sie als »fette Wachtel« oder »rosa geblümtes Bonbon« tituliert hat, ohne seine salbungsvolle Miene zu verziehen. Ich überlege einen Augenblick. Wenn Maeva den Kerl gesehen hat, hat er sie vielleicht auch gesehen? Schließlich sage ich vorsichtig:

»Ja, gut, dass du nichts gesagt hast. Es ist besser, wenn der Kerl nicht weiß, dass du ihn gesehen hast ...«

Sie sieht mich an, und ihr Doppelkinn bebt.

»Oh! Du meinst ...«

»Ja, ich meine. Du hättest es nicht einmal mir sagen dürfen. Ich könnte ja auch der Mörder sein!«

»Du, Bo? Aber du bist eine Frau!«

»Maeva!«

»Nun, ich meine ... Warum solltest du eine Freundin umbringen?«

»Ich weiß es nicht. Aber warum sollte ich nicht?«

Sie führt ihre fette, mit Ringen überladene Hand an die schweißnasse Stirn.

»Ah, davon bekomme ich Kopfschmerzen.«

Sie trippelt zu dem rustikalen Buffet, das im Stil zu dem Ohrensessel passt, nimmt ein Aspirin und wischt sich nervös die Hände an einer gelben, mit rosafarbenen Entchen bestickten Serviette ab.

»Da läuft es mir kalt über den Rücken ... Wie kann man nur so ein Schwein sein?«

Die Frage verlangt keine Antwort. Ich trinke einen Schluck Kaffee und tupfe mir vorsichtig den Mund ab. Man nimmt schnell die zur Kleidung passende Haltung an.

»Wenn ich mir vorstelle, dass ich vielleicht schon bei ihm eingestiegen bin ...«, fährt sie fort und wischt einige unsichtbare Krümel vom Tisch.

Ich schweige. Das scheint mir wenig wahrscheinlich. Die drei Opfer ähnelten einander: groß, blond, schlank. Alle hatten sie einen üppigen Busen, Jésus-Màrlene mit ihrem ausgestopften Wonderbra eingeschlossen. Natürlich trägt auch Maeva die imposante, mit Hormonen angereicherte Oberweite einer Fettleibigen zur Schau, aber sie erinnert weniger an Pamela Anderson als an eine wohltätige Nonne.

»Weißt du, warum sich Marlène bei der Polizei melden musste?«, frage ich sie.

»Marlène? Unsere Marlène?«

»Nein, die aus der Fernsehserie!«

»Ah, gut, ich hatte schon Angst.«

Ich kann ein tadelndes »Maeva!« nicht unterdrücken, und sie sieht mich unglücklich an. Sanfter fahre ich fort:

»Natürlich unsere Marlène. Einmal habe ich sie aus Prysuskis Büro kommen sehen.«

»Hast du dich da nicht geirrt? Marlène war clean. Seit mindestens drei Jahren keine Probleme mehr.«

»Ich habe sie aber genau erkannt, sie hat mir sogar guten Tag gesagt.«

»Das verstehe ich nicht. Mistwetter«, fährt sie fort und wirft einen Blick auf die Bucht. »Heute Abend wird es keine Freier geben.«

Es ist unglaublich, wie wichtig für uns Prostituierte der Wetterbericht ist. Wir sind unschlagbar, wenn es um Hochdruckgebiet, Tiefdruckgebiet und Isometer geht. Und tatsächlich scheint Dauerregen aufzuziehen. In der Ferne über dem Meer zucken Blitze. Maeva zündet eine Lampe an, die zum Büfett und dem Ohrensessel passt. Gedämpftes Licht, Regenböen, herb-milder Kaffeeduft: eine warme und tröstliche Atmosphäre, die mich schläfrig macht.

»Entschuldige, aber es ist Zeit für meine Vorabendserie.«

Ich blinzele gegen die Müdigkeit an und gähne verstohlen hinter vorgehaltener Hand. Sie schaltet den Fernseher ein. Sirenengeheul. Ein Polizeiwagen rast mit Blaulicht einen amerikanischen Strand entlang: ein großer, sauberer Strand mit blonden Bikinimädchen, Bademeistern, die aussehen wie Bodybuilder, und Surfern, die mit weit geöffnetem Mund in die Kamera schauen. Maeva fasst schnell die vorhergehende Folge für mich zusammen: Cynthia hat erfahren, dass Matt den Abend mit Sue verbracht hat.

Als ich mich verabschiede, sagt Cynthia gerade zu Sue, sie sei ein gemeines Luder.

KAPITEL 6

Nacht, Regen, Kälte. Ich gehe zu Fuß zu Linda zurück. Als ich am Kriegerdenkmal vorbeigehe, bleibe ich stehen, um ein Fünf-Franc-Stück hineinzuwerfen. Das Ehrenmal ist ein Brunnen in der Nähe des Karmeliter-Klosters. Das Wasser sprudelt aus dem marmornen Januskopf. Eines Tages habe ich Stéphanie die Januslegende erklärt, seitdem ist der Brunnen für uns die geheime Gedenkstätte für diejenigen unter unseren Bekannten, die die Krankheit nicht überlebt haben und dem doppelten Gesicht der Liebe zum Opfer fielen. Das Lächeln der Lust und die Fratze des Todes.

Im Vorbeigehen werfen wir immer ein Geldstück hinein, um das Schicksal zu beschwören, aber eigentlich habe ich keine Angst. Seit ich anfing, »meinen Körper zu verkaufen« – das war 1985/86 –, habe ich aufgepasst. Schon zu viele waren erkrankt.

Schließlich komme ich durchnässt und halb erfroren bei Linda an. Ich gehe nach oben, ziehe mich aus, schminke mich ab und lege Unisex-Kleidung an. Johnnys Stunde naht, das spüre ich am ganzen Körper. Er vibriert. Der Schmerz in meinem Arm ist unerträglich. Ich schlucke eine der Schmerztabletten, die ich im Krankenhaus bekommen habe.

Linda rät mir, vorsichtig zu sein. Ich werfe ihr einen Handkuss zu. Platsch, platsch, meine Schuhe quatschen in den Pfützen. Um Bull milde zu stimmen, kaufe ich eine Schachtel

Zigaretten. Die Friedenspfeife. Als ich Johnnys Haus erreicht habe, bleibe ich in dem Häuschen an der Bushaltestelle stehen. Zwei Alte, die sich unterhalten, treten zur Seite, als sei ich aussätzig. Nach zehn Minuten steckt Bull seine Nase aus dem Haus. Er verschwindet in der Pizzeria. Dann kommt auch Johnny heraus und folgt ihm. Gut, sie gehen also zum Essen.

Ich warte noch zehn Minuten und betrete ebenfalls die Pizzeria. Reynaldo, der Wirt, mag mich nicht. Er mag keine Schwarzen, keine Schwulen und keine Seehundbabys. An der Wand hängen seine Jagdtrophäen: Damwild, Hirsche, Wildschweine – alle mottenzerfressen und mit gelblichem Gebiss.

Er steht hinter der Theke und schenkt seinen Kumpanen Pastis ein: alles rote Säufernasen mit großer Klappe. An einem Tisch in der hinteren Ecke kaut Bull ein Stück Brot. Johnny hat sich ein Glas Rotwein eingeschenkt. Nachdenklich schwenkt er den Wein in seinem Glas. Youssef, der Pizzabäcker, sieht mich verächtlich an. Er teilt die Meinung seines Chefs, nach außen hin zumindest. Aber ich weiß, dass er es war, der mit grüner Leuchtfarbe »Motherfucker« auf Reynaldos BMW gesprüht hat.

Ich bleibe hinter Bull stehen. Sein rosiger, fetter Nacken bildet Wülste. Gern würde ich eine lange Haarnadel hineinstoßen. Johnny sieht mich schweigend an. Er seufzt. Ich verkünde:

»Heute Nacht gab es wieder einen Mord. Ein Transvestit. Sie haben ihm den Bauch aufgeschlitzt.«

Noch ehe Johnny sagen kann, ihm sei das scheißegal, wendet sich Bull langsam um.

»Du Dreckskerl«, brummt er. »Wie kannst du es wagen, hierher zu kommen?«

»Bist du noch böse?«, frage ich affektiert.

Ich reiche ihm die Schachtel Zigaretten. Er zeigt mir seine verletzte Lippe.

»Du hast mein Blut vergossen! Du hast mein Blut vergossen und wagst es, dich an meinen Tisch zu setzen!«

Welch ein Sinn fürs Melodramatische! Ein richtiger Drehbuchautor, unser Bull-Terrier.

»Tut mir Leid, aber ich hatte eine bleierne Hand.«

»Verflucht, du bist wirklich ein Dreckstück! Dir hätte man die Zunge abschneiden sollen!«

»Ich entschuldige mich. Es tut mir wirklich Leid.«

Plötzlich wird mir bewusst, was er da gesagt hat.

»Woher weißt du das?«

»Was?«, fragt er und zieht die buschigen Augenbrauen hoch.

»Das mit der Zunge«, erkläre ich und sehe ihn fest an.

Er wendet den Blick ab.

»Nicht nur du hast Freunde bei den Bullen.«

Johnny unterbricht uns.

»Deine Geschichten sind uns scheißegal. He! Reynaldo, wo bleibt die Pizza?«

Reynaldo wendet sich zu dem Pizzabäcker um.

»Verdammt, Youssef, wo bleibt die Pizza?«

»Sie kommt, Chef, sie kommt.«

»Sie kommt, Johnny, sie kommt.«

»Und was hast du mit deinem Arm gemacht?«, erkundigt sich Bull. »Bist du schon wieder jemandem auf den Wecker gefallen?«

»Ich bin die Treppe runtergefallen.«

»Es gibt doch noch Gerechtigkeit!«, brüllt er und schenkt sich Wein ein. »Schade, dass du dir nicht den Hals gebrochen hast.«

»Nächstes Mal versuche ich, es besser zu machen.«

Johnny macht mir ein Zeichen.

»Setz dich, es geht mir auf die Nerven, wenn du so rumstehst. Aber ich warne dich: Ich zahle dein Essen nicht.«

Ich ziehe einen Hundert-Franc-Schein aus der Tasche. Die

Pizzen werden gebracht. Ich bestelle eine mit Lachs. Youssef reagiert nicht. Johnny wiederholt meine Bestellung, daraufhin nickt er und geht.

»Du verstehst es nicht, mit Männern zu reden«, murmelt Johnny.

Bull schlägt mir auf den Rücken.

»Da er sich für eine Frau hält, sind dem armen Bo die Eier in den Büstenhalter gerutscht.«

Er lacht als Einziger. Johnny untersucht seine Pizza mit Anchovis, schiebt eine Olive beiseite. Ich betrachte seine Hände. Kräftige Hände mit gewölbten, gerade geschnittenen Nägeln, sehr sauber. Breite Daumen mit eckigen Gliedmaßen. Daumen, die eine Halsschlagader zudrücken könnten. Breite, glatte Handflächen, deren Linien kaum zu erkennen sind. Latex-Hände. Johnny erinnert insgesamt an einen Mann aus Latex. Ein Wesen, das von den anderen Menschen durch einen unsichtbaren Plastikfilm getrennt ist. Ihn darf ich nie Axelle vorstellen.

Meine Pizza wird gebracht. Verbrannt. Youssef sieht mich herausfordernd an. Ich sage nichts. Ich habe keinen großen Hunger, denn ich bin nicht daran gewöhnt, so oft zu essen. Bull beschreibt uns seine Beziehung zu einem Mädchen, das er in der Nähe des Gymnasiums aufgerissen hat. Eine Kleine, der er auf der Ladefläche seines Renault-Express die Kunst der Fellatio beibringt. Ich sage mir, dass ich bei einem solchen Lehrer keine Konkurrenz zu befürchten habe. Das erinnert mich an meine Schulzeit. Ich stand in dem Ruf, es von allen Sekundanern am besten zu können. Die Mädchen waren eifersüchtig. Einmal hat mir eine die Fingernägel ins Gesicht geschlagen. Die Jungen haben sich halb tot gelacht. Beinahe hätte sie mir ein Auge ausgekratzt, ich blutete wie ein Schwein. Drei Lehrer waren nötig, um uns zu trennen, danach hat man mich von der Schule verwiesen und meinem Vater geraten, mich zum Psychiater zu schicken. Man konnte nicht länger einen männlichen Schüler in der Klasse dulden, der sich die Nägel lackierte, die Wimpern tuschte, Ohrringe trug, die einer Liz Taylor würdig wären, und wie ein Topmodel hüftschwingend über den Schulhof lief.

An der Theke ereifern sich die Wildschweinjäger. Ihre Nasen werden immer länger und röter. Ihre Scherze werden immer derber, das Lachen ordinär, die unvermeidlichen Geschichten über Schwule werden erzählt. Glückseliges Gejohle bei den zweibeinigen Schweinen. Es bedarf nicht viel, um glücklich zu sein. Ich muss wirklich blöd sein, dass mir das nicht gelingt. Johnny hat fertig gegessen, die Hälfte seiner Pizza lässt er liegen, er wirft Geld auf den Tisch und erhebt sich.

»Also, ciao, Leute.«

Ich bin schon aufgesprungen, lege einen Geldschein neben meinen Teller und folge ihm. Bull brummt:

»Jetzt haut ihr einfach ab, Scheiße!«

Johnny stößt die Tür auf, wir stehen draußen auf dem nassen Gehsteig.

»Ich habe eine Frau kennen gelernt«, sagt er unvermittelt.

Der Schmerz durchzuckt meinen Körper bis in die Knöchel.

»Eine richtige Frau«, fügt er hinzu, »mit allem, was dazu gehört und wo es hingehört.«

Ich halte mich an der verputzten Mauer fest und stammele:

»Wer ist es?«

»Was geht dich das an? Eine Frau. Sie gefällt mir. Ich gefalle ihr. Also bist du überflüssig.«

»Ich verlange nicht, dass du mich liebst.«

»Du verlangst aber, dass ich deine Liebe akzeptiere, und das geht mir auf die Nerven. Dauernd läufst du mir nach wie ein Hund, und ich bekomme Lust, dir Fußtritte zu versetzen. Du machst mich bösartig, Bo.«

Eigenartig, dieses Gespräch vor der Pizzeria, bei dem wir

uns zum ersten Mal wirklich wichtige Dinge sagen und uns in die Augen sehen. Er blinzelt. Er lügt. Ich bin sicher, dass er lügt. Er sagt das, um mich loszuwerden. Es gibt gar keine Frau, ich meine … nicht eine Frau, die zählt. Ich habe gesehen, wie er mit Frauen umgeht. Er liebt sie nicht. Er liebt niemanden. Und wenn er mich anlügt, dann, weil ich ihm etwas bedeute. Ein Nichts belügt man nicht. An diese Idee klammere ich mich, während Johnny losgeht, einen Fuß auf dem Gehsteig, einen im Rinnstein, lässt er das Wasser vor sich aufspritzen wie ein Kind.

»Wie heißt sie?«

»Das geht dich nichts an. Ich allein habe das Recht, ihren Namen auszusprechen.«

Verzweifelt suche ich nach einer Boshaftigkeit, die ich ihm sagen könnte, und stoße schließlich hervor:

»Vielleicht wird sie heute Nacht umgelegt.«

»Sie ist keine Hure.«

»Was macht sie?«

»Sie liebt mich. Gut, ich glaube, hier trennen sich unsere Wege, Bo.«

Er öffnet die Tür seines Toyota. Schnell gehe ich um den Wagen herum und stehe vor der Beifahrertür.

»Tut mir Leid, ich habe eine Verabredung.«

Er setzt sich hinter das Steuer. Ich renne hinter dem Wagen her, klammere mich am Türgriff fest, falle auf die Knie und spüre, wie der Stoff meiner Jeans zerreißt und der Asphalt meine Haut aufschürft. Ich hänge an der Tür, mein Arm kugelt aus, der verletzte Arm schlägt auf den Boden, ich beiße die Zähne zusammen, er nimmt eine Kurve, ich werde gegen einen Laternenpfahl geschleudert. Alle Lichter erlöschen.

Als ich die Augen wieder öffne, beugt sich Bull über mich. Ich bin völlig benommen, habe Mühe, klar zu sehen. Etwas Kaltes berührt meinen Unterleib. Er hat meine Jeans geöffnet, in der Hand hält er ein Springmesser. Dieser Drecksack!

Noch ehe mein Kopf es beschlossen hat, schießen meine beiden Knie in sein Gesicht. Er fällt hintenüber, ich rolle mich auf die Seite, trete ihm zwischen die Beine, er jault, ein anderer Tritt in den Magen und noch einer und noch einer ... Er brüllt: »Hör auf, Bo, das war doch nur ein Scherz!« Aber er muss für Johnny büßen, für meinen Vater und alle Arschlöcher dieser Welt, und ich glaube, ich hätte ihn umgebracht, hätte ich nicht wegen meiner Hand aufhören müssen.

Youssef steht neben mir und sagt leise, mit abgewandtem Blick:

»Verschwinde, der Chef kommt.«

Er richtet mich auf. Bull stöhnt und krümmt sich zusammen. Blut rinnt über meine Wange, vermutlich habe ich mir an der Straßenlaterne die Stirn aufgeschlagen. Ich kämpfe mich durch die finsteren Gassen der Altstadt, während der Wirt und seine Kumpel gellende Schreie ausstoßen, als sie Bull finden.

Als ich mein Spiegelbild in einer Schaufensterscheibe entdecke, sage ich mir, dass ich wirklich nur noch eine sehr entfernte Ähnlichkeit mit der eleganten Elsa von heute Nachmittag habe. Durch die Risse meiner verdreckten Jeans sieht man meine aufgeschürften Knie. Ein Ärmel meines Sweatshirts ist abgerissen. Aus einer Wunde in meiner Kopfhaut rinnt das Blut und überzieht mein Gesicht mit einem klebrigen Film. Mit dem Arm in der Schlinge sehe ich aus wie jemand, der gerade einen Unfall hatte. Der Schein eines Blaulichts drängt mich in eine dunkle Türnische: Ich habe wirklich keine Lust, den Bullen Erklärungen abzugeben. Der Wagen fährt langsam an mir vorbei; sie sind völlig damit beschäftigt, sich zwischen den Mauervorsprüngen der schmalen Gasse hindurch zu lavieren. An der Straßenecke biegen sie ab. Ich verlasse mein Versteck und schleppe mich zu Lindas Kneipe.

Ausrufe, freundschaftliche Ermahnungen, Wasserstoffperoxid, Desinfektionsmittel, das über meine Stirn rinnt. Erschöpft erreiche ich die Mansarde. Als ich mein Sweatshirt ausziehe, stelle ich fest, dass ich mit blauen Flecken übersät bin. Sich am Türgriff eines fahrenden Autos festzuklammern ist eine mir bisher unbekannte Art, sich Schmerz zuzufügen. Meine weiße Haut mit den blau-schwarzen Flecken erinnert an das Fell eines Schneeleoparden, zu diesem Bild passen auch meine hervorstehenden Rippen. Und wie der Leopard lege ich mich allein und zitternd auf der durchgelegenen Matratze schlafen, den verletzten Arm auf der Brust, den anderen über den Augen.

Angenehme Wärme. Ich schiebe die Decke zurück. Dank der Fensterluke im Dach ist das Zimmer in Sonnenlicht getaucht. Eilig fliegt eine kreischende Möwe vorbei. Ich sehe ihre weiße, runde Brust und ihre Füße mit den Schwimmhäuten. Ich mag Möwen.

Vorsichtig richte ich mich auf. Ein heftiges Hämmern hinter meinen Augenbrauen. Langsam lässt es nach. Ich strecke mich, so gut es geht, und spüre dabei alle schmerzenden Stellen: das bringt den Kreislauf in Schwung. Ich spüle mir den Mund aus, rasiere meine linke Wange und befühle vorsichtig die Wunde auf meinem Oberkopf. Eine trockene Kruste hat sich darauf gebildet. Ich drücke ein wenig, sie blutet nicht. Ich betupfe sie mit neunzigprozentigem Alkohol, eine Vorsichtsmaßnahme – der neunzigprozentige Alkohol und ich, das ist eine lange Liebesgeschichte. So gut ich kann, kleide ich mich an: khakifarbene Drillichhose, grünes T-Shirt (wegen des Gipses mit kurzen Ärmeln) und ein weit geschnittener Blouson aus orangefarbenem Nylon, der meine kleinen Brüste verbirgt. Ein zweideutiger Aufzug, der meiner Laune entspricht: Ich habe keine Lust, mich zu schminken und großen Aufwand zu treiben, während hinter meiner Stirn Woody Woodpecker tobt. Langsam gehe ich hinunter wie ein alter Mann, was ich ja Mossas Worten zufolge nie erleben werde.

Unten poliert Linda den Zapfhahn. Die ersten Gäste sind zur Arbeit gegangen. Alte Saufbolde haben sich, die gefüllten Einkaufsnetze zu ihren Füßen, zum Kartenspielen niedergelassen.

Linda scheint besorgt. Sie bringt mir einen Espresso und nimmt mit sorgenumwölkter Stirn neben mir Platz, während sich Laszlo in seine Sportzeitung vertieft.

»Die Bullen suchen dich«, verkündet sie leise.

»Mich? Verdammt, ich habe nichts gemacht. Dieses Arschloch von Bull hat nur bekommen, was er verdient; der Kerl ist ein Dreckstück.«

»Nicht wegen Bull. Er wollte keine Anzeige erstatten. Du siehst, er ist kein solches Dreckstück, wie du meinst. Es waren keine Uniformierten. Es waren Beamte in Zivil.«

»Das FBI?«

»Ha, ha, sehr witzig. Du solltest deinen Freund Mossa anrufen, er wird dich informieren.«

»Er ist nicht wirklich mein Freund.«

»Hör auf, er hat dich echt gern.«

»Glaubst du, er wäre bereit, mich zu heiraten? Dann bräuchte ich nicht als Tellerwäscher in deinem Verhau anzufangen.«

»Wie ich sehe, bist du in Hochform.«

»Ja, jede vertrauliche Aussprache mit einem Laternenpfahl gibt mir neue Energie.«

Sie klopft mir auf die Schulter und geht, um mit dem Postboten anzustoßen, der gerade hereingekommen ist. Ich zögere und starre das Telefon an, dann opfere ich ein Geldstück. Die Nummer des Polizeireviers kenne ich auswendig. Nach zehn Minuten und drei weiteren Geldstücken habe ich Mossa an der Strippe.

»Hier ist Bo.«

»Das wurde aber auch Zeit! Beweg deinen Hintern auf der Stelle hierher!«

»Was ist los?«

»Das wird man dir schon sagen«, antwortet er knapp.

»Aber ich habe nichts getan.«

»Umso besser.«

»Und wenn ich nicht komme?«

»Du musst kommen, Bo. Sagen wir, deine Aussage wird gebraucht.«

»Weswegen?«

»Ich habe nicht die Absicht, am Telefon mit dir darüber zu reden, außerdem fällt das nicht in mein Ressort. Luther will dich sprechen.«

Der Pastor? Warum, zum Teufel, sollte der Pastor mit mir sprechen wollen? Das macht mir Angst. Der grauenvolle Gedanke, Johnny könnte tot sein, kommt mir in den Sinn. Ehe Mossa auflegt, sagt er: »Beeil dich!«

Ich stehe da, den Hörer in der Hand, dann verlasse ich – von einer düsteren Vorahnung getrieben, wie es in den Romanen so schön heißt – die Kneipe, um mich zum Polizeirevier zu begeben.

Hinter der Kirche treffe ich Youssef, der so tut, als würde er mich nicht sehen. Lauthals brülle ich:

»Youssef, Liebling!«

»Schnauze«, ruft er zurück und dreht sich nach allen Seiten um. Dann fügt er, ohne stehen zu bleiben, hinzu:

»Die Bullen sind gestern Abend gekommen, sie wollten Bull ins Krankenhaus bringen. Bull wollte nicht, und Gott sei Dank war Johnny da, er hat sich um alles gekümmert und Bull nach Hause gebracht.«

»Johnny?«

»Ja, er hat den Polizeiwagen gesehen und ist zurückgekommen. Mann, hat der gelacht, als er vom Chef gehört hat, dass du Bull zusammengeschlagen hast.«

Dann betritt er ein baufälliges Haus und schlägt mir die Tür vor der Nase zu. Es ist die Tür, die zum Centre Medico-Psychologique führt. Ich beeile mich. Wenn Johnny zurückgekommen ist, um zu sehen, was los war, dann hatte er es auch nicht so eilig, sein Mädchen zu treffen. Der erste angenehme Gedanke des Tages.

In dem Augenblick, als ich die breite Straße überqueren will, ergreift eine alte, gebeugte Dame meine Hand und fragt, ob ich sie hinüberbringen kann. Ich sage: »Ja, gehen wir.« Sie geht so langsam, dass ich Angst habe, wir werden überfahren. Als wir schließlich heil und gesund auf der anderen Seite ankommen, bedankt sie sich zigmal. Mich schmerzt die Vorstellung, wie sie all ihre Kräfte sammeln muss, um die andere Straßenseite zu erreichen, ehe die Ampel umspringt, mich schmerzt die Vorstellung, welche Anstrengung es sie kostet, einfach nur Brot kaufen zu gehen. Was ist los mit dir, Bo? Macht dich die Aussicht, dem Pastor gegenüberzutreten, so empfindsam?

Auf der Polizeiwache hat sich seit dem Morgen des Vortags nichts verändert. Hektik, Stress, Rauch, Kaffee. Der schlecht rasierte wachhabende Polizist sagt mir, ich solle mich in den dritten Stock begeben. Als ich vor dem Büro des Pastors stehe, klopft mein Herz, mein Kopf ist benommen, und ich habe die unbegründete Angst, es in Handschellen wieder zu verlassen.

Der Pastor tippt auf der Tastatur eines großen Computers. Er sieht kurz auf und gleich wieder auf den Bildschirm. Ich stehe schweigend da. Das Zimmer ist klein und hell. Ein Metallschrank quillt von sorgfältig beschrifteten Akten über. Ein abschließbarer Diskettenkasten steht auf dem weiß beschichteten Schreibtisch. Ein gläserner Briefbeschwerer in Form eines Ferrari. Ein Mont-Blanc-Füllfederhalter liegt auf einem Stapel Notizzettel. Durch das Fenster sehe ich eine

Palme, die ihre Zweige wiegt, und eine Frau, die Wäsche aufhängt.

»Setz dich.«

Eigenartig, dass mich hier niemand siezt. Ich nehme auf einem beigefarbenen Plastikstuhl Platz. Er betrachtet meinen Look, offenbar ist Orange nicht gerade seine Lieblingsfarbe.

»Beaudoin Ancelin?«

Ich nicke.

»Geboren am 17. März 1970 in Menton?«

Dasselbe Spiel. Als wüsste er das nicht.

»Gehst du noch immer auf den Strich?«

Aha, wir kommen der Sache näher.

»Nein, seit ich aus dem Gefängnis gekommen bin, nicht mehr.«

Keine Lust, dorthin zurückzukehren, weil ich es mit einem besoffenen Kerl hinter einer Palme getrieben habe, hätte ich hinzufügen können.

Seine Finger gleiten über die Tastatur, er seufzt, lässt seine Gelenke knacken. Er beugt sich zu mir vor.

»Wo warst du letzte Nacht?«

Ich erstarre. Das riecht nach einer Falle. Ich versuche, Zeit zu gewinnen.

»Warum?«

»Ah, im ›Warum‹ warst du also? Und wo liegt das, wenn ich fragen darf?«

»Ich war bei Linda.«

»Linda?«

»Die Kneipe ›Aux Copains‹ in der Rue des Pénitents-Blancs.«

»Hast du die Nacht dort verbracht?«

»Ja. Ich wusste nicht, wo ich schlafen sollte. Linda hat mir angeboten zu bleiben.«

»Keine feste Bleibe? Aber hier steht eine Adresse …«

Er zeigt auf seinen Bildschirm.

»Ich konnte die Miete nicht mehr bezahlen und musste ausziehen.«

»Und das hast du deinem Bewährungshelfer nicht gesagt?«

»Er liegt auf der Intensivstation.«

»Findest du das witzig?«

»Ich habe vergessen, es ihm zu sagen.«

»Na gut, auch egal. Was ich wissen will, ist, ob jemand bestätigen kann, dass du die Nacht dort verbracht hast.«

»Ja, Linda.«

»Wann bist du gekommen?«

»Ich weiß nicht, gegen dreiundzwanzig Uhr oder Mitternacht.«

»Und vorher?«

»Ich habe mit Freunden in der Pizzeria ›Chez Reynaldo‹ gegessen.«

»Mit Freunden?«

»Mit Bekannten.«

»Mit Cargèse und Belmonte«, erklärt er mit der Jovialität eines Leichenbestatters.

Er weiß also Bescheid. Ich kann nur eines denken: »Johnny ist tot, man hat ihn ermordet, und er glaubt, dass ich es war.« Meine Worte überstürzen sich.

»Ist etwas passiert?«

»Wie scharfsinnig die kleine Bo doch ist!«

Ich reagiere nicht. Ich warte.

»Einer deiner Freunde ist ermordet worden.«

Ich wusste es! Das Herz rutscht mir in Schwindel erregendem Tempo in die Hose.

»Raymond Makatea.«

Überrascht wiederhole ich:

»Makatea? Kenne ich nicht.«

Er zeigt das Lächeln eines Pastors, der einen Wiederholungssünder ertappt.

»Aber sicher kennst du ihn. Deine Freundin Maeva.«

Maeva! Das ist doch nicht möglich! Noch gestern Nachmittag …

Mit zitternder Stimme höre ich mich fragen:

»Wann?«

»Heute Nacht. Jemand hat sie mit einem Messer getötet. Ein wahres Blutbad.«

»Oh! Nein!«

Kurzes Schweigen. Ich stehe unter Schock. Ich kann mir nicht vorstellen, dass wir kaum vierundzwanzig Stunden vor ihrem Tod noch zusammen Kaffee getrunken haben. Dann erinnere ich mich, dass er mich gefragt hat, wo ich die Nacht verbracht habe. Ich hebe den Kopf.

»Aber warum …«

Er beendet meinen Satz.

»Warum wir an dich denken? Du wirst doch wohl eine Idee haben.«

»Nicht die Geringste.«

»Wann hast du Makatea zum letzten Mal gesehen?«

Bloß nicht meinen gestrigen Besuch erwähnen.

»Ich weiß nicht, vor zwei oder drei Tagen.«

»Wo?«

»Auf der Straße, glaube ich.«

»Ist dir das nicht in Erinnerung geblieben?«

»Nein, wir haben uns oft getroffen.«

Er sieht mich mit dem Lächeln eines Hais an, der einen verletzten Schwimmer ausgemacht hat.

»Zu oft?«

»Nein, ganz normal. Verflucht, erklären Sie mir, was los ist!«

»Bleib höflich, mein Häschen. Hast du dich gut mit Makatea verstanden?«

»Aber das ist doch total verrückt! Warum fragen Sie mich das?«

»Rate mal?«

»Was soll ich raten? Ich habe nichts mit der Sache zu tun!«

»Hast du nicht gerade drei Jahre gesessen, weil du jemanden erstochen hast?«

»Aber das war doch etwas ganz anderes. Der Kerl hat mich angegriffen!«

»Trotzdem war es Mord, mein Täubchen. Wenn du jedes Mal die Kontrolle verlierst, wenn dich jemand angreift... Vielleicht hat dich ja auch Makatea angegriffen?«

Außer mir, lasse ich mich dazu hinreißen, die Stimme zu heben:

»Darum also?! Darum verdächtigen Sie mich?!«

Er hebt die Hand.

»Reg dich nicht auf, das ist schlecht für den Teint. Ehrlich gesagt, habe ich dich nicht wegen deines kleinen Urlaubs auf Staatskosten herbestellt.«

Schweigen. Raus damit, du Arschloch!

»Nein, sondern weil jemand deinen Namen an die Wand geschrieben hat«, fährt er mit der entzückten Miene dessen fort, der eine Maus in der Falle hat.

»An die Wand?«, wiederhole ich, ohne zu begreifen.

»Hm, hm. Mit Blut, mit Maevas Blut«, erklärt er und knackt mit seinen weißen Fingern.

Ich starre ihn verblüfft an. Dann bringe ich heraus:

»Meinen Namen?«

Er nickt lächelnd:

»Hm, hm. B O – nur diese beiden Buchstaben.«

Ich habe das Gefühl, mein Gehirn sei mit Spülwasser gewaschen worden. Warum sollte Maeva meinen Namen an die Wand geschrieben haben, ehe sie starb?

»Vielleicht wollte sie ›Boris‹ schreiben«, sage ich.

»Ja klar, oder ›Bonbon‹ oder ›Boxer‹. Aber da du Bo heißt und sie dich kannte...«

Die Hände priesterlich gefaltet, lässt er seinen Satz unvollendet.

»Aber warum sollte ich Maeva umbringen? Wir waren Freunde.«

»Es sind fast immer Freunde, die sich gegenseitig töten. Wart ihr Liebhaber?«

»Absolut nicht. Also wirklich …«

»Ja, ich kann mir schon vorstellen, dass sie nicht dein Typ war.«

Der Schatten eines boshaften Lachens, das andeutet, wie hässlich Maeva war. Schade, dass man nicht ungestraft einen Polizeibeamten schlagen darf! Denkt er ernsthaft, ich hätte etwas mit diesem Mord zu tun? Und wie hätte ich ihn bitte begehen sollen? Ich zeige ihm meinen Arm.

»Nicht sehr praktisch, ein eingegipster Arm, um jemanden umzubringen …«

»Du kannst dir nicht vorstellen, zu was Typen im Mordrausch fähig sind. Du bist doch noch ein Typ, oder?«

Ich nicke, während ich ihn im Geist mit ausgewählten Flüchen überhäufe. Er deutet mit seinem Stift auf meinen Arm:

»Der linke Arm, nicht wahr?«

»Das linke Handgelenk.«

Damit er nicht annimmt, das sei ein Bluff, erkläre ich:

»Man hat ihn mir im Krankenhaus eingegipst.«

»Ich erinnere mich, du warst mit Ihrer Hoheit in der Halle … Bist du Linkshänder?«, fügt er hinzu.

»Nein«, seufze ich.

Kurzes Grinsen. Er klopft mit seinem Mont-Blanc-Füllfederhalter auf den Stapel weißes Papier.

»Gut, hast du mir Fragen zu stellen?«

»Ja, aber ich nehme nicht an, dass Sie sie beantworten werden.«

»Versuch's.«

»Der Zeitpunkt des Todes?«

»Zwischen vierundzwanzig und ein Uhr. Die Nachbarn haben nichts gehört.«

»Um Mitternacht arbeitete sie im Allgemeinen.«

»Es regnete in Strömen. Makatea hat gestern Abend das Haus nicht verlassen. Das wissen wir, weil sie ihre Nachbarin, eine vierundachtzigjährige Witwe, die nicht auf den Mund gefallen ist, zum Abendessen eingeladen hat. Sie hat uns auch gesagt, dass er am Nachmittag Besuch hatte. Eine sehr elegante Dame. Hast du eine Ahnung, wer das war?«

Ich frage mich, ob er sich über mich lustig macht. Aber nein, er weiß es nicht. Ich zucke die Schultern, um meine Unwissenheit anzudeuten.

»Maeva und die Witwe haben ein Ragout mit Polenta gegessen«, fährt er fort, »und sich im Fernsehen *Colombo* angesehen. Die alte Dame ist gegen elf Uhr in ihre Wohnung zurückgekehrt und gleich eingeschlafen, weil sie mehr als gewöhnlich getrunken hat.«

»Weiß sie, dass Maeva keine … keine Frau war?«

»Alle wissen es. Ich sage nicht gerne Schlechtes über Tote, aber mit dem Gesicht …«

»Und niemand hat etwas gehört? Sie sagten, sie sei durch Messerstiche getötet worden. Sie hat sich doch sicher gewehrt und geschrien!«

Bei der Vorstellung, wie Maeva in ihrem hübschen Wohnzimmer verblutet, wird mir übel.

»Die Wohnung unter ihr ist leer. Die Mieter sind im Urlaub«, antwortet er. »Der Mörder hat die Wohnung nicht aufgebrochen, wir nehmen also an, dass sie ihn hereingelassen hat. Kaum war er drin, hat er ihr die Kehle durchgeschnitten … Sie konnte nicht mehr schreien. Aber sie war nicht gleich tot. Er hatte noch Zeit genug, sie mit etwa zwanzig über den ganzen Körper verteilten Messerstichen zu quälen.«

Ich will es nicht hören. Ich will es nicht wissen. Ich will mir nicht vorstellen, wie die Klinge auf sie niedersaust, die verfluchte Angst, der wahnsinnige Schmerz … Ich schließe die Augen. Durch all die Filme, die man gesehen hat, kann man sich ein Verbrechen so problemlos vorstellen, als wäre man dabei gewesen. Verschmutzung der Fantasie. Ohne es zu wollen, sehe ich immer wieder ihren Todeskampf vor mir … wie sie den Finger in das Blut taucht und meinen Namen an die Wand schreibt. Aber da stimmt etwas nicht.

Der Pastor schweigt und beobachtet mich.

»Hast du mir etwas zu sagen?«

»Nein. Ich verstehe das nicht. Warum versucht man, mir die Schuld in die Schuhe zu schieben?«

»Vielleicht hast du Feinde?« murmelt er und gibt damit stillschweigend zu, dass er mich nicht wirklich verdächtigt.

Ich weiß nichts von Feinden. Von wirklichen Feinden. Das sage ich ihm.

»Ich bin nicht wichtig genug, um Feinde zu haben.«

Er blinzelt mir zu.

»Sehr hübsch. Das werde ich bei Gelegenheit mal anbringen. Eine richtige Philosophin, unsere kleine Bo.«

Ich hasse es, wenn man in einem so blöden Macho-Ton mit mir redet. Es klopft an der Tür, jemand reicht ihm ein Schreiben herein und geht wieder. Der Pastor liest es langsam.

»Das ist der Autopsiebericht von Jésus Ortega. Keine schöne Angelegenheit. Der Mörder hat den Thorax aufgeschnitten und im Innern ein wenig aufgeräumt, bevor er plötzlich aufgehört hat.«

Ich beiße die Zähne zusammen und versuche, mir die Szene nicht vorzustellen.

»Du kanntest auch Jésus.«

Das ist keine Frage. Er will doch wohl nicht versuchen, mir nun auch noch Jésus anzuhängen! Und warum nicht alle unaufgeklärten Morde, die sich ereignet haben, seit ich aus dem Knast rausgekommen bin? Ich zeige ihm wieder meinen Arm.

»Als man ihn getötet hat, war ich im Krankenhaus. Wir haben die Bahre vorbeirollen sehen.«

»Stimmt! Da siehst du mal, was du für ein Glück hast!«

Das Telefon läutet. Er hebt ab und sagt zwei-, dreimal »Ja«, dann »Warte eine Sekunde«. Zwei Blätter kommen aus dem Drucker. Er reicht sie mir.

»Unterschreib da unten, das ist deine Aussage.«

Ich überfliege rasch den Text. Nichts dagegen einzuwenden. Ich unterschreibe.

»Okay, du kannst gehen. Aber verlass die Stadt nicht.«

KAPITEL 7

Betroffen und perplex stehe ich vor der Tür. Offenbar gibt es Dinge, die wesentlich wichtiger sind als drei, vier Morde an irgendwelchen Huren. Wenn das so ist, hat Maevas Mörder nichts zu befürchten. Und wenn es derselbe Mörder war wie in den anderen Fällen zuvor, nur ohne Hackbeil? Aber warum sollte er seinen *Modus Operandi* geändert haben? Hat er sein Hackbeil verloren? Und vor allem, was hat mein Name bei der Sache zu bedeuten? Wollte Maeva mir etwas sagen? Hat sie das wirklich selbst geschrieben? Man wird die Ergebnisse der graphologischen Untersuchung abwarten müssen.

In die Reihe der ungeklärten Fragen gehört auch die folgende: Hält der Pastor mich wirklich für den Täter? Wird er versuchen, mir die Sache anzuhängen, um schnell einen Schuldigen zu finden und der Flut von Schlagzeilen der Art »Wahnsinniger Mörder noch immer auf freiem Fuß!« Einhalt zu gebieten?

Wütendes Hupen. Ich springe zur Seite. Völlig in Gedanken versunken, hätte ich mich beinahe überfahren lassen. »Dumme Kuh!«, brüllt der Fahrer. Ich werfe ihm eine Kusshand zu. Welch ein Zufall: Unbewusst habe ich den Weg zu Maevas Haus eingeschlagen, zum Haus des verstorbenen Raymond Makatea. Wenn ich ihn bei seinem wahren Namen nenne, ist es, als würde ich von einem Unbekannten sprechen. Ich versuche, mir den jungen Raymond im Anzug vorzustellen. Es fällt mir schwer.

Die Straße ist leer, alles ist ruhig. Die Polizei scheint abgerückt zu sein. Als ich vor dem Haus vorbeigehe, müht sich eine alte Dame in einem perlgrauen Mantel ab, eine große Einkaufstasche durch die schwere Tür zu schieben. Und wenn das Maevas Nachbarin, die Witwe, ist? Ich laufe hin und halte ihr die Tür auf.

»Vielen Dank, Mada ... ehm ... Monsieur ...«

»Keine Ursache.«

»Wissen Sie, ich sehe nicht mehr sehr gut«, entschuldigt sie sich.«

»Das macht nichts, die Leute täuschen sich oft.«

Seufzend packt sie die Tasche, aus der Mangoldblätter ragen, und schleift sie zur Treppe.

Ich strecke meine gesunde Hand aus, um sie zu ergreifen.

»Kommen Sie, ich helfe Ihnen.«

Sie ist kleiner als ich und hebt den Kopf, um zwei verschmitzte, haselnussbraune Augen auf mich zu richten.

»Ich hoffe, Sie sind kein Dieb.«

Ich beruhige sie mit einem kindlich unschuldigen Lächeln.

»Sie brauchen keine Angst zu haben. Ich bin eine Freundin von Maeva, der Dame aus dem dritten Stock.«

Sie erbleicht, lässt die Tasche fallen und faltet die Hände.

»O mein Gott, Sie wissen es noch nicht!«

Erstaunter Blick von Bo.

»Was denn?«

Sie zieht mich zu den Briefkästen und eröffnet mir die grauenvolle Neuigkeit. Ohne mich allzu sehr zwingen zu müssen, mime ich Entsetzen. Fünf Minuten später lädt sie mich auf ein Glas ein.

Gemeinsam steigen wir langsam die Treppe hinauf, ich wegen der schweren Einkaufstasche, sie, um nicht außer Atem zu geraten. Es kommt mir komisch vor, plötzlich vor Maevas

Tür zu stehen, an der ich noch gestern als Elsa verkleidet geläutet habe. Heute stehe ich auf der anderen Seite des Treppenabsatzes. Auf einem vergilbten Schild an der Tür der alten Dame steht in violetten Versalien: LOUISETTE VINCENT.

Louisette führt mich in eine dunkle Dreizimmerwohnung, die mit Möbeln unterschiedlichster Stilrichtungen und jeder Menge Nippes vollgestopft ist. Hier müsste dringend Staub gewischt werden. Auf einer Anrichte im Louis-Philippe-Stil thront ein großer Fernseher. An der Wand hängt in einem breiten Rahmen die vergilbte Fotografie eines uniformierten Mannes mit sorgsam gestutztem Schnauzer und kohlschwarzen Augen.

»Fernand, mein erster Ehemann, er war Wanderschauspieler«, erklärt sie, ehe sie auf ein anderes gerahmtes Bild deutet, auf dem ein dicker, bärtiger Mann in Bermudas und mit Kochmütze lächelnd vor einer Bouillabaisse steht. Raymond, ihr zweiter Mann, war Chefkoch. Er ist vor acht Jahren gestorben, der Ärmste. Zu reichhaltig gegessen. Aber was für ein guter Mensch!

Sie führt mich zu einem dritten Bild, auf dem eine junge Frau mit schwarz geschminktem Gesicht und einem Bananenröckchen bekleidet zu sehen ist, die sich in den Hüften wiegt und mit den Augen rollt.

»Und das bin ich. Bei einer Imitation von Josephine Baker. Ich war Tänzerin ... Revuetänzerin.«

Ich betrachte die alte Dame mit dem grauen Haarknoten, die mir gegenübersteht: faltiges Gesicht, weiße Bluse mit Stehkragen, Tweedrock. Sie tätschelt meine Hand.

»Nun ja, man verändert sich! Aber das nur, um zu sagen, dass ich das Leben gekannt habe. Also, Maeva ...«

»Wussten Sie, dass sie ein Transvestit war?«

Die Alte nickt.

»Sie meinen, dass sie keine ... dass sie noch ein Mann war? Portwein oder Pastis?«

»Portwein bitte.«

»Nehmen Sie doch auf dem Sofa Platz, von dort aus hat man einen Blick auf das Meer.«

Ich setze mich, aber ich sehe kein Meer, weil die Vorhänge zugezogen sind.

Sie kommt mit einem Tablett zurück, auf dem eine Karaffe und zwei kleine Gläser aus geschliffenem Kristall stehen, und stellt es auf dem Couchtisch aus Mahagoniholz ab. Ich habe das Gefühl, in einem bürgerlichen Drama ein junges Fräulein aus gutem Haus zu spielen. Sie fragt mich, was mit meinem Arm passiert sei, und ich gebe zum hundertsten Mal die Treppenversion zum Besten. Dann trinke ich einen Schluck Port und mache ihr ein Kompliment wegen der guten Qualität. Sie dankt mir und seufzt: »Dieses arme Geschöpf ...« Ich begreife, dass sie von Maeva spricht.

»Haben Sie sie gestern Abend gesehen?«

»Ja, stellen Sie sich vor, wir haben zusammen zu Abend gegessen ... Nun denken Sie doch nur ...«

Sie erzählt mir von dem Abend, von Maevas letztem Abend. Ihre Schilderung deckt sich mit den Auskünften des Pastors.

»Wenn ich gewusst hätte, dass ich sie nie wieder sehen würde ... Ihr Leben war nicht einfach – Sie verstehen, was ich meine –, aber sie hatte immer ein freundliches Wort für jeden. Natürlich bekam sie öfter Herrenbesuch, aber nie gab es einen Skandal, nie irgendwelchen Lärm. Ich weiß nicht, warum die Leute so gemein zu ihr waren. Darum ging sie nur im Supermarkt einkaufen. Sie wollte nicht mehr in den Geschäften hier im Viertel kaufen, weil die Händler boshafte Bemerkungen machten. Was kümmert das diese Leute? Glücklicherweise gehörte ihr die Wohnung, sonst hätten sie alles unternommen, um sie zu vertreiben. Dieses arme Geschöpf! Wir hatten viel Spaß ...«

Sie leert ihr Glas und schenkt sich nach; langsam begreife ich, warum sie nichts gehört hat. Ich stelle mir ihre netten, feuchtfröhlichen Abende vor, die übergewichtige Transvestiten-Hure und die ehemalige Revuetänzerin, heute Witwe, die sich langweilt. Ich frage sie, wer die Polizei verständigt hat. Sie war es.

»Ich schlafe nicht mehr viel und stehe früh auf. Als ich um sieben Uhr hinuntergehen wollte, um die Zeitung zu kaufen, sah ich die kleinen roten Flecken auf dem Boden, die von ihrer Tür zur Treppe führten. Ich bückte mich ... O mein Gott! Ich brauchte keine Brille, um festzustellen, dass es Blut war. Ich hatte Angst, sie könnte sich verletzt haben, und läutete an ihrer Tür Sturm. Keine Antwort! Sie hatte mir ihren Schlüssel gegeben, für alle Fälle ... aber ich wollte nicht aufsperren ... Oh, wissen Sie, mir war sofort klar, dass ein Unglück geschehen war! Ich hatte schon immer Vorahnungen ... Mein erster Mann ...«

»Und dann sind Sie in Ihre Wohnung zurückgegangen, um zu telefonieren?«

»Ja ... Ich bin an eine dumme Göre geraten, die mich alles zweimal hat wiederholen lassen. Aber dann sind sie sofort gekommen. Ein schwarz gekleideter Kommissar, den ich für den Leichenbestatter gehalten habe, was ihn zu verärgern schien. Ein sehr höflicher Mann, aber eher kühl ... Jene Art von Mensch, denen man besser nicht zu nahe kommt. Ich habe ihm gesagt, sein Gesicht komme mir bekannt vor, und er hat mir erklärt, sein Foto sei letzte Woche im Zusammenhang mit dem Postüberfall in der Zeitung gewesen.«

Das wundert mich bei unserem Freund Luther nicht. Er lässt keine Gelegenheit aus, um sich in den Vordergrund zu drängen. Sehr medienwirksam, unser guter Pastor.

»Dann kamen andere Polizisten und die Männer von der Spurensicherung in weißen Overalls und mit ihren Köfferchen«, fährt Louisette fort, »und ein Fotograf, der so hässlich war wie die Nacht. Er hat die Flecken fotografiert, und sie haben sie mit einem komischen Ding abgeschabt, während der schwarz gekleidete Kommissar die Wohnung inspizierte. Als er wieder rauskam, hat er ihnen gesagt, sie könnten anfangen. Ich habe ihn gefragt, was passiert sei.«

Ihre Stimme versagt. Nach einer Weile fährt sie fort: »Er hat mir erklärt, Maeva sei ermordet worden, man habe sie mit mehreren Messerstichen getötet. Ich war völlig schockiert. Und dann kam der Gerichtsmediziner. Ein Glatzkopf mit großen Nasenlöchern. Der hält sich auf alle Fälle auch für was Besseres. Danach haben sie mich hineingeführt, damit ich mir die Wohnung ansehe und überprüfe, ob etwas gestohlen ist.«

Ihre Stimme zittert erneut.

»Sie lag am Boden, und überall war Blut, mein Gott! All das Blut und ihre geöffneten Augen – als würde sie mich ansehen, als würde sie um Hilfe rufen … Beinahe wäre ich ohnmächtig geworden. Der Kommissar hat mir einen Cognac gegeben. Ich habe gesagt, alles schien in Ordnung und nichts gestohlen zu sein. Die Krankenwagenfahrer haben sie in einen Plastiksack geschoben, wie im Fernsehen, und haben sie weggebracht. Mir haben die Knie so sehr gezittert, dass ich mich an der Wand festhalten musste.«

Ich murmele einige mitfühlende Worte. Sie trinkt einen Schluck Portwein und seufzt:

»Der Kommissar wollte die Meinung des Gerichtsmediziners hören, aber der wollte nichts sagen. Dann haben sie sich angeschrien. Wie unsympathisch dieser Mediziner war! Noch etwas Portwein?«

»Nein, danke, ich habe noch.«

»In Ihrem Alter versteht man es nicht, das Leben zu genießen, und dann ist es zu spät!«

Ich nicke schweigend und balanciere das Glas auf meinen Knien. Wenn nichts gestohlen worden ist, handelt es sich nicht um einen Einbruch.

»Und dann waren da diese Buchstaben an der Wand«, fährt Louisette fort. »Zwei Buchstaben: ein B und ein O in Großbuchstaben. ›Sie hat sie sicherlich mit ihrem Blut geschrieben‹, hat der Gerichtsmediziner gesagt. Und der Kommissar hat gemeint: ›Ah, Sie sind wohl unter die Graphologen gegangen?‹ Ich habe nichts gesagt, aber ich weiß, wer Bo ist.«

Mein Herzschlag setzt aus.

»Wie bitte?«

»Ja, ich weiß, wer das ist. Es ist eine Freundin von ihr. Eine gute Freundin. Sie hat oft von ihr gesprochen. Sie fand, das sei eine Frau von Format. Einmal hat sie mir ein Foto gezeigt. Warten Sie, ich habe es vielleicht sogar noch hier.«

Sie erhebt sich, sucht in ihrem mit Papieren voll gestopften Sekretär und kommt mit einem Umschlag voller Fotos zurück.

»Hier, sehen Sie, das wurde letzten Herbst aufgenommen.«

Ich betrachte die Bilder. Maeva, lächelnd und imposant in ihrem bunt geblümten Pareo und den weißen Ledersandalen, das Handgelenk mit Schmuck überladen, eine kleine Strohhandtasche am Arm, den sie um eine stark geschminkte, junge Frau im smaragdgrünen Satinkleid gelegt hat, die dazu passende Sandalen trägt; volle dunkle Locken fallen ihr über die Schultern. Beide heben sie Kelche mit perlendem Champagner zum Objektiv der Kamera. Im Hintergrund erkennt man die Tankstelle. Ich erinnere mich …

Es war neun Uhr abends. Sie hatte Champagner gekauft, weil ich aus dem Gefängnis entlassen worden war. Wir haben uns köstlich amüsiert. Einer ihrer Freier hat das Foto gemacht, ein netter Italiener.

»Sehen Sie«, tönt Louisette, die leicht beschwipst ist, »das ist Bo. Sie hat schönes Haar, nicht wahr, wie Sie, schwarze Locken.«

Sie tritt einen Schritt zurück, mustert mich, öffnet den Mund, schließt ihn wieder, legt die Hand auf ihr Herz.

»O mein Gott!«

Sie beruhigt sich nicht, ihre Hand verkrampft sich.

»Sie haben mir vielleicht einen Schrecken eingejagt ... Und ich dachte ... Ich dachte nämlich, die Frau auf dem Foto wäre eine richtige Frau ...«

Ich lächele.

»Das ist das erste freundliche Wort, das ich heute höre.«

»Ah, also Sie waren das!«

Ich sehe ihr direkt in die Augen und sage klar und deutlich:

»Ich habe Maeva nicht getötet.«

»Da bin ich ganz sicher, mein Kleiner. Warum hätten Sie auch so etwas tun sollen?«

»Ich weiß es nicht, aber die Polizei glaubt es. Sie glauben, wenn sich jemand im Sterben noch die Mühe macht, einen Namen an die Wand zu schreiben, dann deshalb, weil es der des Mörders ist.«

»Sie wollte vielleicht etwas anderes schreiben ...«

»Ich kenne niemanden, der Boris oder Bocage heißt.«

»Weil Sie an einen Vornamen denken. Aber wenn es nun der Anfang eines Familiennamens ist?«

Plötzlich sehe ich die lustige Witwe mit anderen Augen. Das ist tatsächlich eine Hypothese, die sich nicht von der Hand weisen lässt. Aber das bedeutet in jedem Fall, dass Maeva ihren Mörder kannte. Aber dieser hat nichts gestohlen, und auch von Vergewaltigung war nicht die Rede. Also ... Der Typ kommt herein, stürzt sich auf sie und ersticht sie. Warum? Rache? Wem hätte Maeva etwas antun können? Und wie soll ich das herausfinden?

»Hatte sie in der letzten Zeit neue Freunde?«

»Außer diesen Herren ... hm, die zu ihr kamen, eigentlich nicht.«

Sie denkt einen Augenblick nach.

»Einer kam allerdings relativ regelmäßig, immer nachts, ich habe ihn durch den Türspion gesehen.«

»Wie sah er aus?«

»Das kann ich Ihnen nicht sagen, er kam im Dunkeln herauf, ich habe ihn nur von hinten gesehen.«

Maeva hat nie von einer ernsthaften Affäre gesprochen. Aber warum sollte es ein Liebhaber gewesen sein? Warum nicht ein ehemaliger Geschäftspartner, ein Freund? Schließlich weiß ich rein gar nichts von ihrer maskulinen Vergangenheit. Von dem, was sie getan hatte, ehe sie auf den Strich ging. Ich kenne nur ihren richtigen Namen, und das auch nur, weil der Pastor ihn mir gesagt hat.

Ich frage Louisette, ob Maeva manchmal von ihrer Vergangenheit sprach. Sie verneint. Die Gespräche drehten sich vor allem um Fernsehserien und Kochrezepte. Maeva war ein überzeugter Fan der ländlichen Küche und erfand regionale Gerichte, die Louisette kosten und beurteilen musste. Dazu gab es erlesene Weine, die Louisette aus dem Keller ihres verstorbenen zweiten Ehemannes heraufholte. Ich verspüre einen Anflug von Eifersucht, wenn ich an diese kulinarischen, feuchtfröhlichen Fernsehabende denke. Warum kann ich nicht so leben? Warum muss ich immer in Bewegung sein, so als befände ich mich auf einer niemals endenden Flucht?

Es klingelt. Louisette öffnet.

»Oh! Komm herein, Simone!«

Sie kommt zurück, gefolgt von einer Dame ihres Alters, mit lavendelblauem, zu einer sorgfältigen Dauerwelle gelegtem Haar, die eine Schachtel mit Kuchen vor sich her trägt.

»Ich hatte ganz vergessen, dass Simone zum Essen kommt … wegen diesem entsetzlichen Drama … Meine Nachbarin ist nämlich ermordet worden!«, ruft sie Simone zu.

»Der Transvestit?«, schreit Simone. »Wie grauenvoll! Du musst unbedingt deine Schlösser auswechseln lassen!«

»Und ich muss gehen«, erkläre ich, während ich mich erhebe. »Und nochmals vielen Dank für alles.«

Unter Simones forschendem Blick verabschiede ich mich. Bei diesem Mittagessen wird es sicher nicht an Gesprächsstoff mangeln …

Die Sonne steht hoch am Himmel. Unvorstellbar, dass es gestern geregnet hat. Von weißem Schaum gekrönte Wellen brechen sich an dem mit Algen übersäten Strand. Der Wind ist stärker geworden. Auf dem offenen Meer rast ein Boot mit Außenbordmotor vorbei. Langsam hebt ein Flugzeug ab. Ich kann das Emblem der TWA erkennen. Vielleicht fliegt es nach New York.

Neulich abends habe ich mir mit Linda eine Fernsehsendung über Transsexuelle angesehen. Unter anderem ging es auch um Transsexuelle, die sich in der vierzehnten Straße von New York prostituieren. Nicht gerade erfreulich. Alles Typen wie ich, in den verschiedenen Stadien der Umwandlung: Zwitter, Operierte oder einfach nur Transvestiten. Ich habe angefangen, mir einen hübschen kleinen Busen wachsen zu lassen, doch dann musste ich wegen Geldmangels aufhören. Wenn ich genug Geld habe, werde ich die Behandlung fortsetzen und mich operieren lassen. Dann werde ich auch offiziell eine Frau sein. Ich werde mir alle Klamotten kaufen, die mir gefallen, und sie hoch erhobenen Hauptes tragen, weil ich endlich das Recht dazu haben werde. Das ist meine Lieblingsvorstellung, sobald ich das nötige Geld aufgetrieben habe und operiert bin. Das Flugzeug steigt weiter am Himmel auf, es hinterlässt eine deutliche weiße Spur.

Wie machen es nur die Leute, die sich ertränken, indem sie einfach geradewegs ins Wasser gehen? Wie machen sie es, dass sie nicht anfangen zu schwimmen? Sie ähneln dir, flüstert mir meine böse kleine Stimme zu.

Ich überquere die Straße und kaufe mir an der Promenade einen Hamburger. Solange ich das Geld von Diana und Johnny noch nicht ausgegeben habe, brauche ich auch nicht anfangen zu arbeiten. Ich muss keine Angst haben, wenn ich in das Auto eines Unbekannten steige, muss mich nicht mit Idioten herumstreiten, die kein Präservativ benutzen wollen. So bekommt wenigstens mein Körper jene Ruhe, die meine idiotische Seele verweigert.

Ich kaue an dem Hamburger herum und registriere kaum die Leute um mich. Ich kann nicht aufhören, an Maeva zu denken; an den Mord, an den blöden Pastor. Was kann nur geschehen sein? Ob die Polizei über den mysteriösen mitternächtlichen Besucher Bescheid weiß? Denn der, so scheint mir, wäre verdächtiger als ich.

Ein Satz von Louisette kommt mir wieder in den Sinn: »Sie hatte mir ihren Schlüssel gegeben, für alle Fälle ... aber ich wollte nicht aufsperren ... Ich habe die Polizei gerufen.« Ich muss zu ihr gehen und sie um den Schlüssel bitten. Ich muss den Ort des Verbrechens sehen. Und meinen Namen an der Wand. Vielleicht gibt es irgendetwas, das mir weiterhilft, einen Hinweis, den die Polizei nicht zu deuten wusste.

Ich laufe zurück zu Louisettes Haus, die Treppe hinauf und läute an ihrer Tür. Geräusche dringen aus dem Innern der Wohnung. Ich rufe meinen Namen durch die geschlossene Tür. Eine Küchenschürze um die Taille und mit vollem Mund, öffnet sie mir. Am Tisch sehe ich Simone hinter einer halb geleerten Flasche Burgunder sitzen. Ich erkläre Louisette mein Anliegen. Sie nickt, geht wortlos zum Büfett, sucht in einem weißen Schälchen in Form eines Fischs und kommt mit einem flachen Schlüssel zurück.

»Was ist denn los?«, ruft Simone und verrenkt sich den Hals, um besser sehen zu können.

»Nichts. Es ist nur ein Nachbar. Ich komme gleich. Und wenn die Polizei wieder kommt?«, fragt sie leise und knetet ihre Schürze zwischen den von Arthrose verformten Fingern.

»Ich werde sagen, dass Maeva mir einen Schlüssel gegeben hat, machen Sie sich keine Sorgen. Bis gleich.«

Sie schließt die Tür hinter mir.

Das Treppenhaus ist verlassen. Auf allen Stockwerken hört man den Ton der Fernseher. So leise wie möglich öffne ich die Wohnungstür und schleiche mich hinein. Die Vorhänge sind zugezogen, aber es ist hell genug, so dass ich alles erkennen kann. Ich atme tief ein. Dunkle Spuren beflecken die Wände des kleinen Eingangs. Ein durchdringender Geruch steigt mir in die Nase. Jodhaltig. Ist das der viel zitierte metallische Geruch von Blut? Vorsichtig und ohne irgendetwas anzurühren gehe ich weiter.

Im Wohnzimmer markieren Kreidestriche die Lage der Leiche: vor der Fenstertür. Blutige Spuren von gespreizten Fingern, die sich von oben nach unten über die Scheibe ziehen. Dort ist sie gestorben. Auf dem Sofa, den Sesseln, dem Teppich sind Blutflecken. Sie sind getrocknet, nur noch eine rötliche Kruste. Ich sehe mein Spiegelbild in der dunklen Mattscheibe des Fernsehgeräts, mein Kopf ist von Blutspritzern verdeckt. Gestern sah ich unser Spiegelbild, als wir gemeinsam Kaffee tranken. Die hübsche kleine Wohnung von Maeva ist nur noch ein Ort düsterer Stille.

Ich schnuppere. Es riecht nach chemischen Mitteln, die die Polizei verwendet haben muss. Auf dem lackierten Holztisch in der Küche steht ein Teller. Rohes Hackfleisch, Tabasco. Maeva hatte sich ein Tartar gemacht. Es ist das Fleisch, das so stinkt. Niemand hat es in den Kühlschrank gestellt.

Nein, sie hat sich sicher um Mitternacht kein Tartar gemacht, nachdem sie zuvor mit Louisette gegessen hatte. Sie hat es für jemand anderen gemacht. Jemanden, den sie erwartete?

Das würde erklären, warum die Tür nicht aufgebrochen war. Ein Bekannter, wie man so schön sagt. Ein Bekannter, der angerufen hat, um zu fragen, ob er kurz vorbeikommen kann. Und Maeva mit ihrem mütterlichen Instinkt macht ihm schnell eine Kleinigkeit zu essen.

Ich gehe ins Wohnzimmer zurück. Die Stille und die Dämmerung wirken bedrückend. Ich sehe mir die Wände an. Und dort, neben dem gerahmten Autogramm von Nicole Croisille, sehe ich meinen Namen. Zwei mit zittriger Hand geschriebene, große, rote Buchstaben. Ein B und ein O, da ist kein Zweifel möglich. Die Vorstellung, dass sie mit Blut geschrieben sind, bereitet mir Übelkeit. Hat sie den Finger in eine ihrer klaffenden Wunden getaucht? Ich stürze auf die Toilette und erbreche meinen Hamburger. Als ich die Spülung ziehe, hoffe ich, dass man das Geräusch nicht im ganzen Haus hört.

Ich gehe ins Wohnzimmer zurück. Es ist nicht das erste Mal, dass ich mich an einem Ort befinde, wo jemand umgebracht wurde. Aber bisher war es keine vorsätzliche Tötung. Kein Mord.

Das erste Mal war in einem Nachtclub. Ein Kerl kam herein und zielte mit einem Jagdgewehr auf den Barkeeper, die Flaschen zersprangen in tausend Scherben, der Barkeeper hatte die Kugel ins Auge bekommen und war sofort tot. Das Blut bespritzte die Leute, die an der Bar saßen, und sie gingen schreiend unter den Tischen in Deckung. Ich stand im durchsichtigen Negligé auf der Bühne und jaulte mein Lied: »Wo sind die Fraaauuuen?« Ich flüchtete so schnell hinter die Kulissen, dass ich bäuchlings dort ankam.

Das zweite Mal war in der Nähe des Hafens. Zwei Typen kamen leicht angetrunken aus einer Bar. Sie fingen an, sich anzubrüllen, und dann zog einer von beiden ein Messer und stieß es, ehe er floh, in die Brust des anderen Mannes. Stéphanie, Maeva und ich kamen die Straße herauf. Auch dort gab es viel Blut, der Verletzte taumelte, die Hand aufs Herz gepresst, über den Bordstein. Dann fiel er vornüber. Stéphanie versuchte ihn aufzufangen, aber er war zu schwer. Er wiederholte dauernd: »Verdammte Scheiße, das darf doch nicht wahr sein!« Ich lief zu einer Telefonzelle. Der Mann starb in Stéphanies

Armen, während wir auf den Krankenwagen warteten. Wir haben ihn auf den Boden gelegt und uns aus dem Staub gemacht, um keinen Ärger mit der Polizei zu bekommen.

Beide Fälle waren schrecklich, Furcht erregend, aber nicht so unheimlich wie hier. Hier ist es wie in einem Grab. In einem Mausoleum. Ein von Leiden und Grauen geprägter Ort. Und die beiden Buchstaben meines Namens starren mich von der Wand an wie aus einer anderen Welt.

Reiß dich zusammen, Bo! Ich reiße mich zusammen! Die Hand mit meinem Ärmel umwickelt, öffne ich ein paar Schubladen. Alte Papiere, Briefe, Rechnungen, alles sorgfältig in Plastikordnern abgelegt. Fotoalben, vergilbte Zeitungsausschnitte. Ich würde Stunden brauchen, um alles zu sichten. So greife ich nach dem erstbesten Päckchen und schiebe es in meine Jeans.

Schritte. Sie nähern sich. Stimmen. Verdammter Mist! Ich laufe zur Fenstertür. Jemand öffnet die Wohnungstür, ich schiebe mich auf den Balkon, presse mich an die Wand und drücke die Schiebetür, so gut es geht, wieder zu.

Männerstimmen.

»Dieser Idiot von Spinelli geht mir auf die Nerven ...«

Der Pastor.

»Ein elender Rassist, aber seine Arbeit macht er gut.«

Mossa.

»Einfach nur ein alter Idiot, nichts weiter«, entgegnet der Pastor. »Übrigens hat die Analyse bestätigt, dass die Buchstaben mit dem Blut des Opfers geschrieben wurden.«

»Aber man weiß nicht, ob sie sie selbst geschrieben hat.«

»Ja, ich muss ihnen zum Vergleich einige Handschriftproben bringen.«

Mossas Stimme aus der Ferne:

»Hier, da hast du einige handgeschriebene Kochrezepte. Was hat denn das Fleisch auf dem Tisch zu suchen? Es vergammelt und stinkt!«

»Tu es in einen Plastikbeutel. Ich bringe es ins Labor, vielleicht hat der Kerl es ja angerührt.«

Mossa, diesmal mehr aus der Nähe:

»Deinetwegen muss ich Überstunden machen ...«

»Dany, dieser Blödmann, hat die Grippe. Vierzig Grad Fieber. Liegt zu Hausse bei seinen drei Gören. Außerdem kennst du das Milieu besser. Besser als ich. Der große Manitu der Sitte, das bist du doch, nicht wahr?«

»Hör auf, mir Honig um den Bart zu schmieren, ich bin auch so ein Süßer.«

Der Pastor lacht. Mossa fährt fort:

»Offenbar stand Maeva mit der Rechtschreibung auf Kriegsfuß. Sieh dir das mal an.«

Er buchstabiert:

»Pansé o pin. Eigenartige Schreibweise für ›Penser au pain‹, Brot nicht vergessen.«

»Ja, in Frankreich gibt es mehr als zwei Millionen Analphabeten«, erklärt der Pastor, den das einen feuchten Dreck interessiert. »Nun, was denkst du? Glaubst du, dass wir es auch hier mit dem Hackbeil-Mörder zu tun haben?«

»Woher soll ich das wissen?«, protestiert Mossa. »Wenn man an die ausgerissene Zunge denkt, wäre es möglich.«

Ich zucke auf dem Balkon zusammen. Ausgerissene Zunge? Aus-ge-ris-sen?! Das hat der Pastor heute Morgen gar nicht erwähnt. Eine der Informationen, die die Bullen zurückhalten.

»Ja, scheint mir unwahrscheinlich, dass zwei verschiedene Mörder zwei Opfern die Zunge rausreißen«, stimmt der Pastor zu. »Es kann sich natürlich um einen Nachahmungstäter handeln. Aber wenn man bedenkt, dass in den anderen Fällen die Presse nicht informiert war, verstehe ich nicht, wie er ihn hätte nachahmen sollen.«

»Aber wenn es derselbe ist, dann sind die Beweggründe nicht dieselben«, erklärt Mossa. »Eine Frau mit dem Hackbeil zu zerstückeln, das verrät Mordlust. Hier scheint es sich hingegen um ein anderes Motiv zu handeln.«

»Oh, da ist Scotland Yard am Werk! Erklärst du mir deine hochtrabenden Gedankengänge?«

Ich erkenne Mossas Stimme, der aufzählt:

»Er hat nicht seine bevorzugte Waffe benutzt. Er hat nicht auf einem Parkplatz zugeschlagen, sondern ist in die Wohnung seines Opfers gekommen. Es war sicher ein Stammkunde oder ein Bekannter, denn sie hat ihn reingelassen. Unterbrich mich, wenn ich Blödsinn erzähle.«

»Nein, mach weiter. Alles richtig.«

»Gut, meiner Meinung nach hat er von Jésus Ortega abgelassen, als er bemerkt hat, dass es sich nicht um eine Frau handelt. Leider zu spät für Jésus.«

»Und das würde bedeuten, dass es sich um einen Triebtäter handelt, der nur Frauen angreift«, ergänzt der Pastor.

»Maeva war aber keine Frau, und ihre Ermordung war geplant«, fährt Mossa fort. »Also hat der Mord an ihr nichts mit den drei Triebverbrechen zu tun.«

Der Pastor lacht.

»Du solltest deine Versetzung zum FBI beantragen. Aber ein geplanter Mord? Das ist leicht gesagt ...«

»Er hat ihr die Kehle durchgeschnitten, sofort nachdem er hereingekommen ist. Hast du das Blut im Eingang gesehen?«

»Ich weiß ...«

»Verdammt, in Bezug auf den Täter tappen wir wirklich im Dunkel!«, meint Mossa.

»Kanntest du ihn gut, diesen Maeva?«, erkundigt sich der Pastor.

»Er ging seit etwa zwanzig Jahren auf den Strich. Keine Drogen. Er sparte, um sich irgendwann operieren zu lassen. Das ist ihr heiliger Gral, die Operation. Eigentlich war sie ein dickes, gemütliches Muttchen, recht nett. Einmal hat sie mich zu einem Kalbsragout in weißer Sauce eingeladen.«

»Eine weiße Sauce für einen Schwarzen, glaubst du, das war eine rassistische Beleidigung?«

»Du bist echt zu blöd, Luther.«

»Und Jésus? Was hältst du von ihm?«

»Ach ... ein Typ, der sich im ewig dunklen Tunnel ohne Ausgang bewegt. Aber kein schlechter Kerl. Sein einziger Erfolg war, Derek das Leben gerettet zu haben.«

»Ach, woher weißt du das denn?«

»Marlène hat es mir irgendwann mal erzählt. Es war zu der Zeit, als Derek noch bei der Sitte war.«

»Also vor meiner Geburt«, grinst der Pastor.

»Ortega zufolge soll Derek in eine Abrechnung unter Dealern geraten sein. Einer von ihnen soll ihm die Kehle mit einem Messer aufgeschlitzt und unsere Marlène ihn gerettet haben, indem sie ihm einen Druckverband anlegte, bis der Krankenwagen kam.«

»Ein hübsches Märchen.«

»Meinst du?«

»Na ja. He! Sieh mal, hier ist ein Fotoalbum. Ich glaube der dicke Tahitianer da, das ist deine Maeva.«

»Zeig mal ... Ah, ja, du hast Recht. Und hier das neue Outfit. Exit Raymond Makatea, hallo, Tag, Maeva ... Eigenartig, einen Catcher im Minirock zu sehen«, fügt Mossa hinzu, »aber ihre Freier liebten sie. Eines Abends, während einer Kontrolle, kam ein Lastwagenfahrer – ein wahrer Hüne – zu mir, um mir zu sagen, ich sei ein Blödmann.«

»Ja-ja-ja, aber all das bringt uns nicht weiter. Ach, ist das nicht Bo?«

»Ja, und daneben, das ist ein Transsexueller namens Stéphanie. Großer Busen, großer Schwanz, sehr begehrt.«

»Und Ancelin? Hat sich der eigentlich operieren lassen?«, fragt der Pastor.

Komisch, mit anzuhören, wie sie über mich reden, als wäre ich nicht da.

»Nein, noch nicht«, antwortet Mossa, und ich höre, wie er in dem Album blättert.

»Was hältst du von ihm?«, erkundigt sich die kalte Stimme des Pastors.

»Von Bo? Kannst du dir vorstellen, wie er Maeva tötet, die eineinhalb Tonnen mehr wiegt als er? Und außerdem, warum? Kannst du dir vorstellen, wie er nachts mit einem Hackbeil durch die Gegend läuft und Huren auflauert? Und Bo wusste, dass Jésus ein Mann war. Wenn also unsere Theorie stimmt, hatte er keinen Grund, ihn anzugreifen.«

Der Pastor seufzt und beharrt:

»Ja, aber wenn man davon ausgeht, dass es zwei verschiedene Mörder waren, könnte man sich vorstellen, dass Bo mit dem Tahitianer eine Rechnung zu begleichen hatte. Makatea hatte ihm vielleicht Geld geliehen, und er wollte es nicht zurückgeben. Oder ihm den Freund ausgespannt ... Ich weiß nicht, aber es gibt immer Gründe, jemanden zu hassen. Und dann sind da noch die berüchtigten Ersparnisse. Woher sollen wir wissen, ob er sie nicht hier versteckt hat?«

»Das ist sogar sicher«, stimmt Mossa ihm zu. »Maeva hasste es, in die Stadt zu gehen. Ich kann sie mir nur schlecht am Bankschalter vorstellen. Ja, vielleicht sollte man diese Theorie weiter verfolgen. Denn ich nehme an, es handelte sich um einen ordentlichen Batzen ... Und in letzter Zeit schien sie bedrückt.«

»Bedrückt?«

»Sie schien Sorgen zu haben. Zunächst habe ich nicht weiter darauf geachtet, aber jetzt fällt es mir wieder ein«, erklärt Mossa. »Sie hatte Ärger mit einem Kerl ...«

»Einem Zuhälter?«

»Nein, nein. Eine Familiengeschichte, oder ich weiß nicht, was, sie wollte es nicht sagen.«

Durch einen Spalt im Vorhang sehe ich, wie sie vor den Buchstaben an der Wand hocken.

»Was haben die ersten Untersuchungen ergeben?«

»Nichts«, antwortet der Pastor seufzend. »Kein Sperma, kein Speichel, keine Fingerabdrücke, keine Haare, keine Hautfetzen unter den Nägeln des Opfers. Dasselbe gilt für die DNS-Analyse. Der Mann trug Plastikhandschuhe. Und es regnete, also ist es wahrscheinlich, dass er Regenkleidung anhatte, die er, den Spuren nach zu urteilen, nur in der Badewanne abzuwaschen brauchte.«

»Also ist es zu neunundneunzig Prozent sicher, dass der Mord an Maeva geplant war«, schlussfolgert Mossa.

»Und ein Prozent spricht dafür, dass sich der Mörder im Opfer geirrt hat oder dass er irgendjemanden töten wollte, egal, wen«, hebt der Pastor hervor.

All diese Informationen speichere ich in meinem Gehirn. Mossa hockt noch immer vor den Buchstaben. Er erhebt sich, streckt sich und seine Finger berühren fast die Decke.

»Ich verstehe das alles nicht. Erinnerst du dich an den Mann, der vor vier Jahren drei Strichmädchen erschossen hat, weil seine Frau ihn verlassen hatte und er sich am weiblichen Geschlecht rächen wollte?«

»Ja, ich habe den Fall damals bearbeitet. Denkst du an eine psychologische Störung dieser Art?«

»Du bist der Spezialist, Luther. Das Problem ist, dass wir nicht wissen, ob wir einen Mörder suchen oder zwei.«

Sie gehen zum Ausgang. Luther schiebt ein Bündel handgeschriebener Notizen in einen Plastikbeutel. Die Tür schließt sich. Vorsichtshalber warte ich fünf Minuten, dann gehe ich zurück in die Wohnung, mein Herz rast noch immer. Offenbar halten sie alle Hypothesen für möglich.

Ich stehe im Zimmer und versuche, das Gehörte zu begreifen. Und plötzlich erinnere ich mich, wie Maeva mir sagte, sie habe den Mörder von Jésus gesehen, einen Typen mit einer Kapuzenjacke.

Das wäre eine Erklärung für den Mord. Nein, keine Erklärung, denn sie hat ja den Bullen nichts davon gesagt. Ich lasse mich auf der Sofakante nieder und konzentriere mich, während ich den befleckten Teppich betrachte.

Angenommen, der Mörder von Jésus-Marlène weiß, dass Maeva ihn gesehen hat. Aber wenn sie ihn nicht kennt, was kann ihm das ausmachen? Sie hat selbst gesagt, dass sie nur eine Gestalt mit Kapuze gesehen hat. Um sich zu entschließen, hierher zu kommen und sie zu töten – das heißt, ein weiteres Risiko einzugehen –, muss Maeva ihn gekannt haben ... Ja, das ist es: Maeva kannte ihn, darum kam er so leicht herein und deshalb machte sie ihm etwas zu essen. Es war in allen Fällen ein und derselbe Mörder, und dieser Mann hat Maeva getötet, um sich zu schützen, weil er sich nicht sicher war, ob sie ihn erkannt hatte.

Ich springe auf. Ja, das macht Sinn.

Nein, verdammt noch mal, wenn der Mann Maeva kannte, wusste er, dass sie ein Transvestit ist, und dann hätte er auch wissen müssen, dass Jésus ein Transvestit war; warum hätte er ihn angreifen sollen, wenn er es nur auf »richtige« Frauen abgesehen hat?

In meinem Kopf dreht sich alles. Nachdem ich mich noch einmal umgesehen habe, schleiche ich mich leise aus der Wohnung. Sogleich öffnet sich Louisettes Tür.

»Hat die Polizei Sie nicht gefunden? Ich hatte Angst«, flüstert sie.

Ich erkläre ihr, ich hätte mich auf dem Balkon versteckt und müsste jetzt gehen. Ich reiche ihr den Schlüssel, aber sie murmelt:

»Nein, behalten Sie ihn. Ich will diese Wohnung nie wieder betreten.«

Ich danke ihr und sage, ich käme wieder vorbei, um sie auf dem Laufenden zu halten. Sie versichert mir, ich sei immer willkommen, und kehrt leicht schwankend in ihre Wohnung zurück.

Ehe ich auf die Straße trete, sehe ich mich um. Offenbar keine versteckten Polizisten, also verlasse ich das Haus. Ich bin aufgeregt. Ich muss unbedingt begreifen, was geschehen ist.

KAPITEL 8

Die Sonne steht tief am Himmel, im Osten ziehen sich dicke Wolken zusammen, die eine neue Schlechtwetterfront bedeuten.

Lange gehe ich durch die Menge der eiligen Menschen, lasse mich vom Zufall treiben, durchdenke alles, was ich gehört habe.

Und immer wieder stoße ich auf dieselben Probleme. Es gibt keine Erklärung dafür, warum Maeva im Sterben meinen Namen an die Wand geschrieben hat. Und es gibt keine Erklärung dafür, warum ihr Mörder beschlossen hat, mich zu belasten, außer ich kenne ihn. Überlegen wir … Ich nehme meinen Gedanken von vorhin wieder auf: Maeva und ich kennen den Mörder. Er gerät in Panik, als er Maeva in dem Lastwagen sieht, während er sich von Marlènes Leiche entfernt. Aus Angst, dass sie ihn wieder erkannt haben könnte, entschließt er sich, sie umzubringen, dann schiebt er mir die Schuld in die Schuhe. Soweit ist alles klar.

Aber das Problem ist, dass jeder, der Maeva und mich kennt, weiß, dass wir keine richtigen Frauen sind, und auch hätte wissen müssen, dass Marlène ebenfalls ein Transvestit war. Also muss man unter den Leuten suchen, die uns zwar kennen, aber nicht besonders gut. Also nicht unter den Stammkunden.

Warum nicht?

Herausgerissene Zungen. Behandschuhte Hände, die sich in einen vor Entsetzen und Schreien geöffneten Mund schieben, die Zunge ergreifen und fest an ihr ziehen. Ströme von Blut, verzweifelter Kampf der Opfer. Ob es einfach ist, eine Zunge herauszureißen? Johnnys Hände in meinem Mund, die meine Zunge umklammern, erstickend, das Latex, das meinen Gaumen berührt, fast sexuell. Das Herausreißen, die Wunde …

Johnny. Und wenn er es war. Für einen Augenblick spiele ich mit dem Gedanken. Und dann erinnere ich mich an Youssef, der mir erzählte, Johnny habe Bull nach Hause gebracht. Genau zu der Zeit, als Maeva ermordet wurde. Johnny mag ja mein Gott sein, aber ich glaube nicht, dass er über die Gabe verfügt, allgegenwärtig zu sein. Das bliebe zu überprüfen – allein schon aus Prinzip.

Ich setze mich auf einen Felsen am Meer und ziehe die Papiere aus der Tasche, die ich bei Maeva eingesteckt habe. Fotos von einer Lagune. Das Bild einer Frau, um deren Taille ein sehr junger und dicker Raymond, das Gesicht zu einem triumphierenden Lächeln verzogen, den Arm gelegt hat. Eine Frau? Na ja, jeder macht mal Fehler. Hier ein Baby, dessen Füßchen vor dem Objektiv strampeln. Eine Frau? Ein Baby? Sicherlich eine Schwester. Dann Freundinnen aus Nizza. Durchgestrichene Gesichter. Ich als junges Ding im roten Ledermini. Welch grauenvolles Make-up! Stéphanie am Arm eines Buchhalters, dem sie drei Monate lang vormachte, sie sei Jungfrau.

Zeitungsausschnitte über Polizeieinsätze. Die kleinen Dramen des Straßenstrichs. »Schießerei auf der Promenade. Zwei Tote.«, »Abgeblitzter Verehrer rächt sich mit Luftgewehr.«, »Paillon: Streit zwischen zwei Zuhältern endet mit Messerstecherei!« Von Zeit zu Zeit Namen, die ich kenne: »Raymond Makatea, genannt Maeva, ohne Beruf«, »Kommissar Mossa vom Sittendezernat …«, »Kommissar Paul

Luther zum Hauptkommissar befördert ...«, »Heute beginnt unter Ausschluss der Öffentlichkeit der Prozess gegen Ancelin vor dem Schwurgericht in Nizza«.

Meine Hände zittern. Eine Zeichnung bebildert den Bericht des Gerichtsreporters: Ich wie ein zerzaustes Mogli und der liebe Vater mit schlaffen Gesichtszügen und Schmollmund. Maeva hat mir nie gesagt, dass sie diesen Artikel aufbewahrt hat. Ich will ihn nicht lesen. Schnell drehe ich die Ausschnitte um. »Polizist von einem Transvestiten gerettet!«

Reise in die Vergangenheit. »Der bei einer Abrechnung unter Dealern schwer verletzte Kommissar Derek Prysuski vom Sittendezernat verdankt sein Leben der Geistesgegenwart von Jésus O., genannt Marlène ...« usw. Das war also kein Märchen. Ich denke an Marlène, die ich neulich aus Dereks Büro habe kommen sehen ... Aber diese kleine Geschichte zwischen Derek und Jésus-Marlène hat ohnehin nichts mit dem Rest zu tun.

Mensch, Bo! Und wenn es nun Derek war, den Maeva mit Marlène gesehen hat?! Und wenn er der Frauenmörder wäre?

Bescheuert! Er wusste, dass Marlène ein Mann war, warum hätte er sie töten sollen?

Sicher, aber wenn es nun – wie Mossa mutmaßt – zwei Mörder gäbe? Derek könnte Marlène aus persönlichen Gründen getötet haben, und dann Maeva, weil er fürchtete, sie hätte ihn erkannt.

Und von Gewissensbissen geplagt, bringt er sich um!

Das einzige Problem dabei ist, dass Derek seinen Selbstmordversuch vor den Morden unternahm. Um Marlène anzugreifen und Maeva zu töten, hätte er aus dem Koma aufwachen müssen!

Übellaunig erhebe ich mich. Ich drehe mich im Kreis, ich muss mich beruhigen. Kino. Genau, ich gehe ins Kino.

Nach dem Zufallsprinzip wähle ich einen Film aus; auf dem

Plakat ist ein schöner Typ abgebildet. Es ist die Geschichte einer Gruppe von Freunden, die einen Haufen existenzieller Probleme haben: Liebe, was ist das? Frauen, wer versteht sie? Sex, was ist das? Und der schöne Typ spielt miserabel. Ich höre nicht mehr zu. Existenzielle Probleme, das ist nicht mein Ding, wenn man bedenkt, dass mein ganzes Leben ein einziges Problem ist. Nach zwei Stunden eines Dialogs, der ebenso brillant ist wie angelaufenes Silber, stehe ich wieder vor dem Kino.

Gemächlich gehe ich die Straße hinab bis zum Park Albert I. Um mich abzulenken, tue ich so, als würde ich mir die Schaufenster ansehen, doch es gelingt mir nicht, an etwas anderes als an die Ereignisse des Tages zu denken. Und wie ein braver Ackergaul stehe ich automatisch wieder vor der Kneipe.

Bei Linda herrscht spätnachmittäglicher Hochbetrieb. In der verrauchten Gaststube trinken die Männer vor dem Nachhausegehen schnell noch ein Gläschen. Vor dem Zigaretten- und Lotterieverkauf hat sich eine Schlange gebildet. Serviert Johnny jetzt ehrerbietig alten Mütterchen mit dauergewelltem Haar den Tee? Es gefällt mir nicht, dass er diese Arbeit macht. Es gefällt mir nicht, dass er Befehle ausführen muss. Befehle sind etwas für Leute wie mich, für Leute, die gerne katzbuckeln.

Gerade als ich in meine Mansarde gehen will, klopft mir jemand auf die Schulter. Mossa.

»Ich habe Neuigkeiten für dich, Bo«, sagt er. »Maeva hat um halb elf Uhr einen Anruf bekommen. Einen Anruf aus einer Telefonzelle an der Place Sainte-Réparate. Zwei Schritte von hier entfernt.«

»Ich war hier. Fragen Sie doch Linda.«

»Linda würde dich immer decken, selbst wenn du ihre eigene Mutter umgebracht hättest ...«

Ich gehe nicht darauf ein, sondern frage:

»Hat der Anruf lange gedauert?«

»Etwas mehr als drei Minuten.«

»Und Sie glauben, er steht im Zusammenhang mit dem, was dann passiert ist?«

»Wir glauben, der Mörder, wer auch immer es sein mag, hat sie angerufen und gefragt, ob er vorbeikommen kann. Wir glauben, es war jemand, den das Opfer gut kannte, jemand, den sie ohne zu zögern spät nachts reingelassen hat.«

»Sie wissen ja, dass wir eher Nachtmenschen sind. Mitternacht, das ist, als würden andere von der Stunde des Apéritif sprechen.«

»An diesem Abend hatte sie schon gegessen, und wegen des Regens ging sie nicht arbeiten. Aber im Übrigen ist es auch nicht zwingend ein Mann gewesen, der den Mord begangen hat. Ebenso gut kann es die geheimnisvolle Besucherin gewesen sein. Die elegante Dame vom Nachmittag ...«

Das kommt leider für mich aufs selbe raus. Linda bringt uns zwei Halbe Bier und sieht uns fragend an. Es kommt nicht alle Tage vor, dass einer von der Sittenpolizei in der Öffentlichkeit mit einem Transvestiten anstößt. Damit kompromittiert er mich, als wäre ich ein Spitzel. Aber ich glaube, das merkt er gar nicht. Er ist nur gekommen, um mich zu informieren.

»Gibt es ein Problem?«, fragt Linda, während sie die Gläser auf den Tisch stellt.

»Mord«, murmelt Mossa leise.

Linda sieht mich an. Ich sage:

»Maeva ...«

»O verflucht, die Arme!«, ruft Linda. »Wann ist das passiert?«

»Heute Nacht, gegen Mitternacht«, erklärt Mossa.

»Direkt nachdem du nach Hause gekommen bist ... Wie gut, dass du sie nicht besuchen gegangen bist ...«, meint Linda erschüttert.

Ich zucke die Schultern.

»Schade, meinst du. Der Typ hätte es vielleicht nicht versucht, wenn ...«

Sie will noch mehr Einzelheiten wissen, die Mossa ihr freundlicherweise erzählt, dann läuft sie zur Theke, um Laszlo zu informieren. Sie kennen uns alle seit langem. Die Kneipe gehört zu den wenigen Lokalen, die nachts geöffnet sind, und hier treffen sich alle Nachtschattengewächse. Von hier aus kann man durch die Altstadt ziehen, zum Bahnhof, zum Hafen, zum Quai des Etats-Unis, zur Promenade ...

»Bist du sicher, dass du nichts weißt, was uns weiterhelfen könnte, Bo?«, beharrt Mossa.

Ich sehe ihm direkt in die Augen und verneine, und das entspricht auch in etwa der Wahrheit. Er erhebt sich, legt Geld auf den Tisch und rät mir, wie immer, auf meine Gesundheit zu achten. Ich trinke sein Bier aus, danach meines.

Anschließend gehe ich hinaus, um Johnny aufzulauern. Ich weiß, dass es zu früh ist, aber ich bin so nervös ... Und übrigens ist es gar nicht zu früh, denn er taucht auf der Straße auf, ist bereits umgezogen und scheint es eilig zu haben. Ich laufe zu ihm und komme mir dabei vor wie ein Pudel, der mit hängender Zunge sein Herrchen anhimmelt. Und Johnny wirft mir genau den aufgebrachten Blick des Hundebesitzers zu, dessen Hund Gassi gehen will.

»Das gibt's doch nicht!«, ruft er aus und versetzt einer Blechbüchse einen heftigen Fußtritt.

»Kann ich mitkommen?«

»Mitkommen? Verschwinde, los!«

Ich folge ihm.

»O nein, Bo, du wirst doch nicht schon wieder anfangen! Ich habe dir doch gesagt, dass ich jemanden habe.«

»Du lügst.«

Wie erstarrt bleibt er stehen.

»Du schimpfst mich einen Lügner?«

»Du lügst, Johnny. Ich weiß es. Ich weiß es. Ich spüre es.«

»Verdammter Mist, nun lass mich doch endlich mal in Ruhe!«

»Ich werde hinter dir gehen und nichts sagen.«

Er macht eine Geste, als wolle er sich die Haare ausreißen. Dann beugt er sich zu mir vor, packt mich an der Gurgel und stößt mich gegen die Mauer.

»Okay, Bo. Du willst mitkommen, also komm mit. Aber beklag dich hinterher bloß nicht!«

Er unterstreicht seinen Satz mit einem bösartigen Hieb zwischen meine Beine, der auf mich wie ein glühendes Versprechen wirkt. Mit schnellen Schritten entfernt er sich, und ich trotte unter dem verblüfften Blick einer Frau im weißen Jogginganzug, die ihre beiden Windhunde spazieren führt, hinterher.

Ohne sich umzudrehen, geht er vor mir, sicher, dass sein Sklave ihm folgt. Ich wünsche mir, dass er mich an einer Leine spazieren führt, und mir mit knappen, ruckartigen Bewegungen klar macht, dass ich bei Fuß zu gehen habe. Ich würde mich gerne neben ihn setzen und meinen Kopf auf seine Knie legen, während er im Lichtschein eines gelben Lampenschirms aus den fünfziger Jahren seine Zeitung liest – wie man es in alten Lesebüchern sieht. Ich wünsche mir, ich wünsche mir, ich wünsche mir …

Damit er seinen Schritt verlangsamt, rufe ich:

»Maeva ist ermordet worden!«

Er dreht kaum den Kopf nach mir um.

»Wer ist Maeva?«

»Meine Freundin, die Tahitianerin. Ich habe sie dir eines Abends gezeigt.«

»Hat mich offenbar nicht sehr beeindruckt. War sie hübsch?«

»Nicht besonders.«

»Aha, ich verstehe ...«

»Sie ist heute Nacht umgebracht worden. Man hat ihr die Kehle durchgeschnitten.« Heute Nacht. Vor nicht einmal vierundzwanzig Stunden. Und heute Nachmittag war ich in ihrem Wohnzimmer, das nach Tod stank.

»Pech für sie. Aber hast du mir das nicht schon gestern erzählt?«

»Nein, gestern das war Marlène.«

»Ganz schönes Blutbad! Vielleicht haben sie ja die Jagd auf euch eröffnet, ohne es euch zu sagen!«, höhnt er.

Er geht wieder schneller und sagt leise über die Schulter zurück:

»Da wir schon von Mord reden, Bull solltest du lieber aus dem Weg gehen ...«

»Ich weiß. Youssef hat mir erzählt, du hättest ihn ins Bettchen gebracht.«

»Youssef, der kriegt was mit seiner Pizzarolle auf den Hintern! Ich habe Bull nach Hause gebracht. Er konnte nicht mehr laufen, der arme Kerl!«

Hinterhältig bemerke ich:

»Da bist du dann ja wohl zu spät zu deiner Verabredung gekommen ...«

Er bleibt kurz stehen. Seine rechte Hand holt aus und packt mich bei den Haaren. Seine strahlend blauen Augen versenken sich in meine tiefschwarzen. Seine Oberlippe bebt. Brutal dreht er die Hand, die mein Haar umklammert, ich klappe zusammen.

»Weißt du, Bo«, säuselt er, »wenn du mich ärgerst, werde ich dir ernsthaft wehtun.«

Er lässt mich los, und ich wäre beinahe hingefallen. Er geht weiter. Wir erreichen die Hurenstraße. Das war es also ... Er bleibt stehen und fährt sich über das Kinn wie eine Hausfrau, die sich fragt, ob sie lieber die sechs 300g-Dosen Tunfisch zu 22,40 Franc nehmen soll oder die fünf 350g-Dosen zu 22,25

Franc. Die Mädchen verrenken sich vor ihm und erzählen ihren üblichen Unsinn. Lieber Gott, bitte mach, dass er nicht Elvira wählt. Er lässt seinen Blick schweifen und geht auf sie zu. Sie zappelt auf der Stelle, ihr dicker Hintern steckt in einem hautengen violetten Latexrock.

Er wartet, bis ich bei ihm bin, und mustert inzwischen träge ihre Reize.

»Na, Bo, soll ich mit ihr raufgehen oder willst du raufgehen?«, fragt er mit einem betörenden Lächeln.

Bei der Vorstellung, ich könnte mit ihr nach oben gehen, bricht Elvira in schallendes Gelächter aus. Mir wird davon eher übel.

Johnny sieht sie streng an, und sie verstummt. Er erkundigt sich nach dem Preis. Sie sagt ihm ihre Tarife. Er entscheidet sich für eine Spezialbehandlung. Ich wappne mich innerlich. Von mir aus kann er es ruhig vor meinen Augen mit Elvira treiben, mir ist das egal. Wenn das alles ist, was ihm einfällt, um mich zu verletzen, beweist das nur, dass er heute nicht in Form ist. Elvira protestiert, als er ihr erklärt, dass ich mitkomme. »Entweder so oder gar nicht«, beharrt Johnny, die Hände lässig in den Taschen. Es gefällt ihr nicht, mich als Zuschauer dabei zu haben, aber schließlich willigt sie ein.

Wir betreten ein eher schäbiges Zimmer mit schwarz tapezierten Wänden – schließlich macht Elvira auf Sado-Maso. Rote Spots; großes, durchgelegenes Bett mit schwarzer Decke; roter Teppichboden, an einigen Stellen abgetreten und mit Brandlöchern. An den Wänden hängen Peitschen, Ketten, Handschellen, Zangen und anderes Werkzeug; mit Nägeln besetzte Halsbänder und Mieder, Kapuzen mit Augenschlitzen – die Ausstattung ist perfekt. Aber das alles ist nichts im Vergleich zu dem Club, in dem ich gearbeitet habe, nachdem ich mich von zu Hause abgesetzt hatte: harte Technomusik, piercing, fist fucking usw., und das alles in einer Umgebung wie in einem Operationssaal. Und all diese

Typen mit Schnauzbart ... Wie bei der Armee. Spezialkommando X.

Zu jener Zeit war mir mein Wunsch, mein Geschlecht zu wechseln, noch nicht wirklich bewusst. Ich war überzeugt, eine Frau zu sein, und das reichte mir. Doch der Blick der anderen machte mir jeden Tag aufs Neue klar, dass ich mich belog. Und damals entschloss ich mich, den entscheidenden Schritt zu tun: eine medizinische Behandlung zu beginnen und zu sparen, um mich dann auf die große Reise ohne Wiederkehr zu machen. Willkommen im *no man's land*!

Johnny schnüffelt wie ein Hund: Es riecht nach Weihrauch, Gleitmitteln und Wasserstoffperoxyd: damit kann Elvira sowohl die Wunden ihrer Kunden versorgen als auch ihr Schamhaar bleichen, sehr praktisch. Johnny streicht über ein Paar Handschellen, über die Ketten. Elvira hat sich schon ausgekleidet, sie trägt nur noch einen schwarzen Stringtanga und ein dazu passendes Lackmieder, das ihren Busen einzwängt. Sie nimmt eine Peitsche von der Wand und reicht sie Johnny mit lüsternem Lächeln. Dieser wiegt sie prüfend in der Hand, lässt sie in der Luft knallen und dann auf Elviras nackten Hintern niedersausen. Sie wälzt sich auf dem Bett und verdreht verzückt die Augen, einfach lächerlich. Johnny schlägt sie automatisch weiter. Nach einer Weile dreht sich Elvira um:

»Na, Liebling, und wenn wir zu anderen Dingen übergehen würden?«

Johnny antwortet nicht, und ich bemerke einen beunruhigten Schimmer in Elviras Augen. Er beugt sich über sie, drückt ihren Kopf aufs Kissen und stößt ihr den Stil der Peitsche zwischen die Schenkel. Sie setzt sich wütend zur Wehr. Ich konzentriere mich auf die Betrachtung des Teppichbodens. Ich wusste, dass die Sache schief gehen würde. Er lässt sie los, und rot vor Zorn richtet sie sich auf.

»Was ist das denn für eine Masche?«

Keine Antwort. Er untersucht die vorhandenen Utensilien, vor allem eine Zange, die offenbar ganz neu ist.

»Nimm dein Geld zurück und verschwinde, du bist zu blöd!«

Noch ehe sie ausgesprochen hat, schnellt Johnnys Faust vor. Mit blutender Nase fällt sie hintenüber. Jetzt hat sie wirklich Angst. Johnny wiegt die nagelbeschlagene Zange in der Hand und zwinkert mir zu. Ich verstehe nicht, worauf er hinaus will. Doch als er sich Elvira zuwendet, hat diese eine kleine schwarze Pistole auf seinen Kopf gerichtet.

»Qué pasa?«, erkundigt sich Johnny und lässt die Zange in seiner Hand auf und zu schnappen.

»Verschwinde!«

Sie wirft mir einen schnellen Blick zu, der Revolver ist noch immer auf Johnny gerichtet.

»Bo, sag ihm, er soll abhauen! Kranke bediene ich nicht.«

Johnny breitet die Arme aus, eine zugleich versöhnliche und bedrohliche Geste.

»Du solltest dich zur Kinderschwester umschulen lassen. Ich dachte, all das wäre ernst gemeint.«

Er deutet auf die Instrumente und fährt fort:

»Leiden ist eine ernsthafte Sache ...«

»Ich habe keine Lust zu diskutieren, ich sage dir, du sollst abhauen.«

Ich halte den Atem an. Ich höre schon den Schuss, der losgehen wird, wenn er sich auf sie stürzt. Aber nein. Er legt die Zange hin, zuckt die Schultern und geht hinaus. Und sein Hund Bo folgt ihm.

»Bo, warte!«, ruft mir Elvira zu, ohne ihren Revolver auch nur einen Millimeter zu senken.

Ich antworte nicht und folge Johnny über die Treppe, die nach Desinfektionsmittel riecht.

»Geh nicht mit diesem Kerl«, ruft sie mir nach, »er ist verrückt! Bo! Hast du seine Augen gesehen?«

Ja, Elvira, ich habe sie gesehen. Hell und schlammig zugleich. Durchscheinend und undurchdringlich. Die Augen einer wundervollen Leiche. Eben jetzt sind sie auf mich gerichtet.

»Deine Freundin ist eine dumme Kuh«, sagt er.

»Ich glaube nicht. Sie spürt den Gestank, das ist alles.«

»Willst du damit sagen, dass ich stinke?«

»Das Böse stinkt.«

Er sieht mich neugierig an.

»Und du liebst diesen Geruch?«

»Ich bin daran gewöhnt. Ich habe keine Angst vor der Scheiße, weder vor der richtigen noch vor der, die die Leute im Kopf haben.«

»Bo, das wandelnde Klo! Also, ciao, ich verschwinde.«

»Warte!«

Doch er ist schon weg. Ich versuche, ihm zu folgen, aber ich stoße mit der alten Miranda zusammen, die mich an den Schultern fasst.

»Hast du schon gehört? Das mit Marlène?«

Sie ist noch bei Marlène? Du solltest die Fernsehserie besser verfolgen, Muttchen, denke ich boshaft, während sie mich ansieht. Ihr mit einer dicken Make-up-Schicht zugekleistertes Gesicht wirkt fassungslos, der alte Mund ist vor Empörung verzogen. Ich versuche, mich loszumachen, doch sie klammert sich fest und quakt:

»Wir kommen alle dran, hörst du? Alle!«

Ich sehe ihr in die Augen und begreife, dass sie sich ein kleines Beruhigungsmittel genehmigt hat. Jetzt gesellt sich auch noch die in einen rot-schwarzen Kimono gehüllte Elvira zu uns. Verdammte Scheiße!

Mit zitternden Händen zündet sie sich eine Zigarette an.

»Wer war der Typ?«

»Ein Freund.«

»Ein Freund? Ich kann mir nicht vorstellen, dass der Kerl Freunde hat! Der ist ja total verrückt.«

»Es war ein Scherz.«

Ungläubig sieht sie mich an.

»Ein Scherz? Verflucht noch mal, Bo, du bist wirklich zu blöd!«

Ich lasse Mirandas Gejammer und ihre Prophezeiungen sowie Elviras hochmütiges Gelächter hinter mir, laufe ziellos durch die Menschenmenge und versuche, Johnny zu finden. Ich habe nichts gegessen, habe Kopfschmerzen und bin moralisch auf dem Nullpunkt. Der Abend ist ohnehin versaut.

Sobald ich die Kneipe betrete, ergreift Linda meinen Arm und befiehlt mir, ihr alles über Maeva zu erzählen. Mit leiser Stimme gehorche ich. Schließlich lässt sie mich in Ruhe, um sich um einen Sechsertisch zu kümmern, an dem »regionale Spezialitäten« verlangt werden. Laszlo kratzt sich hinterm Ohr und fragt sich, ob Couscous wohl in diese Kategorie gehört. Ich lege mich lieber hin.

Mit der Vorstellung, wahrscheinlich nicht schlafen zu können, werfe ich mich aufs Bett.

KAPITEL 9

Wie spät ist es? Ich habe solchen Hunger, dass ich mich fühle, als hätte ich ein Loch an der Stelle, wo sonst mein Magen sitzt.

Lautes Stimmengewirr, alle Tische sind besetzt. Die Uhr über der Theke zeigt vierzehn Uhr. Ich habe zwölf Stunden durchgeschlafen! Linda bringt mir, ohne lange zu fragen, eine Portion Nudeln mit Aioli und ein Glas Rosé. Etwas steif setze ich mich auf einen Eckplatz an der Theke und esse den Teller leer, trinke einen Cognac zum Abschluss. Ich fühle mich deutlich besser. Wie ein russischer Prinz nach einem anständigen Festmahl.

Gut, wieder ein Tag, den ich überstehen muss. Eine Galgenfrist, bis die Leute des Pastors mich höflich auffordern, ihnen zu folgen. Ich habe nicht mal einen Anwalt. Den einzigen, den ich kannte, war der meines Vaters. In der Öffentlichkeit stets bereit, die Fälle der Witwen und Waisen zu vertreten, um sie dann insgeheim zu Gunsten seiner reichen Mandanten über den Tisch zu ziehen. Und wenn ich Derek einen kleinen Besuch abstatten würde? Vielleicht ist er inzwischen ja wieder bei Bewusstsein. Wer weiß, was er mir Interessantes zu erzählen hat.

Im Krankenhaus marschiere ich geradewegs in den B-Flügel, den ich gut kenne. Ich bin schon oft hier gewesen, um Kranke im Endstadium zu besuchen. Dank meines Gipsverbands kann ich mich ohne aufzufallen frei im Krankenhaus bewegen. Ich betrete die Intensivstation. Eine Familie geht nervös im Flur auf und ab, ihre Gesichter sind verschlossen, die Hände nervös verkrampft. Eine Krankenschwester eilt den Korridor entlang. »Derek Prysuski?« – »Zimmer 234.« Sie geht zum Ende des Gangs und verschwindet in einem Zimmer, aus dem ein durchdringendes Klingeln ertönt.

Ich öffne die Tür von Zimmer 234. Derek liegt mit offenem Mund auf dem Rücken. Sein Gesicht ist kreidebleich. Ich trete einen Schritt auf ihn zu. Er sieht mich ohne jede Reaktion an. Da ich nicht weiß, ob er schon aus dem Koma erwacht ist, frage ich zaghaft: »Derek?«

Keine Antwort.

Ich lege meine Hand auf seinen Arm. Keine Reaktion.

Ich sehe auf den Monitor, der plötzlich zu piepsen anfängt. Eine grüne, flache Linie zieht über den Bildschirm. Er ist tot!

Fluchtartig verlasse ich das Zimmer, denn ich will auf keinen Fall hier sein, wenn die Krankenschwester aufkreuzt. Ich gelange über die Nottreppe in den nächsten Stock, mache die Tür auf und remple mit einem Typen zusammen, der auf den Fahrstuhl wartet. Große Statur, weißes Haar. Verdammter Mist, der Pastor! Ich mache die Tür wieder zu und renne die Treppe hinunter. Ich höre, wie die Tür sich öffnet und eine Stimme verwundert »Ancelin?« ruft. Ich antworte nicht, sondern sause wie der Blitz in die Eingangshalle und laufe durch die großen Glastüren ins Freie. An der Haltestelle steht ein Bus. Im letzten Moment, als der Fahrer gerade losfahren will, springe ich hinein. Der Pastor kommt im gleichen Augenblick auf den Parkplatz gestürmt und sieht sich suchend um. Ich mache mich auf meinem Sitz ganz klein. Das hätte mir gerade noch gefehlt, dass man mich auch für Dereks Tod verantwortlich macht.

Ich bleibe bis zur Endstation im Bus sitzen. So komme ich zu einer kleinen Spazierfahrt. Ich mag die Farben, wenn der Wind weht. Dann sieht die Stadt wie von van Gogh gemalt aus.

Um mich von der ganzen Aufregung zu erholen, gönne ich mir anschließend eine kleine Pause im Internet-Café. Axelle sitzt vor einem der Bildschirme.

»*Sick!*«, ruft sie mir zu, als sie mich sieht.

»Bist du krank?«

»Nein, *Sick,* so heißt ein Film. Sadomaso-Happenings. Scheint gut zu sein.«

Ich beuge mich über ihre knochige Schulter. Sie stinkt, als hätte sie sich mit einem Raumluftspray eingesprüht. Mir schießt der Gedanke durch den Kopf, dass sie eigentlich eine perfekte Porzellanpuppe abgäbe. Sie hat unsere übliche Website angeklickt, auf der ein Dokumentarfilm über das Leben von Bob Flanagan angekündigt wird. Er starb im Alter von dreiundvierzig Jahren an Mukoviszidose und hat vorher so ziemlich jede Form des freiwilligen Leidens ausprobiert.

»Sollen wir uns den ansehen?«, fragt sie, während sie über ihr Implantat streicht.

»Gern. Hast du eine Zigarette für mich?«

»Nein. Du siehst merkwürdig aus«, meint sie und kneift die Augen zusammen, um mich genauer betrachten zu können. »Es ist, als ... ich weiß nicht, als ob du nicht richtig eingestellt wärst, wenn du verstehst, was ich meine? Die beiden Hälften deines Kopfes passen irgendwie nicht richtig zusammen.«

»Mir geht's momentan nicht besonders. Eine Freundin von mir ist umgebracht worden.«

»Kenn ich sie?«

»Du hast sie schon mal gesehen. Maeva.«

»Die fette Alte mit den Zierdeckchen?«

»Genau die. Man hat ihr die Kehle durchgeschnitten.«

»Underground City sag ich nur. Es geht bergab!«, ruft sie und schnieft nervös. »Weiß man, wer's war?«

»Noch nicht. Die Polizei glaubt, ich sei's gewesen.«

»Schöne Scheiße. Wusstest du, dass sie Kameras in die Augen von Blinden implantieren wollen? Cybermanmäßig, der totale Wahnsinn.«

Ich seufze.

»So was hätte deine Freundin haben sollen, und schon wüsste man, wer der Mörder ist. Weißt du, so was wie ein Flugschreiber! Schade.«

»Du bist echt nett«, sage ich und stehe auf. »Bis bald mal.«

Wieder zurück zu Linda. Ich fühle mich wie eine Kompassnadel. Man könnte glauben, ich bräuchte eine Familie. Ich blödele ein bisschen mit Laszlo herum und will mich gerade ein Weilchen in die Sonne setzen, als mir jemand auf die Schulter klopft. Es ist Bull, das Gesicht zu Brei geschlagen. Scheiße, den hatte ich total vergessen! Instinktiv halte ich meinen gesunden Arm vors Gesicht. Doch er deutet auf einen freien Tisch in der Ecke.

»Trinken wir ein Glas?«

Obwohl ich mich frage, wann er mir eine reinhauen wird, nicke ich und setze mich. Es freut mich, zu sehen, dass ich ihn so zugerichtet habe. Er bestellt zwei Halbe. Schweigend trinken wir den ersten Schluck.

Dann zündet er sich eine Zigarette an, kratzt sich am Kopf, zieht die Nase hoch und mustert mich aus seinen zugeschwollenen Augen. Ich trinke mein Bier, bereit, ihm bei der ersten verdächtigen Bewegung das Glas auf dem Schädel zu zerschmettern. Schließlich beugt er sich zu mir herüber. Ich kann seinen Atem riechen. Offensichtlich gehört er zu der Sorte Mensch, die Zahnbürsten mit Klobürsten verwechselt.

»Die dicke Nutte, die neulich Nacht getötet wurde, war das deine Freundin, die Tahitianerin?«

Statt einer Antwort kneife ich die Augen zusammen. Seine Stimme klingt dumpf. Kein Wunder, so geschwollen wie seine Lippen sind! Ich frage mich, warum er mich nicht fertig macht. Wieder trinkt er einen Schluck Bier und beugt sich noch weiter vor. So nah, dass ich einen fetten Mitesser auf seinem linken Nasenflügel erkennen kann.

»Weißt du, was?«, fährt er fort. »Das wird nicht aufhören … Sie werden alle sterben, eine nach der anderen …«, murmelt er – fast wie im Rausch.

Seine Glupschaugen haben einen glasigen Schimmer. Hat er irgendwas genommen?

»Eine nach der anderen werden sie geopfert.« Er lässt sich das Wort »geopfert« genüsslich auf der Zunge zergehen wie ein Akademiker, der ein seltenes Wort benutzt. Es überläuft mich heiß und kalt. Und wenn er nun tatsächlich irgendetwas wissen sollte?

»Was willst du damit sagen, Bull? Weißt du, wer sie umgebracht hat, oder was?«

Er plustert sich auf, sein bläulich verfärbtes geschwollenes Gesicht strahlt vor Zufriedenheit.

»Das möchtest du wohl gerne wissen, was, Fräulein Naseweis? Das hättest du wohl gerne, dass Big Bull damit rausrückt, was er weiß …«

Verdammt, was soll das! Gestern Abend habe ich diesem Dreckskerl noch die Fresse poliert, und heute ist er zuckersüß zu mir! Daraus schließe ich, dass er wie einer dieser großen Hunde ist, die vor denen kuschen, die sie schlagen; dass er Kraft bewundert und Angst vor mir hat.

Also beuge ich mich zu ihm hinüber und versuche auszusehen wie Al Pacino in *Scarface*.

»Hör zu, Bull, entweder hast du mir was zu sagen, oder das alles ist bloß heiße Luft, aber du hast sicher schon bemerkt, dass ich nicht sehr geduldig bin … Ich hab keine Zeit für deine Spielchen.«

Er nimmt einen tiefen Zug und bläst mir den Rauch ins Gesicht. Wir lassen einander nicht aus den Augen. Wie zwei Tiere mit gesträubtem Fell, die Ohren angelegt, sitzen wir uns Zähne fletschend gegenüber. Er zieht den Schwanz ein.

»Ich muss dir was sagen, Bo, alles wird voller Blut sein! Die Bürgersteige werden sich rot färben, du wirst sehen!«

Ich spüre, wie mir der Schweiß auf die Stirn tritt.

»Woher willst du das wissen? Bringst du sie um?«

Er lacht hämisch.

»Ich? Hör mal, du weißt ganz genau, dass ich sanft wie ein Lamm bin. Nein, es ist der große fiese Bock, der sie absticht!«

Er lacht wieder. Will er mich etwa auf den Arm nehmen? Ich lasse nicht locker:

»Woher weißt du das?«

»Weil ich ihm gefolgt bin ... Weil ich ihn gesehen habe!«

»Bull, wenn du mir hier irgendeinen Blödsinn auftischst ...«

»Ich erzähl dir keinen Scheiß, ich sage dir, ich hab ihn gesehen!«

Und wenn es stimmt? Wenn er ihn tatsächlich kennt? Mit heiserer Stimme frage ich:

»Wer ist es?«

»Hast du mal 'ne Minute Zeit, Bo?«

Verdammter Mist! Mossa steht vor uns. Bull trinkt sein Bier in einem Zug aus und steht auf. Mossa feixt:

»He, was ist denn mit dir passiert? Bist du unter einen Bulldozer geraten?«

Bull kapiert den Witz nicht, ruft mir ein »Ciao« zu und verschwindet. Er versteht sich nicht sonderlich mit Mossa, vor allem seit ihn dieser wegen der Vergewaltigung einer jungen Ausreißerin für zwei Jahre hinter Gitter gebracht hat.

»Müssen Sie heute Abend nicht arbeiten?«, frage ich Mossa etwas nervös und beobachte dabei aus den Augenwinkeln, wie Bull das Lokal verlässt.

»So ist es. Wir haben gerade eine Razzia im Bugsy gemacht.«

Das Bugsy ist ein Swinger-Club, den es schon seit einer Ewigkeit gibt und in dem mit schöner Regelmäßigkeit einmal im Jahr eine Razzia gemacht wird – um zu zeigen, dass man die Sache nicht auf die leichte Schulter nimmt.

»Hast du schon gehört, dass Derek gestorben ist?«

Hat er deshalb mein Gespräch mit Bull unterbrochen? Ich will gerade Ja sagen, als mir wieder einfällt, dass ich es ja gar nicht wissen kann.

»Ach, tatsächlich? Wann denn?«

»Heute Nachmittag, im Krankenhaus.«

»Das ist wirklich Pech«, sage ich und frage mich, wohin Bull wohl gegangen ist.

»Ja, das kann man wohl sagen. Doch besser so, als von einem Lkw überrollt zu werden.«

Seltsame Vorstellung. An so etwas habe ich noch nie gedacht. Von einem Lkw? Und warum nicht von einem Kühlschrank zerquetscht?

Mit düsterer Miene steckt Mossa seine Schachtel Gitanes ein und meint:

»Tja, wenn man gehen muss, dann muss man eben gehen.«

Und ich, ich muss Bull auftreiben, damit er endlich mit der Sprache rausrückt. Ich verschwinde, ehe Linda hinter der Theke hervorkommen und mich ausfragen kann, was Mossa wollte.

Von Bull weit und breit keine Spur. Ich steige die Treppe zu seiner Wohnung hinauf, klingle, klopfe, nichts. Ich gehe wieder.

Ich klappere alle seine Lieblingsplätze ab, vom Tatoo-Laden bis zur Hundefriseuse über den Fitnessclub: Keiner hat ihn gesehen. Ich mache nicht einmal vor dem Sexshop Halt. Keppler, der Besitzer, erzählt mir, er habe eine neue

Sendung von Dildos aus Hongkong bekommen, fantastische Dinger; er besteht darauf, sie mir zu zeigen. Es stimmt, sie sind von außergewöhnlich guter Qualität, und man könnte mit ihnen sogar einen Elefanten glücklich machen.

»Sieh dir das an, das fühlt sich doch wirklich wie menschliche Haut an, und den hier, wenn du den drückst, wird er dicker, hast du gesehen, und die Vene fängt an zu pochen, fantastisch, oder?!«

Ich sage: »Stimmt, echt toll«, und gehe.

In der Straße, in der die Mädchen stehen, das Gleiche: keine Spur von Bull. Inzwischen ist es dunkel geworden. Der Schein der Straßenlaternen, leuchtende Schaufensterauslagen, Gehupe. Ein schneidender Wind fegt die Bürgersteige leer. Mir wird langsam kalt. Fettiges Papier flattert durch die Luft.

Inzwischen bin ich in der Nähe der Landungsbrücken. Wo steckt er bloß? Eine hell erleuchtete Fähre läuft ein, dreimal ertönt das Signalhorn, ein tiefer Ton, der das Wasser aufzuwühlen scheint.

Ich mache kehrt und bin schon bald wieder unten im Haus. Vielleicht ist Bull in der Zwischenzeit nach Hause gekommen oder bei Johnny. Ich mache die Tür auf und stoße fast mit einem ungefähr dreißig Jahre alten Asiaten zusammen.

»Verzeihung ...«

»Entschuldigen Sie«, sagt der Mann, der dichtes schwarzes Haar hat, das zu einem Igelkopf geschnitten ist, »wohnt hier nicht Beaudoin Ancelin?«

Bei mir schrillen sämtliche Alarmglocken, und das nicht nur, weil er wie ein Schrank gebaut ist.

»Nein, der ist umgezogen«, sage ich mit unschuldiger Miene. »Weshalb fragen Sie?«

»Eine private Angelegenheit«, erwidert er und weicht meinem Blick aus.

Ich versuche, das Ganze überzeugend zu Ende zu bringen: »Wenn das so ist ... Ich hätte ihm sonst etwas ausrichten können, aber wie Sie wollen ...«

Ich breite entschuldigend die Arme aus. Er seufzt, kratzt sich an der Wange, tritt von einem Fuß auf den anderen. Dann zuckt er die Schultern und geht. Ich unterdrücke den Wunsch, ihm nachzulaufen. Es gibt Dringenderes. Vielleicht hat ihn ein alter Kunde geschickt oder jemand, dem ich Geld schulde, und beides interessiert mich gerade nicht.

Ich steige die Stufen zum vierten Stock hinauf, klopfe bei Johnny. Keine Antwort. Ich klopfe bei Bull.

Dieses Mal öffnet sich die Tür, doch wie in einem Fernsehkrimi ist niemand zu sehen. Ein kurzer Blick in den Saustall, der ihm als Zimmer dient: leer. Lautlos bewege ich mich vorwärts und stoße die Tür zur winzigen Küche mit Dusche auf. Da ist er. Über die Spüle gebeugt, als würde er sich übergeben.

Ich rufe ihn beim Namen, er dreht sich nicht um. Beunruhigt berühre ich seine Schulter.

Er kippt langsam nach hinten, und ich spüre, wie meine Augen immer größer werden. Er übergibt sich tatsächlich. Tomatensauce. Sehr rote Tomatensauce, zu rot und ... o mein Gott ... es ist Blut.

Der irrwitzige Gedanke, dass er womöglich auf Grund meiner gestrigen Schläge eine innere Verletzung erlitten hat, schießt mir durch den Kopf. Ich fühle Panik in mir aufsteigen. Ich versuche, ihn zu halten, doch er ist unglaublich schwer. Sein glasiger Blick und all das Blut.

Mit nur einem Arm schaffe ich es nicht, ihn festzuhalten: Er fällt gegen den gelben Resopaltisch, und ich gehe mit ihm zu Boden. Dann sitzt er auf den schmutzigen Bodenfliesen. Was soll ich tun? Er hat kein Telefon, und ich traue mich nicht, ihn allein zu lassen. Er verdreht die Augen, das Blut läuft, einen bitteren Geruch ausströmend, aus seinem Mund.

Ich überlege, ob er vielleicht irgendeinen neuen Stoff ausprobiert hat. Irgendein Verschnitt, der ihn umbringt.

»Bull! Bull, hörst du mich?! Hast du was genommen?«

Er schließt die Augen, um meine Frage zu verneinen. Plötzlich packt er mich am Arm, versucht zu sprechen und erstickt beinahe.

»Beweg dich nicht! Ich hole Hilfe. Was ist passiert?«

Er streckt die Hand nach etwas aus, doch nach was? Ich sehe mich genau um. Das übliche Durcheinander: verschmutzte Turnschuhe, eine angebrochene Cola-Flasche, ein Schlagring, Anabolika, ein Baseballschläger, ein Stück Shit, ein Kalender vom letzten Jahr ... Ich drehe mich ratlos zu ihm um. Ich bin mir bewusst, dass jede Sekunde zählt und dass ich bis jetzt noch nichts getan habe.

Eine dicke, schmutzig-rosafarbene Blase zerplatzt auf seinen Lippen. Er sieht mich an, als hinge er an meiner Hand fünfzehn Stockwerke über dem Abgrund und drohe, unwiderbringlich in die Tiefe zu stürzen. Ich öffne den Mund und schließe ihn wieder. Er stammelt: »Ich habe ... ich habe ihn gesehen ... den Raum.« Zuckend krallen sich seine Finger in meinem Ärmel fest, er bäumt sich auf und gibt ein Röcheln von sich, das mich erstarren lässt. Erneut ein Schwall Blut und dann ... nichts mehr, kein Blick, kein Bull. Ein toter Büffel, dessen glasige Augen mich unverwandt anstarren. Alles ist voller Blut: meine Hände, mein T-Shirt, meine Wange. Ich stehe langsam auf. Er sackt in sich zusammen, und sein Kopf schlägt mit voller Wucht auf den Boden. Binnen einer Millisekunde ist mir klar, dass er sich verletzt haben muss. Wie ein Keulenschlag trifft mich dann die Wahrheit: Bull ist tot!

Und ich befinde mich – blutüberströmt – in seiner Wohnung. Vor diesem Blut ekel ich mich genau so, als wäre es tatsächlich Erbrochenes.

Panisch ziehe ich meinen Pullover aus, drehe den Wasserhahn weit auf, wasche mir die Hände und auch das Gesicht, so gut das mit einer Hand geht. Das Blut rinnt in den Ausguss – wie in einem Hitchcock-Film.

Ich spritze mir Spülmittel auf die Hände und wasche meinen Pullover aus, bis mir klar wird, dass ich unmöglich mitten im Winter mit einem klatschnassen Pullover auf die Straße kann. Die Tatsache, dass Bull tot hinter mir liegt, jagt mir Angst ein. Hektisch drehe ich mich ständig nach seinem Leichnam um – als fürchte ich, dass er sich bewegt oder sich mit einem irren Grinsen auf einmal erhebt.

Ich laufe in sein Zimmer, durchwühle seine Klamotten und schnappe mir einen marineblauen Sweater mit Micky-Maus-Bild. Der linke Ärmel klemmt am Gips. Mit einem Ruck reiße ich ihn ab. In der Wohnung nebenan hat jemand die Anlage bis zum Anschlag aufgedreht und hört Will Smith. Jetzt könnte ich gut ein paar *Men in Black* gebrauchen, um wieder etwas Ordnung in der Welt zu schaffen. Vor allem in meiner.

Ich betrachte mich im Spiegel: okay, das geht. Ich wische einen roten Fleck neben meinem Ohr weg. O nein, der verdammte Gips! Er ist blutbespritzt. Der muss runter! Ich suche überall herum, bis ich eine große Schere gefunden habe, und quäle mich mit dem Mistding ab. Ein stechender Schmerz fährt mir bei der kleinsten Bewegung durch Mark und Bein, aber ich mache weiter. Ich bin darauf gedrillt, immer schön weiterzumachen, egal, wie weh es tut.

Schließlich beende ich mein Werk und zerre wie ein Verrückter an dem Gipsverband. Er bricht auf, und ich werfe einen Blick auf mein geschwollenes Handgelenk. Es tut so weh, verdammt, tut das weh! Ich halte mir den Arm, während ich mich vor Schmerzen vor und zurück wiege und mir immer wieder sage: »Bull liegt tot auf dem Küchenboden.«

Die Tabletten in meiner Hosentasche! Ich werfe drei Stück ohne einen Schluck Wasser ein. Es wird höchste Zeit, dass ich von hier verschwinde.

Ich stopfe die Gipsstücke und meinen nassen Pullover in einen leeren Pizzakarton und gehe.

Ich lausche: Niemand ist im Treppenhaus. Den Arm gegen die Brust gepresst, schleiche ich mich nach unten. Der Pizzakarton scheint eine Tonne zu wiegen.

Auf der Straße habe ich das Gefühl, dass mich alle anstarren. Ich habe keine guten Karten. Ich kannte Maeva, ich kannte Bull; sie starben im Abstand von vierundzwanzig Stunden ... Ganz zu schweigen von meinem Besuch bei Derek! Der Pastor wird sich auf mich stürzen.

Ich werfe den Pizzakarton in einen Müllcontainer und laufe einfach so herum, vollkommen benebelt. Ich sehe Bulls Gesicht vor mir, seinen Mund, aus dem das Blut quillt wie in einem Horrorfilm. Ich muss merkwürdig aussehen, denn die Leute wenden den Blick ab.

Ich schleppe mich bis zur nächsten Apotheke. Dort kenne ich einen der Laboranten. Normalerweise gibt er mir verschreibungspflichtige Medikamente auch ohne Rezept, doch heute Abend brauche ich etwas anderes: einen neuen Gips. Ich kann ihn auf mich aufmerksam machen, und er zieht mich in eine ruhige Ecke hinter dem Regal mit den Präservativen. Ich zeige ihm mein Handgelenk. Leise redet er empört auf mich ein:

»Du bist total verrückt, geh sofort ins Krankenhaus!«

Ich sage nein, er sagt nein, ich bleibe hartnäckig, er sagt ja. Treffpunkt in einer Stunde an der Bushaltestelle.

Ich gehe auf direktem Weg dorthin und setze mich auf eine Bank neben einen Penner in einem abgetragenen Mantel, der, ein Schild mit der Aufschrift »Für Essen, danke« zu seinen Füßen, ins Leere starrt. Busse halten an und fahren weiter. Die Leute stoßen das Schild um und glotzen es mit großen Augen an, nur selten ist das Klingeln von Münzen zu hören. Den verletzten Arm fest an mich gepresst, wiege ich mich sachte vor und zurück. Der Penner fängt an, mir sein Leben zu erzählen. Ich schüttle den Kopf: »Nein, danke, heute Abend wirklich nicht.« Er brabbelt was von »Scheiß Schwule« und geht, um ein Schwätzchen mit dem Maroniverkäufer zu halten.

Ströme von Menschen mit erschöpften Gesichtern steigen ein und aus, müde Witze, vom Alter, durch Fast Food und mangelnde Bewegung deformierte Körper. Sie ziehen durch mein Blickfeld, überlagern meine Bilder von Bulls Körper und Maevas blutbeschmiertem Wohnzimmer. Wusste Bull tatsächlich etwas? *Ich habe … den Raum gesehen*. Welchen Raum? Und sein Gefasel von den Bürgersteigen, die sich blutrot färben würden …

Wenn Bull tatsächlich etwas gewusst hat, dann …

In der Ferne ertönt die Sirene eines Krankenwagens. Das Geräusch kommt näher. Gefolgt von einem Polizeiauto, fährt der Krankenwagen an mir vorbei und biegt nach links ab. Jemand hat den Leichnam entdeckt. Johnny?

Am liebsten möchte ich hinterherlaufen und nachsehen, was los ist, doch ich warte, ich brauche unbedingt diesen Gips. Endlich erscheint Marco, wir gehen in die Tiefgarage und richten uns hinter einem Mercedes 250 SE ein. Er untersucht meine Verletzung, äußert noch einmal seine Bedenken, streut Puder auf die Wunde und schmiert um mein Handgelenk eine Gipsbinde, die er mit Mineralwasser angefeuchtet hat.

»Wenn das daneben geht, wächst der Knochen schief zusammen und du bist behindert.«

»Dann habe ich mehr Chancen beim Betteln.«

Seufzend schüttelt er den Kopf. Die meisten meiner Bekannten haben es aufgegeben, sich über mich aufzuregen.

»So, das wär's«, meint er schließlich.

Er gibt mir eine Schachtel Tabletten.

»Pass bloß auf, die sind stark. Hoffentlich kommst du damit über die Runden.«

»Das hoffe ich auch. Was schulde ich dir?«
»Wie gehabt«, sagt er und streichelt meine Hand.

Als ich wieder an der frischen Luft bin, gehe ich schnurstracks zu dem Haus, in dem Bull und Johnny wohnen. Der Krankenwagen parkt mit blinkendem Blaulicht vor dem Eingang, sie schieben gerade eine Bahre in den Wagen, auf der eine Leiche in einem Plastiksack liegt. Die Polizei drängt die Schaulustigen zurück. Der Pastor spricht mit Farida, einer Nachbarin von Bull. Sie wirkt sehr aufgeregt und er sehr zornig. Neugierige Gaffer laufen zusammen.

Und dann entdecke ich Johnny. Er trägt keinen Anzug, sondern seinen alten Blouson und verwaschene Jeans. Er fährt mit der Hand durch sein Haar, und ich stelle mir vor, es wäre meine. Ich gehe zu ihm hin. Er steht etwas abseits der Menge und dreht sich um, noch bevor ich ihn angesprochen habe.

»Bull ist tot.«

Ich starre ihn mit weit aufgerissenen Augen an:

»Das ist nicht wahr!?«

»Farida hat ihn gefunden«, erzählt er mir. »Sie wollte sich ihre Khaled-CD zurückholen, die sie ihm geliehen hatte, und da lag Bull tot auf dem Küchenboden.«

»Wie ist er gestorben?«

»Man weiß es noch nicht. Alles war blutüberströmt. Eine üble Sache.«

Ich ringe mir ein paar mitfühlende Worte ab. Niemand darf wissen, dass ich da gewesen war, als er starb. Und doch weiß es jemand: Der Typ, dem ich am Eingang begegnet bin!

»Die Polizei hat etwas im Ausguss gefunden«, fährt Johnny fort, die Augen starr auf den Krankenwagen gerichtet.

Mein Herz setzt für einen Moment aus.

»Was?«

»Einen Ring.«

Mein Herz setzt mehrere Schläge lang aus. Mein Ring! Ich

Idiot hab ihn abgenommen, als ich mich gewaschen habe. Verflucht, wenn den jemand wieder erkennt ... Mit tonloser Stimme frage ich:

»Wie sieht er denn aus?«

»So«, erwidert er und lässt den Ring in meine Hand gleiten. »Farida hat ihn entdeckt. Ich hab ihr gesagt, du hättest ihn Bull geliehen.«

Ich umschließe den Ring. Nun stehe ich in Faridas und Johnnys Schuld. Der Krankenwagen setzt sich in Bewegung und fährt den grobschlächtigen Bull zu Doktor Spinellis gepflegten Händen. Johnny sieht mich noch immer nicht an.

»Sag mir, Bo, warum hast du Bull umgebracht?«, murmelt er plötzlich.

Ich glaub, ich träume.

»Aber ich war's nicht!«

Johnny sieht mich mit seinen eisblauen Augen an.

»Ach nein? Hast du ihn nicht mit dem Baseballschläger zu Tode geprügelt? Du hattest doch schon gestern Abend damit angefangen, oder etwa nicht? Hast du den armen Trottel etwa so sehr gehasst?«

Ich habe das Gefühl, im Treibsand zu versinken, und protestiere:

»Ich hab dir doch gesagt, ich hab Bull nichts getan! Er interessiert mich nicht!«

»Wenn du es sagst ...«

Er grinst hämisch und deutet mit einer Kopfbewegung auf den Pastor.

»Ist das einer von deinen Polizistenfreunden?«

»Nein, das ist Paul Luther von der Mordkommission. Er wird der Pastor genannt. Er leitet die Untersuchungen über den Mord an Maeva und den anderen.«

»Tja, offensichtlich sterben deine Freunde wie die Fliegen«, bemerkt Johnny sarkastisch.

Und heute Abend ist Bull an der Reihe gewesen. Es ist, als

würde alles wie in einem Zeitraffer passieren. Ein tödliches Karussell, das alle, die mitfahren, ins Nirwana befördert.

Meine Finger streichen über den Ring mit dem Skarabäus.

»Wann hast du Farida gesehen?«

»Als ich nach Hause kam. Sie raste wie eine Irre aus Bulls Wohnung und stammelte, er sei tot. Da bin ich mit ihr nachsehen gegangen. Er hat geblutet wie ein Schwein, wenn du das gesehen hättest ...«

Das habe ich leider wirklich viel zu lange ansehen müssen! Wenn ich nur daran denke, krampft sich mein Magen erneut zusammen. Doch vor allem überkommt mich ein dumpfes Gefühl von Unruhe und Gefahr. Wie kommt es, dass es bei jeder neuen Leiche durchaus plausible Gründe gibt, warum ich der Mörder gewesen sein könnte? *Hast du ihn nicht mit dem Baseballschläger zu Tode geprügelt*? Ich lege meinen gesunden Arm auf Johnnys Schulter, der wie von der Tarantel gestochen herumfährt.

»Du hast nicht das Recht, mich zu berühren, Bo. Wie oft soll ich dir das noch sagen?«

»Warum hast du den Baseballschläger erwähnt?«

Er zuckt mit den Achseln.

»Es sind keine Wunden zu sehen. Und dann all das Blut, das ihm aus dem Mund gelaufen ist ... Man könnte meinen, der Mann ist zu Tode geprügelt worden. Da habe ich an den Baseballschläger gedacht. Mit so einem Ding kannst du leicht jemandem die Leber zerschmettern.«

»Und du glaubst, dass ich zu so etwas imstande wäre? Ich, der kleine, verschreckte Schwule?«

Grinsend beugt er sich zu mir herüber.

»Aber wenn du willst, kannst du eine richtige kleine Wildkatze sein ... Weißt du, Bo, ich glaube, ich kriege allmählich Angst vor dir«, raunt er mir zu.

Ich stehe dicht neben ihm, atme seinen Geruch ein: den Duft seiner Haut und den seines After Shaves. Ich möchte mit meinen Nägeln über seine Wangen fahren. Ich möchte, dass er nicht aufhört, mit mir zu sprechen. Achtundvierzig Stunden zuvor lag er auf mir und hat mir das Handgelenk gebrochen. Und nun stehen wir auf der Straße und sprechen miteinander, während wir beobachten, wie der Krankenwagen Bulls leblosen Körper abtransportiert.

Plötzlich überquert der Pastor die Straße und kommt direkt auf uns zu. Ich werde nicht davonlaufen, ich versuche, ein unbeteiligtes Gesicht zu machen. Er bleibt vor uns stehen.

»Na, Bo, was gibt's Neues?«

Ich zucke mit meinen bezaubernden Schultern.

»Nichts Besonderes.«

Und mit dem Gefühl, dass sich derselbe schlechte Film wiederholt, zwinge ich mich zu der Frage:

»Wer war das auf der Bahre?«

»Jemand, den du kennst, Sébastien Cargese, genannt Bull«, antwortet der Pastor, wobei er in der Nase bohrt.

»Ist er tot?«

»Mausetot.«

»Woran ist er gestorben?«

»Das ist noch völlig unklar. Um das herauszukriegen, werden wir ihn aufmachen müssen.«

Er wendet sich an Johnny und fragt ihn:

»Sind Sie ein Freund unserer kleinen Bo?«

»Nicht direkt«, erwidert Johnny ungerührt.

»Ist auch besser so. Bo's Freunde werden nicht gerade alt!«

Hyänenartiges Lachen.

»Übrigens, du warst heute Nachmittag nicht zufällig im Krankenhaus?«, fährt er fort und nimmt sich das andere Nasenloch vor.

»Ich bin kurz wegen meines Gipsverbands dort gewesen«, improvisiere ich und deute auf meinen frisch eingegipsten Arm.

»Hm. Weißt du, dass Prysuski gestorben ist?«

»Scheiße!«

»Du sagst es.«

Er macht wortlos auf dem Absatz kehrt und steigt mit Farida in das Polizeiauto, die jetzt sicher Stunden auf der Polizeiwache zubringen wird.

Johnnys Mund lächelt mich an, während seine Augen mich prüfend mustern.

»Wer war das auf der Bahre?«, äfft er mich nach. »Weißt du, Bo, du kannst verdammt gut lügen.«

Ich zucke die Schultern und werfe mein Haar zurück, weil ich weiß, dass ihn das nervt. Wortlos dreht er sich um und geht. Hopp-hopp-hopp, Bo, schnell dem bösen Johnny hinterher! Der böse Johnny steigt in sein Auto und lässt den Wagen an. Ich will mich gerade, wie gehabt, am Griff der Autotür fest klammern, als sich der übliche Ablauf auf einmal ändert: Er öffnet das Handschuhfach, holt seine Pistole raus und richtet den Lauf auf meinen Kopf.

»Ich zähle bis drei«, sagt er mit ruhiger, fast höflicher Stimme.

Die Leute gehen an uns vorbei, ohne etwas zu bemerken. Ich sehe dafür um so deutlicher die kleine schwarze Mündung, die genau zwischen meine Augen zielt. Johnnys starren Blick. Seinen Finger am Abzug. Wenn er glaubt, dass ich die verdammte Tür loslasse …

»Eins …«

Wird er abdrücken? Ja, ich glaube, er wird schießen. Die Detonation wird vom Lärm des Müllwagens übertönt werden, der in zehn Metern Entfernung vorbeifährt.

»Zwei …«

Kann er mich aus dieser Entfernung verfehlen? Unwahrscheinlich. Werde ich in der nächsten Sekunde sterben? Ich werde diese verflixte Tür um nichts auf der Welt loslassen.

»Drei.«

Klick.

Verwundert sieht er auf die Waffe.

»Mistding!«, sagt er und wirft sie urplötzlich nach mir.

Reflexartig hebe ich den Arm, um mich zu schützen. Mit quietschenden Reifen fährt er davon. Der Revolver liegt im Wagen, und ich bin auf seinen Trick reingefallen.

Und wozu das Ganze? Ich fühle mich leer. Nicht mal ein klitzekleiner Adrenalinstoß, der mir das Gefühl gibt, gerade noch mal dem Tod entronnen zu sein. Dafür hat sich alles viel zu schnell abgespielt. Das hinterlässt bei mir einen schalen Nachgeschmack. Ich mag es nicht, wenn andere leiden. Sie sind darin nicht so geübt wie ich. Sie haben nichts davon. Ich dagegen bin, wie man so schön sagt, ein Überlebender. Einer, der sich mühsam über Wasser hält.

Ich gehe. Eine Gruppe Japaner schießt Fotos von den alten Häusern aus dem achtzehnten Jahrhundert. Der Asiate. Er hat mich gesehen, doch ich habe ihn auch gesehen. Er kam aus dem Haus. Und wenn er Bull zu Tode geprügelt hat? Jemand sucht mich. Trifft auf Bull. Wird nervös. Dazu müsste man wissen, was dieser Spinner ihm erzählt haben könnte. Ein Kerl, den jemand auf mich angesetzt hat? Nein, dann hätte er ein Foto von mir gehabt, mich wieder erkannt und gleich im Hauseingang umgelegt. Langsam drehe ich völlig durch. Trotzdem hat der Typ mich gesucht. Und Bull hat die Reise ins Nirwana angetreten.

Ich verlasse die Altstadt und gehe die Uferpromenade entlang. Es ist kalt, der Wind trägt Staub, Sand und Gischt durch die Luft. Pulsierender Schmerz im Handgelenk, der nicht aufhören will. Ich gehe, den Arm fest an den Brustkorb gepresst. Der Geschmack von Salz auf meinen Lippen. Mein Micky-Maus-Sweatshirt hält die Windböen nicht ab, die vom Meer herüberwehen. Weiße Schaumkronen auf dem schwarzen Meer. Ich gehe.

Keine Sterne, ein wolkenverhangener Mond, das Tosen der

Wellen, die sich am Strand brechen. Ich fühle mich müde und traurig. Ich gehe weiter.

Schließlich kehre ich zum Haus zurück. Ich setze mich in den Flur, der vertraute Geruch nach Katzenpisse und vollen Abfalleimern steigt mir in die Nase. Ich lehne meine Schulter gegen die Mauer, das lindert ein wenig die Schmerzen. Wenn man bedenkt, dass es kaum zwei Stunden her ist, dass die Krankenpfleger Bulls Leichnam über diese Treppe nach unten getragen haben. Ich habe das Gefühl, in einem trüben Strudel unterzugehen, und vor dem Ertrinken gibt es kein Entrinnen. Natty, Marlène, Maeva, Bull – in kaum vier Tagen vier Tote, von denen ich drei sehr gut kannte. Das Mädchen, das vor zwei Monaten umgebracht wurde, nicht mitgerechnet, und auch nicht Derek und seinen Gashahn. Ein organisierter Angriff des Sensenmanns. Zurückzuführen auf ein besonderes Mikroklima oder eine generelle Veränderung des ökologischen Gleichgewichts?

Hier drinnen ist es nicht so kalt. Manchmal kommt Johnny zwei oder drei Tage nicht nach Hause. Kein Mensch weiß, wo er dann steckt und was er macht. Ich stelle mir vor, er ist auf der Jagd wie eine Raubkatze, die nachts frei herumläuft. Meine Augen brennen vor Müdigkeit, die Tabletten gegen die Schmerzen machen mich schläfrig. Für ein paar Sekunden die Augen schließen …

»Bo! Wach auf!«

Farida …

»Was machst du denn hier im Treppenhaus?«

»Ich warte auf Johnny.«

Sie schüttelt mitleidig den Kopf.

»Komm, ich mach dir einen Tee.«

Ich stehe auf. Meine Gliedmaßen sind gefühllos. Tausende ausgehungerter, roter Waldameisen krabbeln unter meinem Gips. Ich folge ihr die Treppe hinauf, meine Augen sind starr auf die altmodischen, blauen und weißen Fliesen gerichtet. Eine zertretene Schabe auf der zwölften Stufe. Eine halb gerauchte Zigarettenkippe auf der sechzehnten. Noch eine fette schwarze Schabe auf der dreißigsten. Zerknülltes Taschentuch zwischen dem zweiten und dritten Stock. Eine Coladose auf dem Treppenabsatz zum vierten Stock. Ein kleiner Haufen Zigarettenkippen vor der Tür des Stuhlflechters: Er raucht stets im Flur, warum auch immer. Vielleicht, weil heutzutage niemand mehr seine Stühle bespannen lässt. Oder vielleicht hat er Angst, dass das Stroh Feuer fangen könnte.

Wir kommen im sechsten Stock an.

Farida schließt die Tür auf und bittet mich herein. Sie wohnt in einer winzigen Zweizimmerwohnung unterm Dach. Alle Wände sind mit Postern von Fußballern tapeziert, denn ihr Bruder spielt in der örtlichen Mannschaft. Jedes Mal, wenn er mich sieht, wird er ganz verlegen, ist ansonsten aber ein lieber Kerl.

Sie setzt Wasser auf und erzählt mir mit angespanntem Gesichtsausdruck, wie ihr Abend verlaufen ist.

Sie hat endlos lang auf dem Kommissariat warten müssen, weil sich in einer vornehmen Villa in den Hügeln ein vierfacher Mord ereignet hat. Ein treusorgender und liebender Gatte hat seine Frau, die sich scheiden lassen wollte, erschossen und unmittelbar danach seine drei Kinder. Anschließend hat er das Jagdgewehr gegen sich gerichtet, aber sein Selbstmordversuch missglückte. Merkwürdig, wie viele Typen in der Lage sind, jedem x-beliebigen, der mehr als drei Meter von ihnen entfernt steht, eine Kugel durch den Kopf zu jagen, und es dann nicht schaffen, ihren eigenen Schädel zu treffen. Die Geheimnisse der Ballistik.

Kurz, die Bullen waren in hellem Aufruhr, umso mehr, weil einer ihrer Kollegen am Nachmittag im Krankenhaus das Zeitliche gesegnet hatte und sie für einen Kranz sammelten. Vor diesem Hintergrund war Bulls Fall nicht von großer Dringlichkeit, vor allem, weil man noch nicht wusste, wie er gestorben war.

Sie glaubte, verstanden zu haben, dass Hauptkommissar Luther auf einen Unfall tippte, ausgelöst durch die illegalen Anabolika, die Bull sich in Amsterdam besorgte und die ihm ohne weiteres den ersten Preis bei einem landwirtschaftlichen Wettbewerb in der Kategorie Bullenmast hätten einbringen können.

Während sie auf dem Gang wartete, hatte ihr ein großer, schwarzer, sexy aussehender Polizist vorgeschlagen, einen Kaffee mit ihm trinken zu gehen, und sie nach ihrer Telefonnummer gefragt. Mossa, dieser Hund!

Der Tee ist fertig, ein grüner Tee mit viel Zucker, der mir, als ich ihn trinke, in der Speiseröhre brennt. Sie öffnet eine Schachtel mit Teegebäck, und wir kauen, bis auf einige zusammenhanglose Bemerkungen, schweigend unsere Kekse.

»Morgen muss ich um sechs Uhr aufstehen! Ich werde vollkommen erledigt sein. Ich muss ständig an Bull denken ...«

»Versuch, an etwas anderes zu denken.«

»Danke für den Tipp, aber das ist nicht so leicht. Wenn du ihn gesehen hättest, würdest du das verstehen ...«

Ich verstehe sie sehr gut, aber ich kann es ihr nicht sagen. Ich drücke ihr tröstend die Hand.

»Du solltest dich hinlegen. Ich räume auf.«

»Ach, das ist nicht nötig. Wenn du willst, kannst du auf dem Sofa übernachten.«

»Ich gehe wieder zu Linda.«

Sie sagt nichts, doch ich merke, wie angespannt sie ist.

»Es sei denn, du möchtest heute Nacht nicht allein sein ...«

»Es wäre mir lieber, du würdest bleiben.«

»In Ordnung, dann musst du mir nur irgendein T-Shirt leihen.«

Ich bekomme ein großes, blassblaues mit Bugs-Bunny-

Aufdruck. Zehn Minuten später liegen wir im Bett: Sie in ihrem Zimmerchen mit Dusche, ich im Wohnzimmer, das auch als Büro dient. Vielleicht höre ich Johnny ja nach Hause kommen …

KAPITEL 10

Ich schrecke im Dunkeln hoch und mache Licht: Es ist sechs Uhr. Farida ist gerade aufgestanden, ich höre sie in der Küche. Ich bin gestern sofort eingeschlafen – als wenn ich ein Schlafmittel genommen hätte. Und genauso fühle ich mich auch: benommen. Ich bleibe zwischen den frischen Laken liegen. Mein Handgelenk ist ebenfalls aufgewacht und macht sich bemerkbar. Ich gebe ihm sein Frühstück: zwei Tabletten. Durch die Wand dringen die kleinen, Geborgenheit vermittelnden Geräusche des Lebens. Wenn ich, anstatt abzuhauen, zur Uni gegangen wäre ... Mein Vater wollte, dass ich Medizin studiere, so wie er. Ich war ein glänzender Schüler mit guten Noten, der zu den größten Hoffnungen Anlass gab. Doch es wäre hoffnungslos geworden, wenn ich dort geblieben wäre. Der Tod als einziger Ausweg. Ich war jung, ich wollte leben. Ich glaubte wahrhaftig, dass ich leben wollte. Ich bin gegangen. Prostitution, jämmerliche Kabaretts, Hormonbehandlungen, Kostüme, Pläne, der enge Kreis, in dem ein hybrides Geschöpf sich bewegen kann.

Bei dem Wort Kreis strömen unweigerlich die Bilder wieder auf mich ein, die Atempause war nur von kurzer Dauer. Jésus-Marlène auf der Bahre, Maeva in ihrem Wohnzimmer, Derek in seinem Bett, Bull in seiner Küche, und Blut, Blut, überall Blut ... Wenn es nicht Maeva war, die den Namen an die Wand geschrieben hat, dann muss es der Mörder gewesen sein. Und das bedeutet, dass er mich kennt. Ich komme nicht weiter. Offensichtlich ist er hinter mir her. Sprich, ein Typ, der mit dem Messer und dem Hackbeil so gekonnt umgeht wie andere mit dem Kugelschreiber. Er hat es auf mich abgesehen. Wirklich rosige Aussichten für den heutigen Tag! Aber da ich masochistisch veranlagt bin, dürfte mich das nicht weiter beunruhigen. Doch die Leute verwechseln stets den Wunsch, sich selbst Schmerzen zuzufügen – und sei es durch eine andere Person –, mit der Tatsache, dass irgendein Idiot sich das Recht herausnimmt, einem anderen zu seinem eigenen Vergnügen Schmerzen zu bereiten.

Ich gehe alles noch einmal von Anfang an durch. Irgendjemand bringt eine russische Prostituierte mit einem Hackbeil um. Dann muss eine belgische Prostituierte dran glauben. Es folgt Jésus-Marlène, die aus Portugal stammt. Ich spreche mit Maeva über das Ganze, die aus Tahiti ist. Sie erzählt mir, sie habe als Letzte Marlène lebend gesehen, mit einem Kerl, dessen Gesicht man nicht erkennen konnte, an dem es aber sonst nichts Auffälliges gab, sprich, er war weder buckelig noch zwergenwüchsig, er hinkte nicht und war auch kein Hüne, nicht dick, nicht dünn. Einfach irgendein Kerl. Und in der gleichen Nacht wird Maeva mit mehreren Messerstichen getötet, und man findet meinen Namen an der Wand ihres Wohnzimmers. Am Nachmittag des nächsten Tages stirbt im Krankenhaus Derek Prysuski, ein Polizist polnischer Abstammung, doch der zählt nicht, weil dieser Todesfall kein Mord war.

Wo bin ich stehen geblieben? Ach ja, gestern Abend bei Linda, die jüdischer Abstammung ist, erzählt mir Bull, ein Italiener, etwas im Zusammenhang mit diesen Morden. Es würden noch mehr dran glauben müssen. Er spricht davon, dass die Toten »geopfert« wurden vom großen fiesen Bock. Und als ich ihn zwei Stunden später sterbend finde, erzählt er mir, er habe ihn gesehen ... den Raum. Welchen Raum?

Ich habe zwei Hypothesen: Entweder war er an Maevas Tod beteiligt oder er ist dem Mörder zu seinem Unterschlupf gefolgt. In beiden Fällen wäre Bulls Tod keineswegs ein Unfall, sondern der Mörder wollte ganz offensichtlich einen weiteren Zeugen beseitigen.

Ist möglicherweise die unterschiedliche Abstammung der Opfer von Bedeutung, oder ist sie lediglich Ausdruck dafür, dass Frankreich ein *melting pot* ist? Ist der Mörder fremdenfeindlich? Oder wendet er nur vorzeitig die Maastrichter Verträge an? Nein, damit bin ich wirklich auf dem Holzweg. Halten wir uns an die Fakten.

Ein Mörder, der mich kennt. Der Maeva kennt. Der Bull kennt, weil dieser sich die Mühe gemacht hat, ihm zu folgen …

Und wenn es der Kerl war, dem ich im Hauseingang begegnet bin? Ein Asiate, der Beaudoin Ancelin kennt, kommt in dem Moment aus dem Haus, als Bull im Sterben liegt. Ein Typ, der Prostituierte tötet. Er irrt sich im Fall von Marlène. Er verfolgt Maeva, die er kennt und mit der er eine Rechnung zu begleichen hat. Maeva hat ihm von ihrer Freundin Bo erzählt. Er beschließt, Maeva zu töten und die Sache eben jener Bo anzuhängen. Er geht zur letzten, von Bo bekannten Adresse und begegnet zufällig Bull. Jenem Bull, der ihm letzte Nacht gefolgt ist, jenem Bull, der weiß, dass er der Mörder ist! Er tötet Bull und … wenn er tatsächlich Bo sucht, dann, weil er sie umbringen will. Denn wenn Bo tot ist, wird die Polizei den Fall zu den Akten legen. Der Schuldige hat Selbstmord begangen, danke, das war's. Diese Interpretation hat was!

Ich drehe mich auf die Seite, zu der Wand mit den Fußballpostern. Meine Nase befindet sich in Höhe von Platinis Shorts, doch prinzipiell fange ich nichts mit einem Typen an, der mir nicht vorgestellt wurde. Ich lege mich wieder auf den Rücken. Die Wohnungstür fällt ins Schloss. Farida ist gegangen. Ich bin allein.

Ich stehe auf, eine steile Falte zwischen den Augenbrauen. Ich dusche mich vorsichtig, um meinen Gipsverband nicht nass zu machen. Ich habe dunkle Ringe unter den Augen, sehe abgespannt aus. Eine richtige Mumie. Ich krame im Toilettenschrank und mache mich mit Faridas Schminksachen zurecht. Rouge, Wimperntusche, Lippenstift, und schon fühle ich mich besser. Ich schlinge ein Tuch um diesen blöden Adamsapfel, den die Hormone noch nicht beseitigt haben. Wenn dieser verfluchte Adam an seinem Apfel erstickt wäre, dann wäre die Welt noch heute eine friedliche Insel für Dinosaurier und andere Tierchen. Doch das ist nicht sicher: Eva hätte sich ja auch mit der Schlange einlassen können, und ich hätte heute vielleicht einen Schuppenpanzer anstelle meines hübschen Flaums, und Schuppen sind mit Sicherheit schwieriger abzudecken, selbst mit einem Make-up von Christian Dior.

Stopp! Aufhören! Trink eine Tasse Tee. Ich gehorche.

Ich bin zu faul, ihn heiß zu machen, und trinke ihn kalt: Er schmeckt ekelhaft süß. Ich greife in eine Dose und stelle sie gleich wieder weg. Ich habe genug davon, mich mit Keksen vollzustopfen.

Ich räume die Küche auf, so kann ich den Moment noch hinauszögern, zu entscheiden, was ich bis heute Abend machen werde. Ich muss wieder an Maeva denken und an das Tartar auf dem Küchentisch.

Sie hätte niemals Tartar für einen Unbekannten zubereitet.

Ich muss mich erkundigen, mit wem sie sich in letzter Zeit getroffen hat.

Steph! Vielleicht weiß Stéphanie was. Ich stürme die Treppen hinab.

Offenbar ist mein Make-up etwas zu kräftig ausgefallen, denn ich merke, wie die Passanten bei meinem Anblick die Stirn runzeln, und zwei kleine Jungen grinsen mich unverhohlen an. In einer Zeit, in der *Priscilla – Königin der Wüste* im Fernsehen zur Hauptsendezeit ausgestrahlt wird, glaube ich nicht, dass sie mein Anblick noch schocken kann.

Im Bus setzt sich kein Mensch neben mich, bis ein altes Muttchen mit ihrem nicht minder betagten Spitz einsteigt. Sie kommt gerade vom Tierarzt zurück. Der Hund hat Diabetes und sie auch, also sind sie beide auf Diät gesetzt worden: Ist das nicht schrecklich, wenn man auf alles verzichten muss, wo man doch nicht mehr allzu lange zu leben hat … Als sie aussteigt, ruft sie mir ein gut hörbares »Auf Wiedersehen, Madame« zu, worüber sich einige Leute im Bus köstlich amüsieren. Ich weiß nicht, woran es liegt, dass mich die Leute an manchen Tagen für eine Frau und an anderen für einen Transvestiten halten. Ist ihr Instinkt an extrem sonnigen Tagen schärfer als sonst? Es stimmt schon, dann sind die Schatten viel auffälliger, und dadurch treten Kiefer- und Wangenknochen stärker hervor. In Gedanken versunken, verpasse ich beinahe die Haltestelle.

Stéphanie lebt in einem Hochhaus im Westen der Stadt und arbeitet bei Fiat Uno, was ihr Probleme einbringt, wenn sie in eine Kontrolle kommt. Ich habe ihr schon oft geraten, sie solle endlich umziehen, aber sie ist in diesem Viertel groß geworden, es ist ihr Zuhause, und sie hängt an der Gegend. Sie lebt zusammen mit ihrer Mutter in einer Dreizimmerwohnung mit Blick auf die Hügel. Wie Maeva ist Stéphanie immer als Frau gekleidet, doch die meisten Leute nehmen das nicht ernst. Mit ihrem blonden Haar, der üppigen Oberweite, die sie durch in der Taille geknotete Hemdblusen zur Geltung bringt, einer Fünfziger-Jahre-Brille und eng anliegenden Röcken kultiviert sie den Marilyn-Monroe-Mythos. Die Typen sind völlig vernarrt in diese verführerische, kleine Blondine, die, wenn sie sich auszieht, ihre Männlichkeit durch ein beachtliches Kaliber unter Beweis stellt. Das behauptet zumindest Mossa.

Ihre Mutter macht mir auf.

»Bo! Wie geht es dir, mein Liebes? Komm herein, fühl dich ganz wie zu Hause! Stéphanie, es ist Bo!«, ruft sie laut, um den Lärm des Föns, der aus dem Badezimmer dringt, zu übertönen.

Wir küssen uns zur Begrüßung auf die Wange, sie befühlt meine Hüften, findet mich viel zu dünn und stößt einen entsetzten Schrei aus, als sie meinen eingegipsten Arm sieht. Ich tische ihr meine Version auf. Meine kleinen Lügen durchschauend, verschwindet sie kopfschüttelnd in der Küche, um Kaffeewasser aufzusetzen.

Stéphanie kommt im Morgenmantel aus dem Bad. Sie hat eine Flasche Nagellack in der Hand und ihre obligate schwarze Brille auf der Nase. Wir nehmen auf der dreisitzigen, beigefarbenen Lederschlafcouch Platz, die sie ihrer Mutter zu Weihnachten geschenkt hat. Genau gegenüber steht der zwölftausend Franc teure Fernseher, auf dem auf einem bestickten Spitzendeckchen das Schwarzweißfoto eines ausgezehrten Mannes steht. Das ist Stéphanies Vater, ein Algerier, der für das Tiefbauamt gearbeitet hat. Als sie acht Jahre war, wurde er durch einen herabfallenden Betonblock getötet. Wenn man Stéphanie fragt, was ihr Vater von Beruf war, antwortet sie stets voller Stolz: »Er hat Autobahnen gebaut.« Alles hier hat so gar nichts mit den Gefühlen zu tun, die ich für meine Familie empfand. Hier ist für Hass, Angst, Zorn und zwiespältige Gefühle kein Platz.

»Ich mache euch ein Stück Quiche warm«, ruft Peppina.

Als ich das erste Mal hierher kam, konnte ich gar nicht glauben, dass es zwischen ihr und Stéphanie keine Probleme gab. Es ging über meinen Horizont, dass eine Frau, die einen kleinen Stephan mit Bürstenhaarschnitt großgezogen hat, ohne Entrüstung oder Ekel ansieht, wie sich ihr Junge urplötzlich in ein Pin-up-Girl verwandelt. Doch es war ganz offensichtlich: An dem Tag, an dem Stéphanie ihrer Familie verkündete, dass sie eine Frau sein wollte – was sage ich?, dass sie in ihrem Innern eine Frau war – und dass dies ihr Schicksal sei, hob Peppina lediglich die Arme gen Himmel und sagte: »Wie du willst, mein Engel.« Ihre drei Brüder hatten etwas mehr Schwierigkeiten, damit klar zu kommen, dass der Jüngste auf einmal Hüfthalter trug und sich ein paar wunderschöne Brüste wachsen ließ, doch heute ist das ausgestanden, der Sonderling ist akzeptiert, und bei Familienfesten schaukelt Tante Steph ihre Neffen und Nichten auf den Knien. Die Familie Boucebsi könnte Werbung machen für die Integration von Menschen, die eine Geschlechtsumwandlung haben vornehmen lassen. Hin und wieder versuche ich einen Hauch Boshaftigkeit oder Niedertracht in diesem Idyll aufzuspüren: bisher ohne Erfolg.

Kaum haben wir uns gesetzt, fängt Stéphanie an, sich die Fußnägel smaragdgrün zu lackieren.

»Ich habe meiner Mutter nichts gesagt«, flüstert sie mir zu.

Ich sehe sie fragend an.

»Von Maeva«, erklärt sie mit leiser Stimme. »Es ist schrecklich. Ich will nicht, dass sie davon erfährt, sonst kriegt sie Angst.«

Ich nicke. Peppina kommt mit der Kaffeekanne und zwei riesigen Stücken Mangold-Quiche herein. Wir sollen nur ordentlich zugreifen, meint sie und verschwindet in der Küche, um sich wieder um ihren gefüllten Lammbraten zu kümmern. Stéphanie setzt ihre Brille ab, und ich sehe, dass sie dunkle Ringe unter den Augen und verquollene Lider hat, als hätte sie viel geweint. Und ich? Ich habe nicht eine Träne vergossen. Ich weine selten. Kann ich überhaupt noch weinen? Alles in mir ist wie ausgedörrt. Ich lege meine Hand auf ihren Arm. Sie schnieft ein bisschen, während sie hartnäckig ihre Fußnägel weiterlackiert.

»Es ist einfach so ungerecht! Sie war ein so herzensguter Mensch!«

»Ich weiß. Ich war bei ihr, an dem Nachmittag, bevor sie

… wir haben uns unterhalten, denn wir hatten gerade von der Sache mit Marlène erfahren.«

»Ja, eine nach der anderen! Man traut sich bald nicht mehr, zur Arbeit zu gehen.«

»Sie hat mir erzählt, dass sie Marlène an dem Abend, an dem sie getötet wurde, noch gesehen hat.«

»Ach ja? Ich war in San Remo, weißt du, mit dem Libanesen …«

Der Libanese ist ein reicher Freier von ihr, der sie in Luxushotels und vornehme Restaurants einlädt und großen Spaß daran hat, gegen die guten Sitten zu verstoßen. Der heimliche Traum Stéphanies ist es, ihn nach ihrer Operation zu heiraten.

»Wenn ich da gewesen wäre«, meint sie weiter, »wäre vielleicht nichts passiert.«

»Was willst du damit sagen?«

»Ich will damit sagen, dass weder Marlène noch Maeva hätten sterben müssen. Vielleicht wäre ich an diesen Irren geraten. Vielleicht wäre ich jetzt tot. Oder wir hätten alle genau in dem Augenblick beschlossen, einen Kaffee trinken zu gehen, und keiner von uns wäre etwas passiert: Oh! Ich hab dieses Leben so satt, ich kann dir gar nicht sagen, wie sehr …«

Ich nicke mitfühlend, doch ich weiß genau, dass das im Grunde nicht stimmt. Der Reiz der Nacht, der Straße, des »Ausbrechens« lässt sich nur schwer ersetzen. Und außerdem, »anders«, buchstäblich ein Monster zu sein, auf das man mit dem Finger zeigt und das angestarrt wird, führt dazu, dass man sich als Außenseiter fühlt, jenseits der Regeln, Normen und Gesetze. Fast schon wie ein Ungeheuer von der Kirmes, das die Leute fasziniert betrachten. Nicht umsonst verschiebt Stéphanie immer wieder ihre Operation. Und ich? Worauf warte ich? Warum arrangiere ich mich mit diesem schwierigen Zustand? Wovor habe ich Angst?

»Und was treibst du so? Man sieht dich gar nicht mehr«, sagt Stéphanie gerade. In ihren Augen schimmern noch ein paar Tränen, weil wir von Maeva gesprochen haben.

»Ich bin vorsichtig geworden. Ich möchte nicht wegen irgendeiner Dummheit wieder in den Knast wandern.«

»Ha, sieh einer an! Hallo, Bo! Ich bin es, nicht dein Bewährungshelfer.«

»Er ist tot, hat Selbstmord begangen.«

»Verdammter Mist!«

Wir schweigen beide einen Moment, dann brechen wir in schallendes Gelächter aus – ein verrücktes, nervöses und ansteckendes Lachen.

»Worüber lacht ihr denn?«, fragt Peppina aus der Küche.

»Nichts Bestimmtes, einfach nur so!«, antwortet Stéphanie, nach Luft japsend.

»Ach, die Jugend!«, philosophiert Peppina.

»Und wie läuft es mit deinem Typen, Johnny? Du scheinst dich ja ganz schön in die Sache reinzuhängen…«, meint Stéphanie.

»Er steht nicht auf Männer.«

»Gut, du bist ja auch kein richtiger Mann.«

»Doch, ich bin einer, wenn du verstehst, was ich meine.«

»Lass ihn sausen«, sagt sie schließlich. »Mit dem handelst du dir nur Ärger ein.«

»Hör mal, Steph, hast du dich je gefragt, was du nach der Operation machen würdest? Denn alle Kerle, mit denen du schläfst, wollen zwar jemanden, der aussieht wie eine Frau, im Bett aber ein Mann ist. Sobald du also operiert wärst, müsstest du ganz von vorn anfangen.«

»Also wirklich! Verdammt, Bo! Du kannst einem wirklich den Rest geben«, ruft sie. »Ich bin gerade erst aufgestanden!«

Sie schenkt sich eine Tasse Kaffee ein, und ich nehme ein abgegriffenes Büchlein in die Hand, das auf dem Couchtisch liegt. *Knigge: Über den Umgang mit Menschen.* Das Papier und der Druck wirken, als sei das Buch aus den zwanziger Jahren.

»Ich habe es in einem Antiquariat entdeckt«, erklärt mir Stéphanie. »Es ist total witzig.«

Ich blättere ein wenig in dem Buch herum und lese die zufällig aufgeschlagene Seite mit lauter Stimme vor: »Vor allem für das schöne Geschlecht ist es unerlässlich, sich stets schicklich zu benehmen. Denn man wird eine Frauensperson immer danach beurteilen, ob sie sich bei den unterschiedlichsten Anlässen an die Etikette hält; daher ist einwandfreies Benehmen von größter Wichtigkeit ...«

»Verflucht! Wenn du mein Benehmen bei bestimmten Anlässen erleben würdest!«, prustet sie los.

Sie kramt ein Fläschchen aus der Tasche ihres Morgenmantels hervor und schluckt zwei Tabletten.

»Wofür sind die?«

»Oh, damit ich wieder in Form komme. Ich bin etwas down im Moment.«

»Aber nicht oben rum«, sage ich und deute auf ihre 80-C-Oberweite.

»Du bist blöd. Ich hab gehört, die Polizei hat eine Spur.«

»Glaub ich nicht. Mossa sagt, sie wissen nicht, wo sie anfangen sollen.«

»Du verstehst dich echt gut mit Mossa, oder?!«

»Eher umgekehrt.«

»Ja, ja, das sagt man so ... Jedenfalls, wenn du meine Meinung hören willst, er ist besser als dein Johnny.«

»Steph! Ich fang doch nichts mit einem Bullen an!«

»Ach, weißt du ... Ich sag immer, man muss das Glück nehmen, wo man es findet.«

»Ich kann einfach an nichts anderes als an Johnny denken. Es ist, als wäre ich verhext.«

»Tja, in dem Fall ... Vielleicht solltest du mal zu meinem Medizinmann gehen, der ist echt gut ...«

»Steph!«

»Okay, okay. Ich wollte dir nur helfen.«

»Isst du mit uns zu Mittag, Bo«, erkundigt sich Peppina.

»Nein, danke, ich hab eine Verabredung.«

Mit wem denn? Keine Ahnung. Doch ich weiß, dass ich einfach zu nervös bin, um in dieser Familienidylle zu Mittag zu essen.

»Sag mal, Steph, hatte Maeva einen asiatischen Freier?«

Sie rückt die Brille auf ihrer Stupsnase zurecht.

»Einen Asiaten?«

»Ja, einen Chinesen oder einen Japaner oder einen ...«

Einen Tahitianer! Einen Mann, den sie vielleicht von früher kannte! Dieser Spur sollte ich nachgehen.

»Keine Ahnung«, erwidert Stéphanie überrascht. »Darauf hab ich nicht geachtet.«

»Denk nach!«

»Was glaubst du, was ich gerade mache? Das *Kamasutra* auf Bulgarisch runterbeten?«

Ich seufze. Sie runzelt die Stirn.

»Warte mal, jetzt fällt es mir wieder ein. Das muss ungefähr einen Monat her sein, da ist uns eines Abends ein Typ über den Weg gelaufen. Ein Asiate. Groß, stämmig. Maeva wurde auf einmal ganz blass und hat mich in eine dunkle Ecke gezogen.«

Ich bleibe wie versteinert sitzen, und mein Herz schlägt rascher.

»Wo wart ihr?«

»In der Stadt ... Frühlingsrollen essen, genau ... Bei Kim, in der Nähe des Bahnhofs, und zurück sind wir durch die Straße gegangen, in der die Mädchen stehen. Der Typ schien ein bestimmtes Mädchen zu suchen. Ich erinnere mich, dass ich von Maeva wissen wollte, weshalb sie Angst vor ihm hatte. Sie hat gemeint, es sei nichts, sie hätte nur mal Ärger mit ihm gehabt. Aber ich glaube, sie hat gelogen.«

Ich lasse nicht locker.

»Wie sah er aus?«

»Hab ich doch schon gesagt: groß, kräftig, mit kurzen schwarzen Stoppelhaaren.«

Das ist er! Volltreffer! Ich bin die Madame Irma, die Hellseherin der Nachtvögel. Ich sehe mich schon mit einer Kristallkugel – an der Stelle, wo eigentlich mein Schädel sitzen sollte. »Voll geil«, wie Axelle sagen würde.

»Danach haben wir nicht mehr darüber gesprochen, weil wir nämlich deinen Typen getroffen haben«, erzählt sie.

»Wen?«, frage ich zerstreut, weil ich gerade nachdenke.

»Johohonny«, trällert Stéphanie und verdreht dabei die Augen. »Der Mistkerl sieht wirklich verdammt gut aus«, fährt sie fort. »Aber ich mag seinen Blick nicht. Er wollte uns was zu trinken spendieren. Wir dachten erst, er will sich über uns lustig machen.«

»Er hat euch was spendiert? Da bin ich platt«, sage ich ehrlich überrascht.

»Und wir erst! Es hatte angefangen zu regnen, und wir hatten uns im Bushäuschen untergestellt, als er stockbesoffen auftauchte und die große Nummer abzog ... Kurz und gut, wir landeten im La Coupole, und er hat uns einen Cognac ausgegeben. Ich dachte mir: Verdammt! Das kann doch nicht wahr sein! Dieses Lämmchen soll der Typ sein, der Bo terrorisiert?

Ein Anflug von Eifersucht packt mich.

»Oh! Du bist deswegen doch nicht sauer, oder?«, erkundigt sich Steph besorgt. »Ich schwöre dir, es ist nichts gewesen! Ich glaube, er hat mich gar nicht erkannt. Ich meine ... er dachte, er hätte es mit echten Mädchen zu tun. Als er dann mit uns geredet hat ... Maeva, die Arme, du weißt schon ... Nun, er hat uns dort einfach sitzen lassen und ist torkelnd davongezogen. Wir haben gewettet, ob er es wohl bis nach Hause schaffen wird. Wenn du ihn gesehen hättest ...«

So ein Scheißkerl! Mich hat er noch nie eingeladen. Er schämt sich mit mir. Er hasst mich.

»Woran denkst du?«, will sie wissen, als sie sich nun ihre Fingernägel vornimmt.

»An nichts. An Maeva, an Marlène, an all das. Pass auf dich auf, Steph«, sage ich zu ihr und erhebe mich.

»Ja, Großmutter. Willst du nicht doch bleiben?«

»Nein, ich muss gehen. Bis bald.«

Ich küsse Peppina und mache mich auf den Weg.

Ich gehe über den Hof an einer Gruppe spielender Kinder vorbei. Die Älteren werfen sich Bälle zu. Rein zufällig verfehlt ein Wurf meinen Kopf um zwei Zentimeter. Einer von ihnen kommt angelaufen, um den Ball zu holen. Als er aufsieht, bleibt er wie erstarrt stehen. Es ist einer der Jungs, die mich vor ein paar Nächten zusammengeschlagen haben. Der mit den Aknenarben. Ich sehe ihm direkt in die Augen. Seine Freunde rufen ihn. Er weicht meinem Blick aus und kehrt, den Ball dribbelnd, zu den anderen zurück. Ich mache, dass ich wegkomme.

KAPITEL 11

Wieder in den Bus, wieder in die Altstadt, wieder nervöses Warten. Ich kaufe mir eine Schachtel Zigaretten, setze mich an einen der Tische vor Lindas Kneipe, rauche und trinke eine Halbe Bier nach der anderen, während ich die Passanten beobachte, ohne sie wirklich wahrzunehmen. Linda hat mir erzählt, dass sämtliche Bewohner im Haus von Johnny und Bull von der Polizei vernommen werden sollen. Zwei Polizisten sind heute Morgen schon da gewesen und werden am Abend wiederkommen. Als die Bullen bei ihr einen Kaffee getrunken haben, hat Linda sie ein bisschen ausgefragt. Den ersten Untersuchungen zu Folge, ist Bull zu Tode geprügelt worden. Sämtliche inneren Organe waren geplatzt.

»Unvorstellbar«, meinte der Ältere von beiden. Es ist also Mord gewesen. Das heißt, jeder der Dealer, die Bull frequentierte, käme in Frage. Noch ein Fall, der ungelöst zu den Akten gelegt werden wird?

Allmählich wird es dunkel. Nach dem vielen Bier fühle ich mich ein bisschen betrunken. Ein Mann bleibt stehen und fragt mich nach meinen Tarifen. Ich jage ihn zum Teufel. Ein Tag ohne Bullen, ohne Leichen, ohne Sex: Ruhetag. Ich sehe mich schon zu Hause mit dem Strickzeug sitzen, die Füße in meinen Thermo-Hausschuhen, während im Fernsehen *Erkennen Sie die Melodie* läuft. Da entdecke ich Farida. Ich winke ihr zu.

Sie kommt, die Arme mit Büchern beladen, herüber und sieht noch müder aus als gestern.

»Ich kann nicht mehr. Ich glaube, ich gehe sofort, ohne einen Bissen zu essen, ins Bett«, sagt sie und lässt sich auf einen Stuhl fallen.

»Die Polizei wird heute noch vorbeikommen und alle Mieter vernehmen. Bull ist ermordet worden.«

»Was?! Du machst Witze, oder?«

Ich erzähle ihr, was ich von Linda gehört habe. Verstört beißt sie sich auf die Lippen.

»Zu Tode geprügelt? Das ist ja grauenvoll! Und die glauben, es war jemand aus unserem Haus?«

»Sie suchen nach einer Spur. Sie werden jede Menge Fragen stellen. Ob du jemanden im Treppenhaus gesehen hast … Fragen in der Art …«

»Außer Johnny habe ich niemanden gesehen.«

»Ist dir jemals ein Asiate im Haus über den Weg gelaufen?«

»Du meinst … außer den N'Guyen?«

»Ja.«

»Nein, nicht dass ich wüsste.«

Und Johnny? Vielleicht hat er jemanden gesehen. Vielleicht hat der Typ ja auch ihn gefragt.

»Als du Johnny getroffen hast, kam er da aus seiner Wohnung?«

»Nein, er war gerade nach Hause gekommen. Ich habe ihn nach oben gehen hören und um Hilfe gerufen.«

»Und er hatte keine Angst, sich seinen guten Anzug schmutzig zu machen?«

Sie lächelt kurz, und ich weiß, was sie von ihm hält.

»Nein, denn er trug Jeans.«

»Und in Bulls Wohnung, ist dir da irgendwas aufgefallen?«

»Bei seiner Unordnung … Ich habe deinen Ring neben dem Spülbecken gefunden und Johnny gebeten, ihn dir zu geben.«

Sie hat das ganz natürlich, ohne jeden Hintergedanken gesagt.

»Ach ja, danke übrigens. Ich hatte ihn Bull geliehen. Es wird merkwürdig sein, den Ring wieder zu tragen. Möchtest du was trinken.«

»Nein, danke, ich bin hundemüde. Mach's gut, bis bald.«

Ich sehe ihr nach, wie sie weggeht.

Die Sonne ist untergegangen, es wird allmählich kühl, doch ich habe noch keine Lust, meinen Beobachtungsposten zu verlassen. Ich schlucke zwei der Tabletten, die ich von meinem Freund Marco habe, denn unter dem Gips tobt Diên Biên Phu, die letzte Schlacht. Allmählich strömen die Gäste ins Lokal, die noch schnell einen Aperitif trinken wollen. Gestern Abend saß ich hier mit Bull. Ich hatte seine miese Visage vor mir und merkte, dass ihm sein geheimnisvolles Getue ganz offensichtlich Spaß machte. Wenn nur Mossa nicht dazwischengeplatzt wäre! Hör auf zu grübeln, Bo, sei konstruktiv! Jetzt weiß ich, an wen mich der Typ im Treppenhaus erinnert: an einen japanischen Killer aus einem Film von Kitano.

Ein Polizeiauto bahnt sich mühsam einen Weg zwischen Passanten hindurch und hält auf dem Platz. Zwei Beamte in Uniform steigen, gefolgt vom Pastor, aus. Sieh an, sieh an. Seine Herrlichkeit bemüht sich höchstpersönlich an den Schauplatz des Verbrechens! Sie verschwinden alle in Johnnys Haus. Ein gut gekleideter Mann mittleren Alters setzt sich an den Tisch neben mir und wirft mir verstohlene Blicke zu. Als Laszlo erscheint, bestellt er einen Calvados. Ich beobachte ihn aus den Augenwinkeln. Schließlich fasst er sich ein Herz und fragt mich, ob ich etwas trinken möchte. Ich antworte so zuckersüß wie irgend möglich: »Einen Campari-Soda.« Laszlo bringt ihn mir mit ein paar Oliven und einem verschwörerischen Lächeln.

Der Typ verwickelt mich in ein Gespräch. Er arbeitet in der Versicherungsbranche. Er ist gerade umgezogen. Vorher lebte er in der Normandie, jetzt hat er Schwierigkeiten, sich einzuleben. Er kennt hier noch niemanden und so weiter und so fort. Und ich, was ich denn so mache? Ich bin Kosmetikerin. Das sage ich immer, a) weil ich mich gut mit Kosmetika auskenne und b) weil kein Typ Lust hat, sich mit mir über dieses Thema zu unterhalten. Also absolut ungefährlich.

Wir reden noch ein Weilchen, bis ich auf einmal Johnny ins Haus gehen sehe. Ich versuche, mich weiter auf das Gespräch zu konzentrieren, dann schlägt der Typ mir vor, mit ihm ins Kino zu gehen. Ende des Intermezzos, denn darauf habe ich keine Lust. Ich schiebe eine Verabredung vor. Er bedauert ein wenig, fünfundzwanzig Francs für meinen Campari hingeblättert zu haben, doch da er gut erzogen ist, insistiert er nicht weiter. Er lässt mir seine Karte da und geht. Jean-Michel Delage lese ich. Telefonnummer, Büroadresse. Wer weiß, vielleicht stattet ihm Elsa ja eines Tages einen Besuch ab ...

Türenschlagen. Die Bullen steigen in den Streifenwagen. Der Pastor bleibt zurück, um sich eine Zigarette anzuzünden. Er hebt den Kopf, atmet den Rauch tief ein, lässt seinen Blick über den Platz schweifen und sieht mich. Er blinzelt kurz, dann kommt er langsam näher.

»Ich hätte dich beinahe nicht erkannt«, meint er und stellt seinen Fuß auf den Stuhl neben mir.

Ich antworte nicht.

»Ich nehme an, du bist auf dem Laufenden«, fährt er fort. »Bull ist ermordet worden. Man hat ihn mit einem stumpfen Gegenstand zu Tode geprügelt. Da es in der Wohnung keinen Schürhaken gibt, tippe ich auf den Baseballschläger. War es seiner?«

Ich nicke.

»Du bist heute Abend nicht gerade gesprächig.«

Ich antworte nicht.

»Hast du vielleicht eine Idee, wer es gewesen sein könnte?«

Ich spüre, dass er sich unbehaglich fühlt. Er hat mich noch nie in Frauenkleidern gesehen, beziehungsweise noch nie mit mir gesprochen, wenn ich als Frau unterwegs war. Es macht ihn sichtlich nervös.

»Bull kannte jede Menge Leute, von denen ich nicht einmal den Namen weiß«, erkläre ich.

Warum sage ich ihm nicht die Wahrheit? Warum sage ich ihm nicht, dass meiner Meinung nach eine Verbindung zwischen Bulls und Maevas Tod und den Morden an den Prostituierten besteht? Er inhaliert langsam, und der Rauch tritt durch seine Nasenlöcher aus. Er hat eine schöne Nase, die Habichtnase eines preußischen Aristokraten.

»Der Kerl, der die Nutten umgebracht hat, wird damit so schnell nicht aufhören«, sagt er. »Ich rate dir, sei auf der Hut. Er könnte dich tatsächlich für eine Frau halten.«

Soll das etwa ein Kompliment sein? Ich protestiere energisch: »He, ich arbeite nicht mehr!« und sehe Johnny aus dem Haus kommen und die Straße nach rechts hinuntergehen. Oh, ich muss ihm unbedingt nachgehen! Doch der Pastor rührt sich nicht vom Fleck, im Gegenteil, er beugt sich zu mir herab – Geruch nach Gitanes und Leder.

»Hör mal, Ancelin, Mossa kann dich gut leiden, und ich vertraue Mossa. Für den Fall, dass du mir was sagen willst: Unter dieser Nummer kannst du mich Tag und Nacht erreichen.«

Während ich noch dabei bin, die Nummer zu entziffern, die auf seiner Visitenkarte steht, ist er schon verschwunden. Tja, heute Abend bin ich offensichtlich sehr begehrt.

Sobald das Auto außer Sichtweite ist, hefte ich mich an Johnnys Fersen. Vergeblich. Er kann in zehn verschiedene Richtungen verschwunden sein. Wutentbrannt trete ich gegen eine Mülltonne und brülle »Scheiße!«, woraufhin ein junges Pärchen die Straßenseite wechselt. In meinem Kopf dreht sich alles, die Bier-Campari-Tabletten-Mischung hat eine verheerende Wirkung. Ich muss weitergehen, dieses Gefühl wieder loswerden! Ich gehe an den Hauswänden entlang für den Fall, dass ich das Gleichgewicht verlieren sollte, doch nein, alles geht glatt, bis auf die Tatsache, dass ich mal wieder ziellos durch die Gegend laufe.

Zwei Stunden später habe ich wieder einen klaren Kopf, doch jetzt tun mir die Füße weh.

In jämmerlichem Zustand laufe ich in Lindas Kneipe ein. Ich schleppe mich nach oben in die Mansarde und falle auf das durchgelegene Bett. Kaum hat mein Kopf das Kissen berührt, schlafe ich auch schon ein.

Drei Tage hat Johnny sich nicht mehr blicken lassen. Drei Tage voller Angst und Frust, drei Tage, in denen ich die Stadt durchstreift habe wie ein fahrender Ritter. Kein Drache hat meinen Weg gekreuzt, den ich hätte niederstrecken können, um bei meiner Suche nach dem heiligen Gral eine höhere Stufe zu erlangen, denn mein Gral ist der Drache selbst, und da ich ihn nicht töten kann, bin ich dazu verdammt, ziellos umherzuirren.

Schließlich nehme ich meinen Beobachtungsposten bei Linda wieder ein, wo ich fieberhaft alle Zeitungen lese, die ich in die Finger kriege. Wie es scheint, machen die Ermittlungen Fortschritte. Mossa kommt vorbei, um Zigaretten zu kaufen. Er erzählt mir, dass die Ermittlungen keineswegs vorankommen, und will wissen, ob ich Farida kenne. Ich erkläre ihm, dass sie nicht auf Polizisten steht, er lacht und versetzt mir eine freundschaftliche Kopfnuss. Ich erkundige mich, was die graphologischen Untersuchungen ergeben haben.

»Nicht viel. Einer der beiden Experten ist sicher, dass es Maeva war, die die Buchstaben an die Wand geschrieben hat, der andere ist sicher, dass sie es nicht war. Sie war praktisch Analphabetin«, erklärt er mir.

Ich tue überrascht.

»Ach, tatsächlich?«

Ich sollte es zur Abwechslung mal mit »Nein, wirklich?« oder mit »Das ist doch nicht möglich!« probieren.

»Das Abschreiben der Rezepte war für sie kein so großes Problem«, führt Mossa genauer aus, »doch alles andere notierte sie rein phonetisch. Doch das hilft uns leider nicht weiter.«

Ich wage einen Vorstoß.

»Ich habe übrigens mit der Witwe von gegenüber gesprochen. Sie meinte, Bo könnten die Anfangsbuchstaben eines Nachnamens sein.«

»Daran hat der Pastor auch schon gedacht. Weißt du, er hat dich eigentlich nicht wirklich im Verdacht. Er macht nur seine Arbeit, das ist alles.«

»Na, da bin ich ja beruhigt. Wenn ich für den Mord, den ich nicht begangen habe, in den Knast wandere, weiß ich wenigstens, dass der Bulle, dem ich das verdanke, in Ordnung ist.«

Achselzuckend meint Mossa:

»Ach, hör schon auf mit dem Theater. Sie nehmen gerade Maevas Vergangenheit unter die Lupe. Vielleicht verbirgt sich ja dort das Motiv. Wusstest du übrigens, dass Maeva verheiratet war?«

»Verheiratet? Mit einem Mann oder einer Frau?«

»Was glaubst du denn, du Pflaume? Mit einer Frau natürlich. Er war damals achtzehn, und die Ehe ging nach sechs Monaten in die Brüche. Sie haben ein Kind, das heute dreißig Jahre alt ist und niemals seinen Vater kennen gelernt hat. Robert Makatea.«

Maeva als Papa? Das stimmt mich auch nicht fröhlicher. Mossa wirkt ebenso bedrückt wie ich und genehmigt sich ein zweites Glas Cola, bevor er weiterspricht:

»Seine Mutter hat ihn zum Studieren nach Frankreich geschickt. Er ist Informatiker und lebt in Marseille.«

Maevas Sohn ein Informatiker!

»Maeva ist mit seiner Exfrau immer in Kontakt geblieben. Wir haben Briefe gefunden und Fotos von dem Kind. Maeva hat sein Studium bezahlt, heimlich. Er hatte seiner Frau verboten, dem Jungen irgendetwas über sich zu erzählen.«

»Haben Sie ihn ausfindig machen können?«

»Ja, er ist vorgestern hier gewesen, doch er hat sich geweigert, den Leichnam anzusehen. Er wird nicht sonderlich entzückt gewesen sein, zu erfahren, dass sein Vater als Transvestit auf den Strich ging.«

»Ein diplomierter Ingenieur aus Harvard wäre ihm mit Sicherheit lieber gewesen.«

»Wir haben alle unsere Fehler«, meint Mossa und fängt an, in der Nase zu bohren. Der Popel, den er zu Tage fördert und wegschnippt, landet auf dem ledernen Aktenkoffer eines Mannes, der gerade vorbeihastet.

Vertreiben sich etwa alle Bullen die Zeit damit, in der Nase zu bohren?

»Was ist mit den anderen Morden?«, erkundige ich mich. »Die Russin, Natty, Marlène . . .«

»Tja, da stecken wir in einer Sackgasse. Niemand hat etwas gesehen. Die Stammkunden haben alle ein Alibi, und in der letzten Zeit ist in keinem der Fachgeschäfte für Metzgereibedarf ein Hackbeil verkauft worden. Ach, da fällt mir ein, Luther hat mich gebeten, ihm Aspirin mitzubringen«, meint er unvermittelt und reibt sich die Schläfe.

Ich nehme meinen ganzen Mut zusammen und sage:

»Maeva hat Marlène mit einem Kerl gesehen, er trug eine Jacke mit Kapuze, die sein Gesicht verdeckte.«

Mossa fällt fast das Glas aus der Hand.

»Bo, das hast du dir doch nicht ausgedacht, um dich zu schützen?«

»Nein, das hat sie mir selbst erzählt.«

»Wann?«

Ich erzähle ihm von meinem nachmittäglichen Besuch.

»Die elegante Frau, das warst du?«

Er kneift die Augen zusammen und versucht sich mich als elegante Frau vorzustellen.

»Gut, nehmen wir mal an, was du sagst, stimmt ... Der Pastor wird wütend sein, dass du das nicht schon früher zu Protokoll gegeben hast.«

»Was ändert das? Man hat doch vermutet, dass ein Mann die Tat begangen hat. Und da es keine Personenbeschreibung gibt ...«

»Könntest du die Polizei einfach ihre Arbeit machen lassen?«

»Und im Fall von Bull? Kommen Sie da voran?«

Er trinkt in aller Ruhe einen Schluck Cola, stellt das Glas wieder ab und meint:

»Der Pastor glaubt, dass du ihn umgebracht hast.«

Ich verschlucke mich an meinem Perrier.

»Seine Theorie sieht folgendermaßen aus: Bull wusste, dass du Maeva die Kehle durchgeschnitten hast, also musstest du auch ihn beseitigen.«

»Sonst noch was? Und Maeva habe ich umgebracht, weil ich auf ihre Exfrau eifersüchtig war, oder was? Und ich habe auch die anderen mit dem Hackbeil zerlegt, weil ich mir gerade eine Gefriertruhe gekauft hatte und nicht wusste, was ich hineintun sollte?!«

Mossa verzieht keine Miene. Der Schein der untergehenden Sonne umgibt sein platinblondes Haar mit einem rot glühenden Strahlenkranz. Er lässt seine Finger knacken.

»Vielleicht hat Maeva versucht, dir Bull auszuspannen?«

»Bull? Aber der war doch nicht mein Typ!«

»Man hat euch oft zusammen gesehen ... Und an dem Abend bei Reynaldo habt ihr euch sogar geprügelt.«

»Verdammt noch mal, ich hätte nie mit einem solchen Idioten geschlafen!«

»Die Liebe geht seltsame Wege, Bo«, meint er und steht auf. »Ich glaube nicht, dass du es warst, doch ich bin nicht mit diesem Fall befasst. Ich rate dir also noch einmal: Bring deinen Arsch in Sicherheit.«

»Man könnte meinen, Sie hätten Lust, sich um meinen Arsch zu kümmern«, sage ich boshaft.

Diese Bemerkung hätte ich besser unterlassen sollen, denn der gutmütige Riese Mossa mutiert in Sekundenschnelle zum erzürnten Titan. Er packt mich an den Haaren, zieht mich unter den interessierten Blicken der Passanten halb von meinem Stuhl und fuchtelt mit seiner riesigen Faust vor meiner kostbaren Nase herum.

»An dem Tag, an dem ich Lust habe, mit der Karikatur einer Frau ins Bett zu steigen, werde ich es dich wissen lassen. Aber ich empfehle dir eines: Treib es nicht zu weit.«

»Okay, okay, ich hab schon verstanden. Es tut mir Leid!«

Zwei Typen in Motorradkluft und Lederstiefeln bleiben stehen. Ein großer und ein kleiner.

»He, hast du gesehen, der Nigger belästigt das Mädchen!«, ruft der Große. »Und alle sehen tatenlos zu, Saubande!«

»Polizei!«, meint der Nigger und zückt seinen Ausweis. Dazu muss er mich loslassen, und ich sinke auf den Stuhl zurück.

»Ach ja, und ich bin der Kaiser von China!«

»Lasst es gut sein, Jungs, er ist Polizist«, mische ich mich ein, um die beiden zu beruhigen, ehe eine Schlägerei beginnt.

Mossa öffnet seine rote Jacke ein wenig, so dass man seinen Pistolenhalfter sehen kann. Die Typen schütteln fassungslos den Kopf.

»Verdammt, da will man einem Mädchen helfen und kriegt gleich Scherereien. Und hinterher heißt es dann wieder, die Leute hätten keine Zivilcourage!«, meint der Große.

Als sie gehen, rufen sie lauthals: »Frankreich den Franzosen!« und »Gebt Franzosen den Vorzug!« Ich bringe meine Frisur in Ordnung, während Mossa im Stehen sein Glas austrinkt.

Zerknirscht entschuldige ich mich noch einmal.

»Ach, halt's Maul! Du verstehst rein gar nichts, Bo. Du bist doch bloß ein bedauernswerter Kerl, der sich als Frau verkleidet. Und du bist gerade dabei, dir dein Leben zu versauen. Du schmeißt dich wirklich an jeden ran und versuchst dich davon zu überzeugen, dass diese Art zu leben Sinn macht. Das ist doch Scheiße. Nichts als Scheiße.«

Mit großen Schritten eilt er davon, und ich bin sicher, dass ich alles verdorben habe.

Mechanisch behalte ich weiter den Eingang zu Johnnys Haus im Auge. Bull wird niemals mehr durch diese Tür kommen. Warum habe ich Mossa nicht einfach erzählt, was Bull mir gesagt hat? Warum tue ich niemals das Richtige? Linda kommt und setzt sich neben mich.

»Was war denn mit Mossa los?«

»Ich weiß nicht, er ist ausgerastet.«

»Ich hatte eher den Eindruck, dass du ausgerastet bist«, meint sie. »Warum sitzt du hier auf der Lauer? Kannst du an nichts anderes als an diesen Johnny denken?«

Nein, kann ich nicht. Es ist bescheuert, aber so ist es nun mal, denke ich mir.

»Hast du was Neues erfahren?«

Ich zucke die Schultern. Sie dreht sich seufzend um und geht wieder hinein.

Und plötzlich habe ich eine Idee: das Ambassador. Es wird ihm nicht gefallen, aber das ist mir egal. Ich gehe in meine Mansarde hinauf, um mich herzurichten, ziehe einen schwarzen Wollpullover an, der weit genug ist, damit ich mit meinem Gipsarm hineinschlüpfen kann. Schwarze Samtjeans, dazu passende Schuhe – Doc Martens. Ich tausche meine Kreolen gegen zwei kleine tropfenförmige Ohrringe aus schwarzem Obsidian. Dreireihiges, super-klassisches Perlencollier, Kordel-Armbänder. Ich bürste mein Haar, das knistert, und schminke mich sorgfältig. Du siehst umwerfend aus, meine Liebe, sage ich zu meinem Spiegelbild und werfe mir eine Kusshand zu. Ein klein bisschen gruftig, was aber ausgezeichnet zu meiner Stimmung passt.

Das Wetter ist herrlich. Als ich direkt an ihr vorbeigehe, erkennt Miranda mich nicht. Im grellen Sonnenlicht sieht sie wie eine Mumie aus, deren Teint mit einer dicken Make-up-Schicht aufpoliert wurde. Während die anderen Frauen ihres Alters in Grüppchen auf der Promenade sitzen und ein Schwätzchen halten, stellt sie in hautengen Mini-Shorts, unter denen die Zellulitis hervorquillt, ihre Krampfadern zur Schau. Das bringt mich auf die Idee, sie zum Tee einzuladen.

»Begrüßt du deine Freundinnen nicht mehr?«, spreche ich sie an.

»Was?! Schieb ab ... Oh, Bo! Du bist es, Liebes! Gehst du in die Kirche oder was?«

»Ich suche Johnny.«

»Du kannst einfach nicht die Finger von diesem Dreckskerl lassen. Was?!«

Zwei Gymnasiastinnen gehen kichernd an uns vorbei.

»Hallo, hallo, meine Kleinen! Euch macht es Mama Miranda fast umsonst!«

Puterrot laufen sie schleunigst weiter.

Um überhaupt etwas zu sagen, frage ich sie:

»Und Elvira?«

»Ich weiß nicht. Sie ist nicht gekommen. Karen sagt, sie hat sie vor dem Kasino gesehen. Sie ist ein bisschen verückt, die Elvira.«

Für einen kurzen Moment sehe ich vor meinem geistigen Auge eine wütende Elvira, die auf einen spöttelnden Johnny zielt und ihn erschießt. Ein sauberes, kleines Loch genau zwischen Johnnys blaue Augen. Und dann setzt sich Elvira nach Italien ab. Ich verabschiede mich von Miranda und gehe.

Ein paar Kinder fahren unter den liebevoll gerührten Blicken ihrer Großmütter auf Dreirädern am Strand entlang. Meine Großmutter kennt nicht einmal meinen Namen. Ihr wäre es lieber, es hätte mich nie gegeben.

Die Palmen vor dem Hotel wiegen sich sanft im Wind. Mit zugeschnürtem Magen steige ich die Stufen zum Eingang hinauf und gehe geradewegs in den California Grill. Die Blondine ist da und will mir schon die Speisekarte reichen, als ich ihr sage, dass ich zu Monsieur Garnier möchte. Sie mustert mich und fragt sich offensichtlich, was ein kleines, ambivalentes Geschöpf wie ich vom zugeknöpften Jonathan wollen kann. Dann lässt sie sich aber doch widerwillig herab, mich aufzuklären. Er sei nicht da.

»Wie lange?«

»Das weiß ich nicht. Da müssten Sie unseren Personalchef, Monsieur Tomaso, fragen. Er wird heute ab achtzehn Uhr im Haus sein.«

Ich danke ihr ebenso freundlich, wie sie mich empfangen hat, und mache mich auf die Suche nach dem kleinen, pfiffigen Hotelpagen. Er steht an einer Säule und döst vor sich hin. Er grüßt mich, ohne sich das geringste Erstaunen über meine Geschlechtsumwandlung anmerken zu lassen. Er scheint erfreut, mich zu sehen, ist aber gleich weniger erfreut, als ich ihm sage, dass ich auf der Suche nach Jonathan bin.

»Schon wieder! Das ist ja eine regelrechte Manie!«

»Es ist wichtig. Eine persönliche Angelegenheit.«

»Ja, das kann ich mir denken … Unser lieber Garnier ist nicht da. Er hat unbezahlten Urlaub genommen, um nach Hause, nach La Réunion, zu fahren und seinen alten, schwer kranken Vater zu besuchen.«

Seinen alten Vater? Auf La Réunion? Was ist das denn für ein Schwachsinn?

»Wirklich?«

»Sehe ich so aus, als ob ich scherze?«

»Hat er eine Adresse hinterlassen, unter der man ihn erreichen kann?«

»Ah, da müssten Sie sich an Monsieur Tomaso wenden …«

Ja, ja, ich weiß, ab achtzehn Uhr ist er im Haus. Ich danke ihm, ohne weiter darauf zu achten, was er mir noch sagt, und bin schon wieder draußen. Johnny hat sich abgesetzt. Die Angst, dass er tatsächlich die Stadt verlassen hat, schnürt mir die Kehle zu. Möglicherweise ist er schon weit weg, mit dem Flugzeug oder dem Zug unterwegs in eine andere Stadt. Der Gedanke, dass ich vielleicht nie mehr sein Gesicht sehen werde, ist mir unerträglich. Ich brauche ihn.

Ich muss etwas unternehmen. Ich kann nicht untätig herumsitzen und warten. Nach den Morden und Johnnys Verschwinden spüre ich, dass ich kurz davor bin, durchzudrehen. Ich beschließe, Louisette einen Besuch abzustatten und noch mal einen Blick in Maevas Wohnung zu werfen für den Fall, dass mir irgendetwas entgangen sein sollte.

Louisette ist nicht da. Doch die Tür zu Maevas Wohnung steht einen Spalt weit offen.

Ich nähere mich lautlos und drücke mein Ohr an die Tür. Zigarettenrauch, leises Rascheln. Vielleicht ist der Mörder an den Ort des Verbrechens zurückgekehrt. Vorsichtig schiebe ich die Tür Millimeter für Millimeter auf. Im Flur ist es dunkel. Ich sehe ins Wohnzimmer. Jemand sitzt auf dem Sofa und raucht. Ich halte den Atem an und versuche, die Person zu erkennen.

»Komm herein, Bo. Fühl dich ganz wie zu Hause.«

Es ist der Pastor! Den Bruchteil einer Sekunde erwäge ich abzuhauen. Dann gehe ich auf ihn zu. Unter halb geschlossenen Lidern mustert er meine Aufmachung.

»Du siehst aus, als wolltest du eine Rolle in der *Addams Family* ergattern«, meint er grinsend.

Doch dann wird er ernst und fragt:

»Was hast du hier verloren?«

»Ich wollte Louisette Vincent besuchen. Ich hatte das Bedürfnis, mit jemandem zu sprechen.«

»Du meinst, du wolltest dich jemandem anvertrauen?«

»Nein, ich wollte einfach nur reden.«

»Du kannst mit mir reden, wenn du willst. Setz dich. Ich hör dir zu.«

Ich bleibe stehen. Das Zimmer stinkt nach getrocknetem Blut. Die Buchstaben an der Wand brennen mir in den Augen. Und der Pastor macht mir Angst.

»Wusstest du, dass Maeva was mit deinem Typen laufen hatte?«

Was erzählt er da?

»Mit welchem Typen?«

»Also wirklich, Ancelin! Alle Welt weiß doch, dass du eine Schwäche für den Kerl hast, der gegenüber von Bull Cargese wohnt. Ich spreche von Johnny Belmonte.«

Er kennt nicht mal seinen richtigen Namen. Er weiß nichts über ihn. Seine Zigarette knistert, die Glut schimmert rötlich. Er fährt sich mit der Hand träge durchs Haar.

»Hast du gehört?«, fragt er.

»Ja. Aber ich hab nichts mit Belmonte.«

»Aber du würdest gern, nicht wahr?«, erwidert er und drückt die Zigarette auf einer Alabasternachbildung von Sacré-Coeur aus. »Offenbar bist du total verrückt nach ihm ... Ich habe die ... ›Freundinnen‹ von Maeva befragt, die übrigens auch deine Freundinnen sind, wie sich herausgestellt hat. Stéphanie Boucebsi und Frank Rasetto, genannt Lady Di ... Sie können Johnny nicht besonders gut leiden. Er scheint ein Arschloch zu sein.«

Ich stehe neben dem Fernseher und warte ab, was als Nächstes kommen wird. Das Blut ist inzwischen getrocknet, und der Bildschirm nun mit einer braunen Kruste überzogen.

Ich muss an mich halten, um sie nicht mit dem Fingernagel abzukratzen.

»Die Witwe Vincent hat sich im Übrigen an einen Mann erinnert, der Maeva in letzter Zeit häufig besucht hat«, fährt der Pastor mit seiner sonoren Stimme fort. »Ein großer, muskulöser Blonder mit kurzem, akkurat geschnittenem Haar. Und schönen blauen Augen. So sieht dein Johnny doch aus, nicht wahr?«

Nun beginnt der freie Fall. Maeva und Johnny? Das ist unmöglich. Völliger Unsinn!

Der Pastor knackt mit den Fingern und wirkt in keinster Weise so, als würde er Unsinn reden. Die Dunkelheit, der Geruch, dieser traurige Ort scheinen ihn nicht zu stören. Ich weiß, dass er nachdenkt, dass er hierher gekommen ist, um nachzudenken, um alles herauszubekommen. Und um herauszufinden, wie er mich in die Falle locken kann.

»Nun, mein kleiner Ancelin, hast du dir jetzt so lange auf die Zunge gebissen, bis du sie schließlich verschluckt hast?«, säuselt er, während er seine Brille abnimmt und mit einem Kleenex putzt, das er aus der Tasche gezogen hat. Er begutachtet sein Werk kritisch, setzt die Brille wieder auf und erhebt sich.

»Tut mir Leid für dich, Bo, doch wenn ich nichts Neues in Erfahrung bringe, werde ich dich wohl festnehmen müssen.«

Mein Herz klopft zum Zerspringen.

»Jetzt gleich?«

»Entspann dich, mein kleiner Angsthase, erst muss ich zum Richter.«

»Ich hab Maeva nicht getötet. Und sie hat sicher nicht mit Johnny geschlafen. Johnny mag nur Frauen. Er hat damit nichts zu tun.«

»Sicher ... Doch er wohnt gegenüber von Bull und ist seit Tagen nicht mehr nach Hause gekommen, und als ich ihn in der Kartei überprüfen wollte, musste ich feststellen, dass es ihn gar nicht gibt … Kannst du mir vielleicht sagen, wer Johnny Belmonte ist?«

Mir wird ganz kalt. Ich durchschaue sein Manöver. Das wollte er mir also zu verstehen geben, als er mir mit meiner Verhaftung drohte, falls er nichts Neues in Erfahrung bringen würde. Er verdächtigt Johnny! Ich schweige noch immer. Er holt tief Luft – ein Zeichen dafür, dass er genervt ist –, dann meint er:

»Du kannst gehen.«

Ich verschwinde, ohne den Mund aufgemacht zu haben.

KAPITEL 12

Meine Gedanken überschlagen sich. Der Pastor ist hinter Johnny her. Wegen mir. Wegen dieser idiotischen Liebe, die ich für ihn empfinde. Ich kann einfach nicht anders. Maeva und Johnny? Warum hätte er sich mit ihr treffen sollen? Welche andere perverse Facette seiner Persönlichkeit lebte er bei ihr aus, die so süß und unschuldig war?

Und wenn er es gar nicht gewesen ist? Blonde mit blauen Augen gibt es wie Sand am Meer. Maeva hatte vielleicht einen Kunden, der Johnny ähnlich sah. Ich kann den Gedanken nicht ertragen, dass er mich, wenn ich ihn nur berühre, sofort windelweich prügelt und es dann doch mit einem anderen Mann treibt!

Ich muss unbedingt mit Louisette sprechen. Mir gegenüber hat sie Johnny nicht erwähnt. Sie muss mir alles ausführlich erzählen.

Ich setze mich in eine Kneipe am Ende der Straße und warte darauf, dass sie nach Hause kommt.

Der Pastor, eine schwarze Baseballkappe auf dem Kopf, kommt aus dem Haus. Er schlägt den Kragen seines schwarzen Ledermantels hoch, steigt in einen schwarzen BMW und fährt langsam los.

Ich bestelle einen Kaffee. Der Wirt sieht mich verärgert an. Ich merke, dass ich im Vereinslokal der Boule-Spieler sitze und nicht so recht in das Ambiente passe. Die Zeit vergeht, wird lediglich von den Witzchen der Spieler unterbrochen, die hereinkommen, um ihren Durst zu stillen. Keine Louisette. Es wird dunkel, wie jeden Abend. Nichts ist weniger unwirklich als die Nacht. Außer vielleicht der Tag. Die beiden passen gut zusammen!

Nun, ich kann entweder weiter auf Louisette warten und viel zu bitteren Kaffee in mich hineinschütten oder Monsieur Tomaso ein paar Fragen stellen. Doch offen gesagt bezweifle ich, dass Tomaso viel weiß. Louisette dagegen ... Wenn es nämlich stimmt, dass Johnny Maeva besucht hat ... Nein. Ich habe keine Lust, diesen Gedankengang weiter zu verfolgen. Ich will einfach nur Luft schnappen und an nichts mehr denken.

Doch ich kann nicht aufhören zu denken. Und die Vorstellung, wie Johnny das Hackbeil schwingt, schwirrt mir im Kopf herum wie eine fette blaue Fliege.

Es ist so einfach und logisch. Ich sehe Johnny nachts wie eine Raubkatze auf Beutezug gehen.

Euer Ehren, wollen Sie sich tatsächlich über den Grundsatz »im Zweifel für den Angeklagten« hinwegsetzen? Johnny Belmonte – ein Psychopath? Diese Frage lässt sich nicht eindeutig mit »Nein« beantworten. Ein Mörder? Diese Frage lässt sich nicht eindeutig mit »Ja« beantworten.

Aber wenn es Johnny war, der Mariana, Natty, Maeva und Marlène umgebracht hat, dann hat er auch Bull getötet. Und wenn dem so ist, warum hat er mir dann meinen Ring zurückgegeben? Warum sollte er, um mich zu belasten, meinen Namen bei Maeva an die Wand schreiben, aber meinen Ring nicht neben dem Spülstein liegen lassen? Das wäre doch ein weiteres Indiz gegen mich gewesen. Der Pastor hätte mich nicht mehr aus den Augen gelassen. Nein, wahrscheinlich hat es sich folgendermaßen abgespielt: Farida findet den Ring, erkennt ihn wieder und sagt zu ihm: »Hör mal, gib den bitte Bo zurück.« In dieser Situation kann er nicht anders, er muss ihn nehmen und gehen.

Ich bin verrückt, ich denke über *Johnny* nach! Ich rufe mich zur Ordnung. Ich führe mich auf wie eine Irre, eine eifersüchtige Ziege, eine komplette Hysterikerin. Und zwar nicht, weil Johnny, dieser Dreckskerl, zu Nutten geht. Für ihn ist das doch nur ein Spiel nach dem Motto »Seht her, ich bin der Stärkste«. Infantiles Männergehabe. Wie komme ich nur dazu, mir solche Sachen vorzustellen?

Mein Psychiater würde sagen, dass ich ihm Allmacht verleihen will. »Eine Projektion der Hassliebe zu Ihrem Vater, nicht wahr, meine kleine Bo. Wenn Sie doch nur aufhören würden, ständig über diesen Mann zu phantasieren und in Frauenkleidern herumzulaufen! Man hat Ihnen schließlich erklärt, dass es sich um eine extrem stark ausgeprägte Neurose handelt!«

Diese Stadt hat vierhunderttausend Einwohner. Warum sollte es ausgerechnet er gewesen sein? Warum ausgerechnet mein Typ? Verdammt, Louisette, sag mir, dass das nicht wahr ist, dass er niemals bei Maeva gewesen ist! Und selbst wenn er – riskieren wir mal eine gewagte These – sexuelle Beziehungen zu Maeva unterhalten hätte, bedeutet das noch lange nicht, dass er auch ihr Mörder ist. Hier, mein lieber Watson, handelt es sich möglicherweise um einen puren Zufall.

Um neunzehn Uhr halte ich es nicht länger aus. Wo kann sich Louisette nur so lange herumtreiben? Es sei denn, ich hätte in dem Moment, als sie ins Haus ging, gerade nicht aufgepasst. Um Gewissheit zu haben, beschließe ich, noch einmal zurückzugehen und bei ihr zu klingeln.

Ich stehe auf und gehe. Als ich die Eingangstür zu ihrem Haus aufstoße, setzt mein Herz vor Schreck aus: Im Flur steht ein Mann. Groß, kräftig, Igelfrisur – der Tahitianer!

Er starrt mich an, und auf einmal werden seine Augen ganz weit. Ich versuche wegzulaufen, doch er packt mich mit aller Kraft am Arm und drückt mich gegen die Wand.

»Du miese kleine Nutte!«, fährt er mich an. »Du bist doch Bo, nicht wahr! Ja, du bist es, du Miststück!«

Ich bin wie gelähmt. Einerseits, weil er die Wahrheit sagt; andererseits, weil er ein Messer aus seiner Tasche hervorzieht. Ein schön scharfes Taschenmesser. Träume ich etwa?

Er geht mit dem Messer in der Hand auf mich los, und schlagartig wird mir klar, dass ich nicht träume. Ich springe mit einem Satz zur Seite, und die spitze Klinge verfehlt meinen Hals nur um wenige Zentimeter.

Ich stürze ein paar Treppenstufen hinauf, doch schon ist er, wie ein wilder Stier schnaubend, hinter mir. Ich halte mich mit meinem gesunden Arm am Treppengeländer fest und stoße mein ausgestrecktes Bein mit der kraftvollen Anmut einer Esther Williams bei einem ihrer Wasserballetts gegen seinen Kopf. Seine Nase macht mit der verstärkten Schuhspitze meiner Doc Martens Bekanntschaft: Blut rinnt ihm aus den Nasenlöchern. Er gibt ein Furcht erregendes Grunzen von sich und setzt erneut zum Angriff an, doch nun habe ich einen Vorsprung, und in dem Augenblick, in dem er den Treppenabsatz des ersten Stocks erreicht, steige ich auf das Treppengeländer und springe ins Erdgeschoss. Junge und robuste Kniegelenke, geschmeidige und elastische Knöchel fangen den Aufprall ab. Der Kerl läuft hektisch die Treppe herunter, wobei er wild mit dem Messer herumfuchtelt. Ich renne aus dem Haus, ziehe die Tür hinter mir zu und mache sie, als ich seine Schritte näher kommen höre, schwungvoll wieder auf.

Nun quillt das Blut nicht nur aus seiner Nase, sondern auch aus seinem Mund. Benommen lässt er das Messer los und sinkt mit glasigem Blick zu Boden.

»Arschloch …«, kann er gerade noch hervorbringen.

Ich hebe das Messer auf, richte es mit der Eleganz eines El Cordobés auf ihn, der sich anschickt, dem Stier den Todesstoß zu versetzen, und frage ihn höflich:

»Würden Sie mir freundlicherweise erklären, was ich Ihnen getan habe?«

»Mach dich nur über mich lustig«, stößt er, nach Luft keuchend, hervor. »Aber ich schwöre dir, das werde ich dir heimzahlen.«

»Heimzahlen? Was denn? Verdammt, ich verstehe kein Wort, was reden Sie da eigentlich?«

Er rappelt sich auf, ich trete zur Seite, er umklammert den Türknauf. Ich drohe ihm mit dem Messer.

»Rühren Sie sich nicht von der Stelle!«

»Ach, scher dich zum Teufel!«

Er öffnet die Tür und geht auf unsicheren Beinen hinaus.

»Ich kriege dich«, ruft er mir noch zu, als er sich langsam entfernt.

Ich sehe ihn weggehen, doch ich weiß nicht, was ich tun soll. Ich will ihm gerade nachlaufen, als mein Blick auf die beiden Buchstaben fällt, die in den Holzgriff des Messers eingraviert sind: R.M. Maevas Initialen ... Allmächtiger! Der Kerl hat das Messer in ihrer Wohnung mitgehen lassen. Er ist gekommen, um hier herumzuschnüffeln. Louisette ...

Ich laufe die Treppe, immer zwei Stufen auf einmal nehmend, hinauf. Ich klingle Sturm, keine Antwort. Der Typ mit dem Messer ist hier aus dem Haus gekommen, und Louisette macht nicht auf. Ich sehe mich schon die Tür aufbrechen, doch zum Glück hält mich mein Realitätssinn davon ab, mir auch noch den anderen Arm zu brechen. Was nun?

Maevas Schlüssel! In meiner Tasche. Die Balkone der beiden Wohnungen grenzen aneinander. Einbruch in eine von der Polizei versiegelte Wohnung. Doch was habe ich zu verlieren? Entweder wandere ich wegen Mordes in den Knast oder eben nicht.

Der Schlüssel dreht sich im Schloss, und die Tür springt auf. Wieder sehe ich den kleinen Flur und das Wohnzimmer, rieche diesen Ekel erregenden Geruch, der einem zu

Kopf steigt. Wer wird eigentlich die Wohnung sauber machen? Gibt es für so etwas eine spezielle Reinigungsfirma? Werden sie Maevas Sohn ausfindig machen, um ihm dann die Rechnung zu präsentieren? Schluss mit diesen Gedanken, Miss Bo.

Ich öffne die Glastür und stehe auf dem Balkon, dritter Stock. Es stimmt, man kann von hier das Meer sehen, ja, man spürt sogar die frische, abendliche Brise.

Eine etwa ein Meter achtzig hohe Wand trennt die beiden Balkone. Das heißt, ich muss versuchen, von außen über die Brüstung hinüberzugelangen, und dafür müsste ich mich an Maevas Balkon mit der linken Hand festhalten, was mir nicht möglich ist. Ich gehe in die Wohnung zurück und suche eine Trittleiter. In der Küche neben dem Bügelbrett werde ich fündig. Ich streife mir rosafarbene Gummihandschuhe über und trage die Leiter auf den Balkon. Die Klettertour kann beginnen.

Als ich rittlings auf der Trennwand zwischen den beiden Balkonen sitze, hoffe ich inständig, dass die Leute unten nicht auf die Idee kommen, die Möwen zu beobachten. Ich stütze mich mit dem rechten Arm ab und lasse mich vorsichtig auf die andere Seite gleiten. Nach dem spektakulären Sprung von gerade eben muss ich nun feststellen, dass meine Kniescheiben doch nicht so robust und meine Knöchel deutlich weniger geschmeidig sind: Ich entgehe nur knapp einer Bruchlandung.

Ich rappele mich auf und gehe an der Fensterfront entlang, wobei ich nervös das Messer umklammere. Louisettes Wohnzimmer ist in völlige Dunkelheit getaucht. Der Widerschein der Straßenlaternen macht es mir unmöglich, irgendetwas zu erkennen. Ich schiebe die Balkontür auf und schleiche mich hinein. Da sie möglicherweise, sturzbetrunken, schläft, mache ich kein Licht an. Sonst reiße ich sie womöglich noch aus dem Schlaf und riskiere, dass sie einen Herzschlag bekommt.

Vorsichtig taste ich mich vorwärts. Ich stoße mich an einer Tischkante und verrenke mir den Knöchel, als ich über das Telefonkabel stolpere. Besagtes Telefon poltert mit großem Getöse zu Boden. Ich hebe es auf und stelle es mit klopfendem Herzen auf die Konsole zurück. Nichts rührt sich. Louisette ist offensichtlich nicht da.

Ich sinke schwer atmend auf das Sofa. Eine kurze Verschnaufpause habe ich jetzt dringend nötig. Doch was ist das? Erschrocken springe ich auf: Da sitzt jemand! Meine Kehle ist wie zugeschnürt, und aus meinem weit geöffneten Mund dringt lediglich ein stummer Schrei.

Ich bemühe mich, wieder normal zu atmen. Und wenn das der Kerl von vorhin ist? Blödsinn, schließlich habe ich ihn ja weggehen sehen. Ich gehe langsam rückwärts, falle beinahe hin und suche Schutz hinter einem Sessel. Die sitzende Gestalt rührt sich nicht vom Fleck, eine dunkle Masse im Dämmerlicht. Draußen fährt ein Auto um die Kurve, und die Scheinwerfer erleuchten kurz das Zimmer.

Es ist Louisette! Ich springe auf. Sie regt sich noch immer nicht, und ich weiß, dass sie das auch niemals mehr tun wird. Die leuchtend rote Kette um ihren Hals lässt sich nicht abnehmen. Man hat sie ihr ins Fleisch geschnitten. Ihre haselnussbraunen Augen sind weit aufgerissen. Vielleicht betrachtet sie das Meer hinter mir. Ihre Hände liegen auf dem Polster. Das Blut hat auf der Bluse mit dem Jabotkragen, dem Rock und den Strümpfen Flecken hinterlassen. Ihr Kopf ruht an der Rückenlehne, deshalb ist sie auch nicht in sich zusammengesunken. Ich berühre ihre kalte Wange und spüre, wie sich meine Augen mit Tränen füllen – ein merkwürdiges Gefühl. Ich wische sie mit meinen Gummifingern weg.

Noch ein Mord.

Noch eine Leiche.

Noch jemand, den ich kannte. Und ich befinde mich am Tatort, zu dem ich mir unrechtmäßig Zugang verschafft habe. Wenn ausgerechnet jetzt jemand hier aufkreuzen würde …

Nach einem letzten Blick auf die alten Tänzerin verlasse ich schleunigst ihre Wohnung. Ich springe hoch, halte mich mit der rechten Hand oben an der Trennwand fest, winde mich wie ein Affe, stütze mich dabei mit den Füßen an der Wand ab und schaffe es schließlich auf diese Weise, bäuchlings nach oben zu gelangen. Ich gleite auf die Trittleiter hinab, trage sie zurück und sehe zu, dass ich auf schnellstem Weg aus der Wohnung komme.

Wieder an der frischen Luft. Laufen. Nur weg. Erst als ich den Blumenmarkt sehe, werde ich allmählich ruhiger und zwinge mich nachzudenken.

Um etwas Logik in die Sache zu bringen. Der Typ kam aus dem Haus. Er hatte ein Messer. Louisette ist die Kehle durchgeschnitten worden. Also hat er sie umgebracht.

Aber warum? Am einleuchtendsten erscheint mir, dass Louisette gesehen hat, wie er vor dem Mord in Maevas Wohnung gegangen ist.

Und ich? Warum wollte er mich töten? Führt er einen persönlichen Rachefeldzug gegen Maevas Freunde? Ein Rachefeldzug, der mit den Prostituiertenmorden nichts zu tun hat? Ich stehe derart unter Druck, dass ich drauf und dran bin, Passanten anzuhalten und sie nach ihrer Meinung zu fragen: »Vor knapp einer halben Stunde wäre ich fast umgebracht worden! Alle Leute, die ich kenne, gehen einer nach dem andern drauf, und die Bullen wollen mir die Morde in die Schuhe schieben. Ist unter den Anwesenden hier im Saal vielleicht ein Detektiv, der mir helfen könnte?!«

Ich muss unbedingt mit dem Pastor sprechen. Ihm sagen, dass ein Mann versucht hat, mich umzubringen. Dass er aus Louisettes Wohnung kam. Und dass Louisette tot ist.

»Ach ja?«, wird er sagen. »Und wer, außer dir, Schätzchen, hat diesen Mann noch gesehen?«

Ich werde ihm das Messer zeigen.

»Fantastisch, genau mit diesem Messer ist Maeva getötet worden.«

Und ehe ich mich versehe, wird er mich dieser beiden Morde beschuldigen, und wenn ich in zwanzig Jahren aus dem Knast komme, bin ich halb kahl und konnte mich nicht mal liften lassen.

Stopp.

Ganz ruhig. Geh alles noch einmal der Reihe nach durch.

Erstens: Zwei Prostituierte werden mit einem Hackbeil getötet.

Zweitens: Marlène wird überfallen, doch der Mörder lässt von seinem Opfer ab, als er merkt, dass es sich um einen Mann handelt.

Drittens: Maeva wird umgebracht, weil sie die Person gesehen hat, in deren Begleitung Marlène weggegangen ist. Man schreibt meinen Namen an die Wand, um den Verdacht auf mich zu lenken. Der Täter weiß demnach, dass ich eine Freundin von Maeva bin.

Viertens: Bull, der behauptet, den Prostituiertenmörder zu kennen, wird umgebracht.

Fünftens: Der Täter tötet Louisette, die den Mörder sicherlich schon mal vor Maevas Wohnung gesehen hat.

Sechstens: Kurz bevor ich Louisette mit aufgeschlitzter Kehle finde, versucht ein Asiate, mich im Eingang ihres Wohnhauses umzubringen.

Diese Schlussfolgerung erscheint mir logisch. Vor allem, wenn man berücksichtigt, dass Maeva den Asiaten kannte und, Stéphanie zufolge, Angst vor ihm hatte. Und nun?

Kein Mensch wird mir glauben. Es gibt einfach keine Verbindung zwischen diesem Mann und all den Morden. Selbst ich kann mir keinen Reim auf das Motiv machen. Oder auf seine Wut gegen mich.

Ohne zu wissen, wie, stehe ich auf einmal vor dem Ambassador. Gedankenverloren gehe ich hinein. Wenn der Tahitianer Bull getötet hat, muss Bull tatsächlich etwas gewusst haben. Doch woher kannten sich die beiden? Warum ist Bull an jenem Ort gewesen, den er »den Raum« nannte?

In der Eingangshalle drängt sich eine redselige italienische Reisegruppe. Ich versuche die Aufmerksamkeit des hoffnungslos überlasteten Angestellten an der Rezeption auf mich zu lenken. Wo könnte dieser Raum sein? Vielleicht in einem solchen Hotel? Und was befindet sich darin? Sicher erdrückendes Beweismaterial. Und wenn Bull den Tahitianer kannte, kennt Johnny ihn dann womöglich auch?

»Mademoiselle?«

Ich drehte mich um, um zu sehen, welches Fräulein er meint. Mist, er meint natürlich mich. Ich frage nach Monsieur Tomaso. Man bringt mich zu einem Zimmer, auf dessen Tür ein Schild mit der Aufschrift »Privat« prangt. Ein kleiner, kahlköpfiger Mann mit einem Dreiteiler hebt den Kopf, als ich eintrete. Während ich ihm mein Anliegen unterbreite, fixiert er mit anhaltendem Interesse meinen winzigen Busen. Vielleicht arbeitet er gerade an einer Doktorarbeit über die verschiedenen Entwicklungsstufen sekundärer Geschlechtsmerkmale? Ich erzähle dem glänzenden Kahlkopf, ich müsse unbedingt Jonathan Garnier kontaktieren. Er sei ein Cousin von mir, und eine unserer Tanten sei gerade verstorben. Sichtlich unschlüssig mustert er mich eingehender. Ich hätte besser Onkel sagen sollen.

Ich füge hinzu, dass besagte Tante umgebracht worden ist. Das scheint ihn zu beeindrucken. Er hüstelt und erkundigt sich, auf welche Weise sie zu Tode gekommen ist.

»Mit einer Klaviersaite«, erzähle ich. »Die Saite hatte der Mörder aus dem Steinway, auf dem sie so gern den *Trauermarsch* von Chopin spielte.«

»Tja, das Problem mit Steinway-Flügeln ist, dass sie weit weniger zuverlässig sind, als gemeinhin angenommen wird«, erklärt er mir mit gerunzelter Stirn, während er auf der Tastatur seines Computers klimpert.

Er schreibt mir eine Adresse und eine Telefonnummer auf und reicht mir den Zettel mit dem Hinweis, diese Information sei strikt vertraulich. Ich bedanke mich und spüre beim Hinausgehen deutlich seine Blicke auf meinem Hinterteil. Das Amüsante an diesem Typus Mann ist, dass sich unter seinen Blicken selbst ein Bügelbrett mit zwei Rosinen in eine Jayne Mansfield verwandelt.

Ich falte den Zettel auseinander, den er mir gegeben hat, wobei er aufreizend meine Hand berührte. Die Adresse ist mir bekannt. Ich gehe in die nächste Telefonzelle und probiere es mit der Telefonnummer. Es klingelt einmal, zweimal, dreimal …

»Hier ist der Anrufbeantworter von Farida, bitte hinterlassen Sie mir eine Nachricht.«

Ich brauche dringend Bewegung.

Die Geräusche der Stadt, ihr Rhythmus, ihr fröhliches Lärmen. Überall Leute, Lichter, Autos. Nächtliches Treiben, durch das ich schwirre wie eine Motte auf der Suche nach einem Licht, an dem sie sich die Flügel verbrennen kann.

Es riecht nach Essen; ein Restaurant nach dem anderen, Jongleure geben auf der Straße eine Vorstellung, ein Hund bellt, in der Ferne hört man Polizeisirenen, Stimmengewirr, der Widerhall von Fernsehern, ein Typ klimpert auf der Gitarre, ein anderer spielt Geige, Rosenverkäufer, Schmuckverkäufer, ein Junge umkreist ein Mädchen mit Bürstenfrisur, das ihn anschreit: »Verdammt noch mal, nein! Ich rede seit einer Stunde mit Engelszungen auf dich ein! Lass mich gefälligst in Ruhe, du stinkst!«

Zungen … Bull kannte ein Detail, das nicht in den Zeitungen erwähnt wurde: die Sache mit Marlènes Zunge. »Nicht nur du hast Freunde bei der Polizei.«

Marlène/Derek. Derek/Bull? War Bull etwa als Spitzel für Derek unterwegs? Marlène erzählt Derek, dass ein Tahitianer Maeva bedroht. Derek, der ihr einen Gefallen schuldet, bittet Bull, der Sache nachzugehen. Bull folgt dem Tahitianer und stößt – Bingo! – auf den Hurenmörder. Der wiederum macht kurzen Prozess: Marlène stirbt; Bull stirbt; Derek stirbt ...

Als Bull starb, bekam ich es mit der Angst zu tun und bin sofort abgehauen. Doch der Mörder war mir ja gerade über den Weg gelaufen. Es könnte doch sein, das Bull etwas Aufschlussreiches, irgendwelche Beweise bei sich versteckt hat. Ich mache augenblicklich auf dem Absatz kehrt und gehe zu seiner Wohnung.

Ich warte, bis niemand vorbeikommt, und schleiche mich dann ins Haus. Statt des Geruchs von frischer Farbe erwartet mich lediglich die gewohnte Duftwolke nach frischer Katzenpisse.

Bulls Appartement ist abgeschlossen, die Tür von der Polizei versiegelt. Ich trete kräftig gegen das Schloss, und die Tür öffnet sich: Es ist jetzt keine Zeit mehr für Zimperlichkeiten, und auf ein Vergehen mehr oder weniger kommt es auch nicht mehr an! Ich schließe die Tür hinter mir.

Auch hier riecht es, wie bei Maeva, nach Schmerz und Tod. Ich vermeide es, einen Blick in die Küche zu werfen, auf dem Boden das noch nicht weggewaschene Blut. Ich bin inzwischen ein richtiger Experte für *Post-Mortem*-Besuche. Ich durchstöbere das Zimmer, ohne recht zu wissen, wonach ich suche. Alte Busfahrscheine, McDonalds-Tüten, sein Wehrpass, Fotos von einem dicklichen, zahnlosen Jungen, der schon Bulls ausdruckslosen Blick hat, ein teurer Fotoapparat mit integriertem Zoomobjektiv, Essensgutscheine, ein japanischer Morgenstern, ein öliger amerikanischer Schlagring, rote Boxhandschuhe.

Ich streife mir einen der Boxhandschuhe über und betrachte mich im Spiegel: nicht schlecht. Bo, die einarmige

Boxerin gegen den maskierten Mörder! Paff, rechter Schwinger, linker Haken, Achtung, tänzelnde Ausweichbewegungen, zack, Beinarbeit, paff, paff, ich ducke mich, Achtung, paff, Aufwärtshaken! Ich bin derart konzentriert, dass ich gegen ein wackliges Regal stoße, das unter Riesengetöse auf mich fällt. Ich ziehe den Kopf ein, mache mich ganz klein. Nichts.

Ein brauner Umschlag segelt zu Boden.

Ich ziehe den Boxhandschuh aus, wische mir über die Stirn und hebe ihn auf. Es sind Fotos darin, die offensichtlich mit einem Zoomobjektiv aufgenommen wurden. Leute, die ich nicht kenne, andere, die ich schon mal gesehen habe. Zum größten Teil miese Typen. Kleine Ganoven, aus einiger Entfernung in dunklen Straßen aufgenommen, während sie irgendwelche zweifelhaften Geschäfte abwickeln. Fotos von Johnny, Fotos von mir, Johnny, wie er in ein Taxi steigt. Johnny, wie er mit Elvira spricht. Ich als Frau, vor der Kneipe sitzend.

Ich gehe zum Fenster hinüber. Von hier hat man einen fantastischen Ausblick. Man sieht den gesamten Platz, den Hauseingang und sogar die angrenzende Straße. Das miese Schwein ... Ich schaue mir die anderen Fotos an.

Huren, Freier, die mit ihnen verhandeln. Ein Typ, der in der Nähe des Brunnens ein weißes Tütchen in seiner Tasche verschwinden lässt. Ein gut gekleideter alter Mann, der sich gerade nach hübschen kleinen Kindern den Hals verrenkt. Maeva, wie sie aus ihrem Haus kommt.

Und da, der Tahitianer. Der Tahitianer in einem Hauseingang verborgen, während Maeva die Straße überquert. Die Bullen sollten mich als Aushilfsschäferhund engagieren: Auf allen Vieren bin ich sehr gut, und außerdem habe ich den richtigen Riecher.

Noch einmal der Tahitianer, diesmal hat er es offensichtlich eilig und sieht gehetzt aus.

Wieder Maeva, nun in Begleitung von Stéphanie.

Der Tahitianer, wie er am Ambassador vorbeigeht. Im Hintergrund, auf der Treppe, ist Johnny zu erkennen.

Eine Vergrößerung der vorherigen Aufnahme von Johnny als Kellner. Bull muss sich mächtig über diese Entdeckung gefreut haben. Weiter.

Das erleuchtete Zimmer einer Wohnung.

Eine geflieste Arbeitsplatte. Das Foto ist in der Mitte durchgerissen worden. Die Fliesen sind mit großen braunen Flecken übersät. Was war auf der anderen Hälfte des Fotos? Ich sehe noch einmal im Umschlag nach und ziehe die Tüte mit den Negativen hervor. Rasch schaue ich sie im Gegenlicht an. Alle Fotos sind nummeriert, doch es fehlen die Negative von S18 bis S28. Vielleicht hat Bull einen Teil des Films mitsamt den Abzügen woanders versteckt, oder jemand hat sie mitgenommen.

Ich halte die zweite Hypothese für wahrscheinlicher. Als ich bei meinen Überlegungen gerade an diesem Punkt angekommen bin, geht plötzlich die Wohnungstür auf. Ein junger Typ mit einer Waffe in der Hand steht völlig außer Atem auf der Türschwelle. Ich kann ihn im Spiegel sehen, doch er hat mich noch nicht entdeckt. Er trägt eine Lederjacke, und auf seiner Stirn klebt überdeutlich ein Schild mit der Aufschrift »Polizei«. Ich greife mir den japanischen Morgenstern und drücke mich an die Wand. Vorsichtig tritt er ins Zimmer, und ich brate ihm mit der Waffe eins über. Er schreit: »Scheiße!«, stolpert, ich stoße ihn, er fällt hin, ich springe in den Hausflur, und genau wie im Fernsehen brüllt er: »Halt, stehen bleiben!« hinter mir her. Doch Magic Bo stürmt in Rekordzeit die Treppe hinunter.

Die Straße, der Lärm, die Dunkelheit. O geliebte Nacht, o sanfte, gütige Patin, die du dich über dein missratenes Kind herabsenkst, erhöre mein Flehen: Verwandle diesen Polizisten in einen Frosch und lass uns nicht mehr davon sprechen!

Der junge Polizist läuft mit großen Schritten über den Platz, wobei er aufgeregt ruft. Ich stehle mich in die Kirche und husche an den ordentlich polierten Bänken entlang. Der wohltuende Geruch nach Bohnerwachs und biologischen Bienenwachskerzen umfängt mich. Ich verstecke mich in einem leeren Beichtstuhl, und während ich warte, bete ich mein Sündenregister herunter. Doch das dauert zu lange, und so wage ich mich hinaus: Kein Bulle in Sicht, ich gehe ruhig davon.

Mein Handgelenk tut weh. Auf der Terrasse eines Thai-Restaurants spüle ich mit einem chinesischen Bier eine Schmerztablette hinunter. Der Duft von Basilikum und Zitronengras.

Bull war also ein Spitzel. Er folgte Maeva, um herauszufinden, wer sie terrorisierte, er traf auf den Tahitianer und folgte ihm, zu jenem berühmten »Raum«. Wie soll ich diesen Raum finden?

Ich trinke mein Bier aus und mache mich wieder auf den Weg. Eine leichte Meeresbrise umhüllt mich. Möwen gleiten vorüber, ihre Schreie durchdringen gellend die Nacht.

Ein blutverschmierter Raum, anonym und verschwiegen, der sich hinter einer der unzähligen Mauern dieser Stadt verbirgt. Ein Raum, in dem ein Mann mit offenen Augen daliegt und träumt, die spitze Klinge eines Messers auf seiner Zunge balancierend.

Ein Schwarm Tauben fliegt aufgeregt lärmend davon. Die Augen des Mörders müssen genauso starr sein wie die ihren. Gefühl- und ausdruckslose Pupillen heften sich auf seine Beute. Augen, deren einzige Funktion es ist, zu sehen. Haben Vögel und Haie gemeinsame Vorfahren? Haie, Lagunen, Atolle. Wenn der Tahitianer der Mörder ist, muss eine Verbindung zu Maevas Vergangenheit bestehen ... verdammt, dass ich nicht eher darauf gekommen bin: R M!

»R M« steht nicht für Raymond, sondern Robert. Robert Makatea, sein blöder Sohn! Genauso groß und kräftig wie sein Vater.

Aber warum sollte er seinen Vater umbringen? Eine Frage der Ehre?

Angenommen, Robert Makatea erfährt von seiner Mutter, dass sein Vater ein Transvestit ist. Er fängt an, im nächtlichen Dschungel aufzuräumen. Er tötet alle Prostituierten, die ihm Avancen machen, weil er Huren hasst. Es wird ihm zur Gewohnheit, von seinem Vater Geld zu erpressen. Deshalb hat Maeva sich auch versteckt, als sie ihn sah. Sie schüttet Marlène ihr Herz aus, die es wiederum ihrem Kumpel Derek erzählt, der ihr einen Gefallen schuldet. Derek versucht, Robert zur Vernunft zu bringen. Robert versucht, ihn mit Gas zu töten, und vollendet sein Werk im Krankenhaus. Dann ruft Robert Maeva an, um ihr zu sagen, dass er weiß, wer Marlène umgebracht hat (natürlich, er war es ja selbst), und bei ihr vorbeikommen will. Maeva macht ihm ein Tatar, er kommt und bringt sie um.

Jemand klopft mir auf die Schulter, ich fahre herum, wenn das jetzt ... Nein, es ist Axelle, die vollkommen zugedröhnt ist.

»*Heil,* Cyborg!«, ruft sie und versucht den Arm zum Gruß zu heben.

»O hallo!«

Ich weiche einen Schritt zurück, während meine Augen Ausschau nach Johnny halten. Sie hält mich am Ärmel fest.

»Ich habe einen gesehen«, erklärt sie mir begeistert.

»Was gesehen?«

Ich habe keine Lust, mit ihr zu reden, ich will allein sein.

»Einen Typen, der sich Augen aus Inox hat implantieren lassen.«

Geht das schon wieder los!

»Hör mal, Axelle, ich hab's eilig, ich bin verabredet ...«

»Augen aus Inox, das war unglaublich! Bo, wirklich unglaublich! Ich wollte mit ihm sprechen, aber er war nicht auf Verbindung, off line, verstehst du, er surfte kosmisch ...«

»Eine wirklich wichtige Verabredung ...«

»Ich spürte die Vibrationen ... Dieser Typ war ein richtiges Atomkraftwerk kurz vor der Implosion ...«

Ein Mofa knattert vorbei, auf dem ein Typ sitzt, der wie ... nein, es ist nicht Johnny.

»... und sehr eckig, sehr viel Yang, ein Ding, das dir durch und durch geht, bis auf den Grund deiner Seele, verstehst du«, sagt Axelle gerade.

»Wovon redest du eigentlich?«

»Von diesem Ding aus glänzendem Stahl, das sie an seine Hüfte genäht haben, das hättest du mal sehen sollen, ich sag dir, einfach klasse!«

Ich packe sie bei den Schultern.

»Ein Ding aus Stahl, das sie an seine Hüfte genäht haben? Was für ein Ding?«

»Eine Art Beil. Ich habe versucht, mit ihm zu sprechen, ich wollte so gern seine Augen berühren, da hat er seine Jacke geöffnet und gemeint: ›Verschwinde.‹ Schlechte Vibrationen. Das kommt bei Inox manchmal vor.«

Ich bemühe mich, ganz ruhig mit ihr zu reden.

»Wo hast du den Kerl gesehen?«

»Da hinten ... am Meer.«

»Wo am Meer?«

»Faschistische Architektur, du weißt schon, in der Nähe von Gambetta ...«

»Er hat dir die Axt gezeigt und ist verschwunden?«

»Ja. Er hat mich mit seinen Inox-Augen angesehen, den integrierten Laser eingeschaltet, ich wäre beinahe ohnmächtig geworden. Sag mal, hast du 'n bisschen Geld für mich?«

Ich gebe ihr meinen letzten Hundert-Franc-Schein.

»War es ein Asiate?«

»Der Rassenbegriff, das ist der totale Niedergang, hörst du!«, sagt sie vorwurfsvoll.

Doch ich höre ihr nicht länger zu, sondern mache mich in die angegebene Richtung auf. Ein Mann mit Augen aus Inox, dem eine Axt an der Hüfte hängt – sie hat den Mörder gesehen.

Schöne Villen direkt am Meer. Ich verrenke mir den Hals, um jeden Hauseingang, jede dunkle Ecke, jeden Quadratmeter des in rauschendes Dunkel getauchten Strandes im Auge zu behalten. Ich bin total müde. Axelle ist auf einem Trip, das ist alles. Der Typ, wenn es ihn überhaupt gegeben hat, ist längst in der nächtlichen Stadt verschwunden. Und Johnny? Johnny, bei dem ich keine Sekunde gezögert habe, ihn des Mordes zu verdächtigen, ist er hier irgendwo, ganz in meiner Nähe? Der Gedanke, ihn möglicherweise zu finden, ist das Lockmittel, mit dem ich vor meinem geistigen Auge hin und her wedele, um am Ball zu bleiben.

Und plötzlich sehe ich ihn. Im Gegenlicht. Vor dem Eingang eines luxuriösen Wohnhauses. Reglos steht er unter einer Palme und raucht. Träume ich? Nein, er ist es, sein grauer Anzug. Ich erkenne seine Silhouette, seine Haltung, doch gleichzeitig ist irgendetwas sonderbar. Ein Mann in einem marineblauen Mantel tritt aus dem Haus; sie grüßen sich. Ich mache mich ganz klein. Johnny wendet mir den Rücken zu.

Er raucht seine Zigarette zu Ende und wirft die Kippe in den Rinnstein. Er sieht auf die Uhr, so als würde er auf jemanden warten. Dann macht er auf dem Absatz kehrt, verschwindet hinter der ordentlich gestutzten Hecke, und keine zwei Sekunden später öffnet sich die verglaste Eingangstür des Hauses. Er geht hinein und durchquert eine marmorne Halle. Ich habe nicht gesehen, ob er bei jemandem geklingelt oder einen Schlüssel benutzt hat. Existiert die Frau, meine Rivalin, vielleicht doch? Wohnt sie in diesem Haus?

Die Tür lässt sich nur per Code öffnen. Nach Gutdünken tippe ich einfach ein paar Nummern ein. Sesam öffnet sich nicht. Durch die Glasscheibe kann ich die Namen der Mieter auf den Briefkästen entziffern. Kein Garnier, aber ein Vorname mit J: J. Klein. Ich verstecke mich im Schatten der Hecke, in der Hoffnung, dass bald jemand aus dem Haus kommt oder hineingeht. Mein Handgelenk schmerzt noch immer. Hoffentlich hat Marco keinen Mist gebaut! Ich lege wirklich keinen Wert darauf, mit einem Arm à la E. T. anstelle meiner hübschen Händchen durch die Gegend zu laufen.

Der Wind treibt das Laub vor sich her, es wird sicher bald ein Gewitter geben. Ich frage mich, ob ich nicht vielleicht doch geträumt, ob ich tatsächlich Johnny gesehen habe. Der nervöse Knoten in meinem Magen meint, ja. Ich warte, lange.

Ich schließe die Augen, das entspannt mich.

Ich bin schon fast im Stehen eingeschlafen, als ich beim Geräusch der sich öffnenden Tür aufschrecke. Ein großer Mann und eine zierliche Frau verlassen gerade das Haus. Er trägt einen Trenchcoat, sie einen mit Goldfäden durchwirkten Minirock. Ich zwänge mich in die Eingangshalle: »Entschuldigen Sie, Monsieur Klein, wo finde ich den?«

Der Typ brummt, dass er das nicht weiß; das Mädchen zieht ihre Nylonstrümpfe, die Falten werfen, zurecht. Ich habe Glück diesen beiden begegnet zu sein. Sie gehen einfach und lassen mich vor den Briefkästen stehen.

Auf den Briefkästen steht nicht das Stockwerk. Ich gehe die mit Grünpflanzen geschmückte Treppe hinauf, ohne auf meinen Arm oder meine Beine zu achten. Auf jedem Treppenabsatz bleibe ich stehen und lese die Namen auf den Klingelschildern. Im sechsten Stock werde ich fündig: J. Klein.

Ich presse mein Ohr an die Wohnungstür: nichts zu hören. Es ist kurz nach elf Uhr abends, ich glaube nicht, dass Johnny um diese Zeit schon schläft. Ich versuche einen Blick durch den Türspion zu werfen, was idiotisch ist. Ich würde gern mein Herz in beide Hände nehmen, doch erst einmal betätige ich mit einer Hand den Klingelknopf. Keine Reaktion.

Ich klingle ein zweites Mal. Ich glaube zu hören, wie sich auf der anderen Seite jemand auf leisen Sohlen heranschleicht. Ich klingle noch einmal und halte dabei den Kopf gesenkt, damit die Person, die durch den Spion späht, mich nicht erkennt. Die Tür öffnet sich noch immer nicht. Ich überlege zu rufen, doch wenn es nun nicht Johnnys Wohnung ist? Wenn er in diesem Haus unter einer anderen Identität lebt?

Das Flurlicht geht aus. Zur Abwechslung drücke ich jetzt auf den Fahrstuhlknopf. Sobald die Tür sich öffnet, steige ich ein, drücke auf E für Erdgeschoss und steige rasch wieder aus. Die Tür schließt sich, und der Fahrstuhl fährt – ohne mich – nach unten. Reglos bleibe ich im dunklen Flur stehen.

Nach zehn Minuten öffnet sich die Wohnungstür, und auf der Türschwelle ist im Gegenlicht eine Silhouette zu erkennen. Ein Mann steht im Flur und sieht mich an. Er hat Johnnys Gesichtszüge, seine Größe, auch die Körperhaltung ist identisch, doch sein Haar ist braun, und er hat einen braunen Bart und dunkle Augen. Außerdem trägt er einen marineblauen Hausmantel und passende Hausschuhe. Ich verstehe das nicht. Ich trete einen Schritt vor.

»Suchen Sie jemanden?«, fragt er mich.

Es ist Johnny! Seine Stimme. Was soll das Theater? Ich trete in den Lichtschein der Lampe und sage:

»Johnny. Ich bin's, Bo.«

»Entschuldigen Sie, Sie müssen sich irren. Ich heiße Jérôme Klein.«

Er will sich wohl über mich lustig machen! Entschlossen gehe ich auf ihn zu.

»Johnny, hör auf damit, wir müssen reden.«

Versöhnlich hebt er die Hand.

»Hören Sie, Mademoiselle, ich glaube, Sie verstehen mich

falsch. Ich nehme an, Sie sind auf der Suche nach meinem Bruder, nicht wahr? Jonathan?«

Ach, und jetzt will er die Nummer mit dem Zwillingsbruder abziehen! Ich spüre, wie ich wütend werde, und mache noch einen Schritt auf ihn zu. Ich bin gerne bereit, ihm alles zu glauben, aber er sollte es mit seinen Märchen besser nicht zu bunt treiben.

Ich stehe jetzt direkt vor ihm. Und sehe seine Augen. Sie sind dunkel. Ruhig. Es ist keinerlei Gefühlsregung in seinem Gesichtsausdruck zu erkennen. Werde ich langsam verrückt? Ohne überzeugt zu sein, murmle ich noch einmal: »Johnny.«

»Treten Sie ein«, sagt Jérôme Klein liebenswürdig. »Drinnen lässt es sich besser reden.«

Ich folge ihm. Dicker, cremefarbener Teppichboden, ebenfalls cremefarbene Chesterfield-Sessel und ein dazu passendes Sofa, niedrige Glastische, eine Louis-XVI.-Anrichte. Ein gut bestückter Getränkewagen, auf den er mit der Ungezwungenheit des Hausherrn zugeht.

»Möchten Sie etwas trinken?«

»Einen Whisky, bitte.«

Ich fühle mich dumm. Ich bin sicher, dass er Johnny ist, aber ich kann schließlich nicht den ganzen Abend damit verbringen, immer wieder seinen Namen zu sagen. Und er spielt diese Komödie wirklich perfekt. Man könnte meinen, er hätte mich nie zuvor gesehen! Kein verräterisches Funkeln in den Augen, und nicht ein Hauch von Ironie umspielt seine Lippen. Jérôme schenkt mir das Glas randvoll mit Whisky ein – »ohne Eis, danke« – und reicht es mir, wobei er auf einen Sessel deutet. Ich setze mich. Und was mache ich jetzt?

Er schenkt sich einen Wodka ein und nimmt mir gegenüber Platz. Ich betrachte die mit seinem Monogramm bestickten Hausschuhe: J K. Johnny als Kellner, Johnny in Hausschuhen ... Welche Metamorphose erwartet mich als Nächstes?

»Rauchen Sie?«, fragt er mich und reicht mir ein silbernes Etui.

»Nein, danke.«

»Stört es Sie, wenn ich eine Zigarre rauche?«

»Ganz und gar nicht.«

Was für eine schwachsinnige Konversation! Am liebsten würde ich lauthals schreien: Ich weiß, dass du Johnny bist! Während er an seiner Havanna zieht, starrt er mich unverwandt an. Ich sage mir, dass es nicht sonderlich schwierig ist, die Identität zu wechseln; darin bin ich schließlich Expertin. In diesem Fall braucht man farbige Kontaktlinsen, eine braune Perücke, einen falschen Bart. Doch alles muss von erstklassiger Qualität sein, sonst fliegt der Schwindel gleich auf. Zweifel beschleichen mich. Jérôme Klein bläst eine Wolke wohlriechenden Rauchs in meine Richtung.

»Wie war doch gleich Ihr Name?«

Okay, du willst spielen, gut, dann spielen wir.

»Man nennt mich Bo.«

»Ein eigenartiger Name für eine Frau.«

Er moduliert den Satz genauso wie Johnny, doch er benutzt seine Stimme nicht auf die gleiche Art. Er spricht leiser, salbungsvoller. Mir schießt der Gedanke durch den Kopf, dass Johnny vielleicht schizophren ist. Eine gespaltene Persönlichkeit ... Das würde seine zwei Wohnungen, seine zwei Gesichter erklären. Ich tue so, als würde ich auf diesen Wahnsinn eingehen und frage ihn:

»Ist Jonathan da?«

»Nein, er ist ausgegangen.«

Lügner!, will ich rufen. Ich habe ihn ins Haus gehen, aber nicht wieder herauskommen sehen, denn du bist er!

»Mit dem Fahrstuhl kann man direkt in die Tiefgarage fahren, das ist sehr praktisch«, fährt »Jérôme« fort und nippt an seinem Wodka.

Also hätte ich Johnny doch verpassen können. Aber warum

versucht er, mir das einwandfrei zu beweisen, wenn er mich nicht unbedingt glauben machen will, dass ich ihn tatsächlich verpasst habe? Bo, meine Liebe, du stehst vor einer schwierigen Aufgabe. Klein deutet auf die Kristallkaraffe und fragt:

»Noch einen Whisky?«

»Nein, danke, ich fürchte, der Alkohol steigt mir schon zu Kopf.«

Er lächelte mich freundlich an, während er sich nachdenklich durch den Bart fährt.

»Ich hoffe, mein Bruder hat nicht irgendeine Ungezogenheit begangen ...«

Nein, wo denkst du hin! Er hat mir nur erst kürzlich den Arm gebrochen und mit meiner besten Freundin, einem dicken Transvestiten, geschlafen. Hör auf, Bo. Jérôme existiert nicht, du sprichst gerade mit Johnny, der sich gründlich über dich lustig macht.

Nur undeutlich ist das Geräusch hupender Autos zu vernehmen. Die Wohnung muss sehr gut schallisoliert sein. Krampfhaft suche ich nach einem Gesprächsthema.

»Eigentlich bin ich gekommen, um mit ihm über seine Freundin Maeva zu sprechen.«

»Maeva?«

»Eine Freundin von mir, die kürzlich umgebracht wurde.«

Schweigen, dann:

»Und was hat Jonathan damit zu tun?«

»Wir meinen beide doch den gleichen Jonathan, oder?«

»Das weiß ich nicht, meine Liebe. Wie ist denn Ihr Jonathan?«

»Er ist Kellner im Ambassador.«

Ein leichtes Flattern der Augenlider.

»In diesem Fall sprechen wir von der gleichen Person. Aber Jonathan ist sehr verschlossen. Ich weiß nur wenig von seinem Leben.«

»Aber er lebt doch hier, nicht wahr?«

»Wenn man so will.«

Eine wahrhaft sibyllinische Antwort. Kann es sein, dass Jonathan, kaum dass er seinen Fuß über die Schwelle setzt, zu Jérôme wird? Ich trinke einen Schluck, mein Mund ist ganz trocken, ich könnte nicht einmal sagen, wie der Whisky schmeckt. Ich suche nach einem neuen Angriffspunkt.

»Wann kommt er zurück?«

»Das weiß ich nicht.«

Noch einen Schluck Whisky. Und wenn er etwas hineingetan hat? Aber nein, das hier ist schließlich kein *James-Bond* – Film. Bei *James Bond* befände sich in meinem rechten Ohrring ein Granatwerfer, und ich würde mich nicht fragen, was es mit meinem immer intensiver werdenden unguten Gefühl auf sich hat. Ich habe eine Idee.

»Leben Sie hier mit Jonathan zusammen?«

»Die meiste Zeit, ja. Da Sie so neugierig sind ... wollen Sie vielleicht sein Zimmer sehen?«

»Gerne, wenn es Ihnen keine Umstände macht?«

»Ganz im Gegenteil.«

Er erhebt sich, leert sein Glas und drückt sorgfältig seine Zigarre in einem Jadeaschenbecher aus. Ich habe Angst. Ich stehe auf. Ich fühle mich merkwürdig. Ich weiß nicht mehr, woran ich bin. Ich verspüre das zwingende Verlangen, von hier zu verschwinden. Ich will nicht wissen, wer Jérôme Klein ist. Ich will gehen.

Ich gehe nicht.

Ich folge ihm zu einer geschlossenen Tür aus weißem Holz, die mit einer großen Metallklinke versehen ist. Irgendetwas stimmt nicht an dieser Tür. Sie ähnelt einer ...

»Bitte, treten Sie ein.«

Sie ähnelt einer ... o mein Gott! ... der Tür eines Kühlraums!

Sein heiteres Gesicht, seine Lippen, die sich zu einem schlangenähnlichen Zischen verziehen. Johnny! Nein!

KAPITEL 13

Mir tut der Kopf an der Stelle weh, auf die er mich geschlagen hat. Die Wunde, die ich mir zugezogen hatte, als ich gegen die Straßenlaterne schlug, muss wieder aufgeplatzt sein. Es fühlt sich feucht und klebrig an. Mir ist kalt. Es ist stockfinster. Ich setze mich im Dunkeln auf. Ich schlottere vor Kälte. Krampfhafte Zuckungen, die ich nicht kontrollieren kann, durchlaufen meinen Körper. Ich ziehe die Jacke ganz fest um mich und versuche, nicht mit den Zähnen zu klappern. Blut rinnt mir warm über die Stirn. Ich sehe nichts. Die Dunkelheit ist undurchdringlich. Ich befinde mich in einem fensterlosen Raum. Es herrscht totale Finsternis. Ich berühre den Boden: er ist gefliest. Die Wand: gefliest. Ein dunkler, gefliester Raum, der hermetisch verschlossen ist.

Und eiskalt. Ein Kühlraum. *Johnnys Raum.*

Das ist nicht möglich. Ich bin wirklich eine komplette Idiotin. Ich schließe die Augen und rede mir ein, dass ich das Ganze nur träume. Meine Augenlider öffnen sich von allein. Denk nach, Bo, denk nach, lass dich nicht von den verrückten Gedanken überwältigen, die dir in deinem jetzigen Zustand durch den Kopf schießen. Das Problem ist, wenn ich anfange nachzudenken, erscheint mir plötzlich alles sonnenklar …

Satzfetzen fallen mir wieder ein.

Farida: »Er trug Jeans.«

Johnny: »Hast du Bull nicht mit dem Baseballschläger zu Tode geprügelt?«

Stéphanie: »Er wollte uns was zu trinken spendieren.«

Der Pastor: »Louisette Vincent erinnert sich an einen blonden Mann mit blauen Augen, der Maeva häufiger besuchen kam.«

Ich schließe die Augen und sehe die Ereignisse in einem ganz neuen Licht. Es will mir mit aller Macht über die Lippen, so dass ich fast mit lauter Stimme vor mich hin spreche.

Johnny erwähnte mir gegenüber den Baseballschläger. Den Baseballschläger, mit dem er zuvor Bull getötet hat. Ja, als wir uns an jenem Abend auf der Straße begegneten, hatte er gerade einen Mord begangen. Und ich habe nichts gesehen, nichts gespürt. Kein Flackern in seinen Augen, keine Donnerschläge am Firmament. Oh, die erstaunlichen Vorzüge der Masken, die wir Menschen uns aufsetzen!

Ein fleckiger Fliesenboden. Was war auf der anderen Hälfte des Fotos zu sehen?

Bull, das Auge am Sucher, fotografiert ein Zimmer voller Blut. Schnell, schnell, Bull. »Er« kann jederzeit zurückkommen. Schnell, bring die Fotos zur Polizei, kassier die Belohnung. Aber nein, keine Zeit, gerade mal so viel Zeit, um mit einem Baseballschläger zu Tode geprügelt zu werden. Gerade so viel Zeit, um zu sehen, wie dein Freund Johnny sich lächelnd über dich beugt, weil er sich freut, dich zu töten. Bull, dieser Idiot, genauso unvorsichtig wie Blaubarts Frau, zu schwerfällig und geschwätzig.

Und du, mein von ganzem Herzen geliebter Johnny, mein von meinem gequälten Herzen geliebter Johnny, du versteckst dich unten im Fahrradkeller, wartest, bis jemand die Leiche entdeckt, und tust dann so, als ob du gerade nach Hause kämst. Alles läuft bestens für dich, du räumst alle Hindernisse aus dem Weg. Wie Maeva. Maeva, deren einziger Fehler es war, zur falschen Zeit am falschen Ort aufgetaucht zu sein. Weil du besoffen bist, lädst du eine alte Transe auf ein Glas ein, und an dem Abend, an dem du auf Marlène losgehst, wen siehst du da in der Fahrerkabine eines Lkws?! Ob sie dich wohl wieder erkannt hat? Könnte es sein, dass sie sich später an dich erinnert? Du kannst dieses Risiko nicht eingehen. Ihr seid zwei Wochen zuvor etwas trinken gewesen, da ist es doch völlig normal, dass man mal anruft, um ein bisschen zu plaudern, oder? Du nimmst den Hörer, du umschmeichelst sie ein wenig, und dann sagt sie, naiv und vertrauensselig wie sie war: Komm doch vorbei, mein Lieber. Das bedeutete das Ende für Maeva.

Und die alte Louisette? Hatte sie dich bei Maeva gesehen? Kein Problem. Adieu, Louisette. Doch das war umsonst, denn sie hatte noch Zeit, mit dem Pastor zu sprechen. Das ist es, Bo, du hoffst jetzt am besten auf den Pastor …

Ich bin unsäglich müde. Ich möchte meine Finger in die Wunde auf meinem Kopf tauchen, mein erschöpftes Gehirn packen und es wie einen Schwamm ausdrücken, es von all diesem Schmutz, der Angst, der Anspannung säubern. Meine Gedanken entgleiten mir. Sie wirbeln umher wie Irrlichter auf einem Friedhof.

Und der Tahitianer? Welche Rolle spielt Maevas Sohn in dieser Geschichte? O nein, was war ich bloß für eine Idiotin! Er hat es dir doch selbst gesagt, Bo, erinnere dich: »Das werde ich dir heimzahlen.« Robert Makatea, dem der Pastor erzählt hat, dass mein Name an der Wand stand. Robert, der beschlossen hat, für Gerechtigkeit zu sorgen, indem er den Mörder seines Vaters umbringt: mich, das Miststück. Deshalb hat Maeva sich auch damals in der Nacht versteckt, als Stéphanie und sie ihm begegneten. Sie wollte nicht, dass ihr Sohn sie sieht. Sie schämte sich. Doch warum will er, der auf seinen Transvestiten-Vater so wütend war, sich rächen? Das ist eine der Fragen, auf die ich wahrscheinlich nie eine Antwort bekommen werde.

Und wenn er doch der Mörder ist? Wenn dieser Raum nur eine weitere absonderliche Facette von Johnnys Wesen ist? Ein Ort, der seine Seele widerspiegelt: düster und kalt und ohne Liebe.

Ich versuche es mir mit aller Macht einzureden.

Wenn Bull Robert Makatea fotografiert hat, dann deshalb, weil Derek ihn damit beauftragt hat. Mein kleines Gedankenspiel von vorhin könnte also stimmen. Robert, der von dem unwiderstehlichen Drang zu töten besessen ist – ausgelöst durch ein schweres Trauma, das er erlitt, als er erfuhr, dass sein Vater ein dicker, heiterer Transvestit ist –, mordet wahllos: Prostituierte, Marléne, Derek, seinen eigenen Vater, Bull und Louisette. Und dann bin ich an der Reihe, weil er sich in mich verliebt hat und dieser Regung, die seiner Ansicht nach widernatürlich ist, nicht nachgeben will. Glücklicherweise sperrt Johnny mich ein und rettet mich auf diese Weise vor dem unstillbaren Tötungsverlangen Roberts. Der Pastor schießt Robert mit einer Armbrust nieder. Johnny und ich heiraten und bekommen viele kleine, zweischwänzige Monster. Ende der Geschichte. Das Publikum applaudiert. Ach nein, das habe ich mit der Erde, die auf mein Grab prasselt, verwechselt.

Scheißescheißescheißescheiße …

Mir tut der Schädel weh. Ich glaube, das ist weniger auf die Kopfverletzung zurückzuführen als auf mein unwiderstehliches Verlangen, einfach loszuheulen. Als Kind tat mir immer der Schädel weh. Am liebsten hätte ich ihn mit einem Dosenöffner aufgemacht und den Kummer und die Wut herausgeholt. Die Angst. Doch das war nicht möglich. Alles war miteinander verwachsen wie meine vor Schmerz zusammengebissenen Zähne.

Weil Bull diesen Raum gesehen hat, ist er tot. Und auch ich werde sicherlich sterben.

Ich lehne mich, die Arme eng um meinen Oberkörper geschlungen, vor Kälte schlotternd an die Wand. Irgendetwas in diesem Zimmer riecht. Ich schnuppere. Es ist ein schwacher, aber unangenehmer Geruch. Er erinnert mich an den Vogel, der mal in meinem Zimmer starb, ohne dass ich es merkte, weil er unter meinem Bett versteckt lag. Ein süßlicher Geruch.

Wird er mich hier erfrieren lassen? Eine Statue aus Eis am Ufer des Mittelmeers. Angeblich spürt man nichts, wenn man erfriert. Man schläft ein. Pervers, wie er ist, wäre er durchaus in der Lage, mir einen schmerzhaften Tod zu schenken.

Ich habe Angst.

Angst, in dieser kalten Dunkelheit zu sein. Angst, nach und nach das Bewusstsein zu verlieren, wohl wissend, dass ich niemals mehr aufwachen werde. Angst, zu wissen, dass ich gerade meine letzten lichten Momente erlebe, dass es dunkel werden wird, drinnen wie draußen. Zum ersten Mal in meinem Leben fürchte ich mich nicht vor dem, was man mir antun wird, sondern davor, dass ich nichts mehr spüren werde.

Ich weiß nicht, wie lange ich schon hier bin. Man hat mir weder etwas zu essen noch zu trinken gebracht. Ich bin eingeschlafen, aufgewacht, wieder eingeschlafen ... Mir wird klar, dass auf keinen Fall die kälteste Temperatur eingestellt sein kann, denn sonst wäre ich schon tot. Man hat sie gerade so niedrig eingestellt, dass mir entsetzlich kalt ist. Ein Kühlraum in einem Luxusappartement. Wozu? Hinter der Antwort auf diese Frage kann sich nur etwas Entsetzliches verbergen.

Ich zwinge mich, mich systematisch zu bewegen, mich hinzustellen und Kniebeugen zu machen: hundertmal. Armekreisen: hundertmal. Liegestütze: hundertmal. Ich versuche, die Sekunden zu zählen, die Minuten, doch ich komme durcheinander.

Ich konnte es nicht länger aushalten, ich habe auf den Boden uriniert, anfangs war es ein angenehm warmes Gefühl, doch dann wurde es eisig. Ich rutsche an der gefliesten Wand ein Stück weiter. Inzwischen habe ich großen Durst. Wenn ich meinen Speichel schlucke, brennt es im Hals. Meine Lippen fühlen sich wie alte Pappe an. Ich bin schwach geworden. Es fällt mir immer schwerer, meine Übungen zu machen. Ich zittere kaum noch. Ich spüre die Kälte bis in die Knochen, und gleichzeitig glüht meine Haut. Ich habe bestimmt Fieber.

Mein Haar ist mit Eiskristallen überzogen.

Es ist, als würde man am Ufer des Meeres im Schnee sterben. Will er mich verhungern lassen? Ohne ein letztes Mal mit mir gesprochen zu haben? Ohne dass ich ihn ein letztes Mal sehen darf? Oh! Der Wunsch des bei lebendigem Leib Eingeschlossenen, seinen Henker noch ein letztes Mal zu sehen!

Mossa hatte Recht: Ich werde meinen dreißigsten Geburtstag nicht mehr erleben. Meine Großmutter wird keine Besuche mehr von Elsa bekommen. Ich werde meinen Vater niemals wieder sehen. Diana wird zu Prinz Charles sagen: »Merkwürdig, es ist schon einige Zeit her, dass ich die kleine Bo gesehen habe ...« Linda wird weinen und denken, mir sei etwas zugestoßen. Stéphanie wird sicher eine neue Freundin finden. Ich bin sowieso zu nichts nütze. Mein einziger Lebenszweck bestand doch darin, für Johnnys Unterhaltung zu sorgen, oder?

Ein surrendes Geräusch. Die Tür? Nein, leider nicht! Mit einem Knistern springt ein schwaches bläuliches Licht an der Decke an. Ich blinzele. Der Raum ist in ein milchiges Dämmerlicht getaucht. Hat er es eingeschaltet, um mir Hoffnung zu machen?

Zum ersten Mal sehe ich mich um, blicke unter meinen eisverkrusteten Wimpern hervor. Es ist tatsächlich ein Kühlraum mit einer Abflussrinne, die an den Wänden entlangläuft, mit Rohren, einer gefliesten Hackbank. Und einer Rinderhälfte, die mir gegenüber an einem Haken hängt.

Außer dass Rinderhälften keine Pumps tragen.

Mein Herz bleibt stehen, schlägt wieder weiter. Ich will es nicht sehen. Doch ich schaue hin, krieche auf allen Vieren hinüber wie ein Tier, und wie ein Tier hebe ich ängstlich den Kopf.

Als Erstes sehe ich geschwollene Knöchel voller blauer Flecke, dann die Beine. Sie haben keine Farbe mehr, sondern ähneln eher schmutzigem Plastik. Die Oberschenkel weisen tiefe, aschfahle Einschnitte auf. Dichtes, braunes Schamhaar, mit Eiskristallen überzogen.

Ich zwinge mich, weiter nach oben zu schauen. Ich höre, wie meine Zähne unkontrolliert aufeinander schlagen, doch nicht vor Kälte.

Der Bauchraum ist bis zu den Brüsten geöffnet. Offen und leer.

Ich krümme mich zusammen, um diesem Anblick zu entgehen. Dabei schlägt mein Kopf gegen einen der Schuhe, und der Leichnam dreht sich langsam um seine eigene Achse. Das Gesäß und der Rücken weisen Schwellungen auf. Langes blondes, offenes Haar hängt zwischen den Schulterblättern herab. Ich schließe die Augen und werde sie nie mehr aufmachen.

Ich öffne die Augen doch wieder. Entlang des Halses eine kastanienbraune Kruste, und über einem abscheulich verzogenen Mund starren mich die Augen von Elvira an.

Ich rolle mich auf dem Boden zusammen und schlage mit der Stirn auf die Fliesen.

Nun sehe ich auch die Metzgerwerkzeuge an der Wand, sehe das getrocknete Blut in der Abflussrinne, rieche das verfaulende Fleisch.

Ich weiß, dass ich in Johnnys geheimes Territorium vorgedrungen bin. Er hat die letzte Stufe erreicht, die, mit der auch mein Vater licbäugelte: den Kulminationspunkt des Wahnsinns!

Ich krieche in meine Ecke zurück, kauere mich in den entferntesten Winkel, verberge mein Gesicht zwischen den Knien. Ich bin acht Jahre alt, und der Schmerz wird kommen. Ich bin zehn und spüre, wie ich mich verkrampfe, wenn der Schmerz kommt. Ich bin zwölf, und ich liebe den Schmerz. Ich bin vierzehn und kann alles, ohne auch nur das geringste Anzeichen von Schwäche zu zeigen, ertragen. Ich bin achtundzwanzig, und mir läuft beim Anblick dieses Leichnams der Rotz aus der Nase. Ich will ihn nicht sehen.

O Johnny, hör auf, hör auf, ihnen wehzutun! Nimm mich, mich, die zu nichts nutze ist, vergnüge dich an meinem Fleisch, vierteile mich, doch lass die anderen in Ruhe!

Seit Stunden sitze ich wie ein Häufchen Elend schlotternd in der Ecke, Fieber und Kälte vermischen sich, machen mich benommen. Es fällt mir immer schwerer, die Augen offen zu halten. Ich bin felsenfest davon überzeugt, dass Elvira mich ansieht. Ihre starren Augen sind auf mich gerichtet, ihr Mund ist zu diesem nicht enden wollenden Schrei geöffnet.

Das blaue Licht ist erloschen. Ich bin mit Elvira in der Dunkelheit allein. Ich schlafe immer häufiger und immer länger ein. Ich träume. Doch wovon? Ich erinnere mich nicht. Wenn ich doch nur träumen könnte, dass es warm ist, dass ich bei Linda und in Sicherheit bin, dass wir Champagner trinken mit Maeva und den Mädchen, dass Elvira in ihrem für sie typischen Latex-Outfit in die Straße einbiegt. Doch das gelingt mir nicht. Meine Träume jagen mir Angst ein, lassen mich schwer atmend und mit vor Entsetzen gesträubten Haaren hochfahren, doch ich kann mich an nichts erinnern.

Ich bin in dem dunklen Zimmer meiner Kindheit, außerhalb der Zeit, außer Reichweite, praktisch außerhalb des Lebens.

Das Bewusstsein meiner selbst reduziert sich auf die Empfindungen meines Körpers. Als ich meine pergamentähnlichen Lippen auf meinen Arm lege, weiß ich, dass ich einen Arm habe, Haut, Lippen. Alles andere hat sich in der Kälte aufgelöst. Bo? Jemand, den ich kannte. Sie ist gegangen. Weit weg. Ich bin nicht mehr Bo. Ich bin ich. Ein Pulsieren.

Ein merkwürdiges Gefühl. Mit Mühe öffne ich die Augen. Gleißendes Licht blendet mich. Die Augenlider schließen. Sie ganz langsam wieder öffnen. Mein Kopf liegt auf einem haarigen, cremefarbenen Etwas. Einem Hund? Es riecht nicht nach Hund, es atmet nicht. Ein Teppich. Ich kann die Beine eines Sofas und blank polierte Schuhe erkennen. Die Schuhe werden mir sicher gleich ins Gesicht treten, ich beiße die Zähne zusammen, aber die Schuhe rühren sich nicht vom Fleck.

Es ist warm! Das ist das merkwürdige Gefühl. Die Hitze. Neben meiner Wange spüre ich Wasser. Von dem Eis, das schmilzt. Eine Hand in einem blauen Lederhandschuh packt mich am Kragen und hebt mich wie ein Bündel schmutziger Wäsche hoch. Meine Beine sacken weg. Ich werde auf das Sofa geworfen, mir bleibt fast die Luft weg. Ich sehe hoch: »Jérôme Klein« steht vor mir.

Er trägt seinen marineblauen Hausmantel, darunter ein weißes Hemd und anthrazitfarbene Hosen. Seine Hände, die in blauen Lederhandschuhen stecken, ruhen auf seinen Knien wie zwei zahme Vogelspinnen. Ich versuche, meine Gedanken zu ordnen, mich zu sammeln. Wegen des grellen Lichts muss ich immerzu blinzeln. Meine Gliedmaßen brennen wie Feuer, denn das Blut fängt an zu pulsieren. Ich sehe die Frostbeulen auf meinen Händen. Der Schmerz in meinem Handgelenk ist nur noch eine ferne Erinnerung, denn nun läuft glühende Lava unter meinem Gips entlang. Mir fällt auf, das ich kurz und hechelnd atme wie ein Hund, ein völlig verdreckter, durchnässter und zitternder Hund, der auf einem cremefarbenen Chesterfield-Sofa kauert.

Jérôme Klein trinkt Tee aus einer chinesischen Porzellantasse. Die Teekanne dampft. Toastscheiben sind auf einem Teller angerichtet. Wie lange habe ich nichts gegessen?

»Ich habe den Eindruck, mein Bruder ist nicht gerade sehr freundlich mit Ihnen umgegangen«, sagt Klein zuckersüß.

Mein Brustkorb krampft sich zusammen. Ich will nicht mit Klein sprechen, ich will mit Johnny reden, ich will Johnny!

»Möchten Sie eine Scheibe Toast?«, fährt er fort. »Eine Tasse Tee?«

Ich antworte nicht. Meine Zunge klebt mir am Gaumen, meine Eingeweide krampfen sich zusammen, doch ich will ihm dieses Vergnügen nicht machen. Ich will nicht, dass Klein mich füttert.

»Möchten Sie vielleicht wieder in den Raum zurück?«

Ich sehe ihm in die Augen.

»Wiieee Siieee wooolleeen ...«

Meine Stimme zittert, raut meinen Mund auf und klingt in dem eleganten Wohnzimmer wie das Geblöke eines Opferlamms. Ich sehe, wie seine Finger, die den filigranen Henkel der Tasse umschließen, sich bei meinen Worten verkrampfen. Hat er vielleicht geglaubt, ich würde ihn anflehen?

Ich weiß, dass er mich dorthin zurückbringen wird, und dass es noch schlimmer sein wird, nachdem man das Licht, die Wärme und das Essen genossen hat, noch schlimmer, wenn sich die Tür wieder schließt und ich allein mit dem verwesenden Leichnam zurückbleibe.

»Ach, bitte, mir zuliebe ...«

Er schenkt eine Tasse Tee ein und reicht sie mir. Ich kann sie kaum halten, zittere so stark, dass ich die Hälfte verschütte. Er füllt die Tasse erneut, erhebt sich und kommt näher. Ich warte auf die Ohrfeige. Er führt die Tasse an meine Lippen und flößt mir den Tee ein. Ich trinke!

Schmerzhaft rinnt der Tee durch meine Kehle, ich schlucke, verschlucke mich, hole nach jedem Tropfen tief Luft, lasse die Flüssigkeit durch meinen fiebrigen Gaumen laufen. Die Tasse ist leer. Er stellt sie ab.

Er nimmt einen Lachstoast, öffnet meine Lippen mit seinen behandschuhten Fingern. Er legt seinen Zeigefinger auf mein Zahnfleisch, dann, langsam, auf meine Zunge. Ich mache den Mund wieder zu, und meine Lippen umschließen seinen Finger in der Enge meines Mundes. Wird er mir die Zunge herausreißen?

Er zwingt meinen Kiefer auseinander und lässt mich vom Toast abbeißen. Immer nur ein kleines Stück. Er hat mich fest an den Haaren gepackt. Als ich alles gegessen habe, lässt er mich los. Ich hätte es gern, wenn er mich noch einmal so festhielte, mit der Strenge eines wohlwollenden Meisters. Aber er ist kein wohlwollender Meister. Er ist ein gefährlicher Irrer, der mich bei lebendigem Leib zerstückeln wird. Die Inkarnation meiner Albträume. Und ich weiß nicht, ob ich imstande bin, mich ihnen zu stellen.

Er beobachtet mich. Ein bärtiger Johnny mit dunklen Augen.

»Also, geht doch ...«, sagt er. »Was sollen wir nur mit Ihnen machen?«

Ich sehe, wie meine Finger zwischen meinen Schenkeln zu zittern anfangen. Fieberschübe durchlaufen meinen Körper.

Er packt mich erneut an den Haaren, zerrt mich hoch und hinter sich her. Ich versuche zu laufen, doch meine Beine geben nach. Meine Knie schleifen über den Boden. Er zieht mich mit einer Leichtigkeit hinter sich her, als würde ich nichts wiegen. Ich fühle mich ihm vollkommen ausgeliefert. Unterworfen. Ein Objekt.

Fliesenboden, Panikattacke, doch dann sehe ich eine Badewanne, einen Spiegel. Es ist ein Badezimmer.

Er zieht mir den Blouson aus, riecht voller Ekel an ihm und

wirft ihn auf den Boden. Er nimmt eine Schere und beginnt, meine Kleidungsstücke zu zerschneiden. Die Klingen berühren meine Haut. Ich rechne jede Sekunde damit, sie in mein Fleisch eindringen zu spüren. Doch nichts geschieht.

Er legt die Schere beiseite, schält mich aus meiner Jeans, wie man einem Kaninchen das Fell abzieht, streift mir das Sweatshirt und den schmutzigen Slip ab. Ich bin nackt.

Ich sehe mich im Spiegel: ein kleiner, Mitleid erregender Haufen Knochen, die Haare wirr, das Gesicht mit Rotz und Schminkresten verschmiert, eine mit dunklen Stoppeln übersäte Wange, winzige Brüste, besudelte Schenkel, das Geschlecht klein und verschrumpelt unter einem Büschel dunkler Haare verborgen. Ein kleiner, zitternder, vollkommen verschreckter Haufen Knochen.

Er hebt mich hoch, setzt mich in die Badewanne, die mit einer ultramodernen Dusche ausgestattet ist, und stellt das Wasser an. Überall, wo der Strahl mich trifft, habe ich das Gefühl, verbrüht und geschlagen zu werden. Ich rolle mich in der Wanne zusammen, ich spüre seine behandschuhten Hände, die mich einseifen. Das ist nicht Johnny, Johnny wollte mich niemals berühren! Liebt er, Klein, Männer? Habe ich womöglich eine Chance?

Er duscht die Seife ab. Seine Handschuhe hören nicht auf, mich anzufassen. Er streift flüchtig meine Genitalien und drückt sie plötzlich so fest zusammen, dass ich vor Schmerz unwillkürlich stöhne. Er lächelt mich an, seine Zähne schimmern weiß hinter dem braunen Bart. Er verstärkt den Druck, zitternd knie ich in der Wanne, bin ihm, seiner kräftigen Hand, vollkommen ausgeliefert.

»Sie sollten sich für die Umstände, die Sie uns machen, entschuldigen«, sagt er höflich.

»Ich ... ent-schuldige mich«, stammle ich.

Er schnalzt zustimmend, lockert aber nicht seinen Griff.

»Gut, ich will Ihnen nämlich nicht die Zunge einseifen müssen«, fährt er mit einem genießerischen Lächeln fort.

Ich sehe eine herausgerissene Zunge, einen weit offenen Mund, ein gähnendes, blutendes Loch. Er lässt mich los, meine Hoden ziehen sich zusammen.

Er holt mich aus der Badewanne, hüllt mich in einen weißen Frotteebademantel, setzt mich auf einen Hocker mit Volants, der vor einem Spiegel mit vielen kleinen Halogenscheinwerfern steht. Während ich jede seiner Bewegungen aufmerksam beobachte, sage ich mir, dass die Wohnung aussieht, als würde eine Frau hier leben. Hier ist nichts von Johnnys Grobheit zu spüren. Erlesene Stoffe, kostbarer Nippes, Stilmöbel. Wo sind die Pizzakartons voller Ungeziefer? Hier ist alles weiß. Ein Eispalast.

Er greift mit seiner behandschuhten Hand nach einem schwarzen Gegenstand und klappt ihn auseinander, es ist ein Rasiermesser. Ich habe das Gefühl, meine Haut zieht sich zusammen. Er beugt sich über mich und rasiert mir sanft die linke Wange. Das Ausbleiben der Gewalt, die Angst vor dem Augenblick, wo sie ausbricht, das Warten … Das peinigt mich mehr.

Er rasiert mich sorgfältig und ohne den kleinsten Kratzer. Dann legt er das Rasiermesser beiseite und öffnet einen Kosmetikkoffer, in dem sich verschiedene Produkte befinden.

»Sie sollten sich etwas herrichten«, meint er zu mir. »Das wäre für alle angenehmer.«

Als sei es meine Idee gewesen, in einen Kühlraum gesperrt zu werden! Zum ersten Mal steigt die Wut in mir hoch. Dieser Hampelmann mit zu viel Pomade im Haar ist nicht Johnny, sondern erinnert mich eher an einen Kammerdiener aus einer Operette.

Ich greife mit der rechten Hand nach den kleinen, wohlriechenden Tiegeln, der Schminke, den seidenweichen Pinseln. Meine Hand zittert nicht mehr so stark, und als ich mich konzentriere, gelingt es mir, mich zurechtzumachen und zu schminken. Meine Augen, meinem Mund. Man könnte mich beinahe als hübsch bezeichnen. Nur diese riesigen violetten Schatten unter meinen Augen gelingt es mir nicht zu kaschieren.

Klein legt seine Hände auf meine Schultern.

»So ist es besser, viel besser. Folgen Sie mir.«

Ich gehorche.

»Gefällt es Ihnen?«

Er deutet auf ein schwarz glänzendes, hautenges Kleid, das nachlässig über einem Stuhl hängt. Ich nicke zustimmend. Er ist mir beim Anziehen behilflich und zieht den Reißverschluss zu. Das Rascheln der Seide auf meiner fahlen Haut. Er reicht mir ein Paar strassbesetzte Sandaletten, tritt, die Augen kritisch zusammengekniffen, einen Schritt zurück, um mich zu begutachten. Dann zieht er aus seiner Tasche ein mit Samt bezogenes Etui hervor. Es enthält ein Collier aus Rubinen, falsche, nehme ich an. Er legt es mir um, seine Finger nesteln am Verschluss. Ich kann mich im Spiegel an der Tür betrachten.

Nun bin ich kein verängstigtes und ausgemergeltes Tier mehr, das man im Rinnstein aufgelesen hat, sondern eine prächtig ausstaffierte Zirkusattraktion. Eine Scarlett O'Hara, bereit, der Nordstaaten-Armee die Stirn zu bieten. Ich recke das Kinn vor und sehe ihm direkt in die Augen. Er wirkt zufrieden.

»Gut. Wirklich. Sie werden die Königin meines Abends sein!«

Seine Worte hallen unheilvoll durch das Zimmer. Er legt eine CD ein. *I Pagliaci* von Léoncavallo, gesungen von Caruso. Caruso starb mit 48 Jahren, Mozart mit 36, Bo-die-Hure empfiehlt sich möglicherweise mit 28. »*Ride, Pagliacio* ...« Die Stimme erhebt sich, und ihr Klang breitet sich im Zimmer aus. Fast möchte ich Johnny sagen: Warte noch ein bisschen und hör zu, doch er löst den seidenen Gürtel seines Hausmantels und öffnet ihn. Über seinem weißen Leinenhemd trägt er eine Schürze. Eine blutbefleckte Metzgerschürze. *E finita la commedia!*

»Heute Abend werden wir unsere Hochzeit feiern. Das ist es doch, was Sie sich wünschen, nicht wahr, Bo?«, erkundigt er sich in blasiertem Ton.

Ich fühle, wie die Wut in mir hochsteigt. Dieses idiotische Theater! Dieses Kleid! Diese dem Anlass angemessene Musik! Ach, all das ist so abgedroschen! Ein schlechter Film, ein schlechter Trip. Ich gehe auf meinen hohen Absätzen unsicher schwankend auf ihn zu und sage ganz ruhig zu ihm:

»Ich will mit Johnny vögeln, nicht mit dir.«

Er zwinkert mit den Augen.

»Tss-tss, wie vulgär! Solche Ausdrücke gehören sich nicht für ein junges Mädchen!«

»Scheißkerl!«

Seine Faust schießt so schnell vor, dass ich sie nicht kommen sehe. Sie landet auf meiner linken Gesichtshälfte, und ich falle rückwärts auf den Tisch. Er ist mir überlegen und bereit, mich ein weiteres Mal zu schlagen. Ich richte mich auf, mein Mund streift die fleckige Schürze.

»Na, mach ich dich heiß, du Mistkerl?«

Ein weiterer Fausthieb auf die gleiche Stelle, Blut auf dem Tisch. Er packt mich im Nacken wie ein Kätzchen und zieht mich hoch. Ich habe nichts mehr zu verlieren. Ich kralle mich in seinen schwarzen Haaren fest und ziehe mit aller Kraft. Die Perücke löst sich an einigen Stellen, ein paar blonde Haarsträhnen kommen zum Vorschein, er stößt mich von sich, und ich schlage gegen die Wand.

Er ist wütend.

»Weißt du was, Johnny, mein Liebling, mit deiner schief sitzenden Perücke könnte man dich leicht für eine alte Schwuchtel halten …«

Ich denke: Na los, komm schon, töte mich, bringen wir es hinter uns, du glaubst, ich sei dir auf Gnade oder Ungnade ausgeliefert, dabei bist du mir ausgeliefert, endlich kann ich dich lieben und es dir sagen, und du kannst nichts anderes tun als mich umbringen, weiter nichts, du hast verloren, Johnny, du hast verloren!

Er nimmt die Perücke ab, legt sie auf die Kommode, zieht den Arm hinter seinem Rücken hervor, und zum Vorschein kommt ein funkelndes Beil.

Das Hackbeil.

Obwohl mein Körper in diesem Augenblick am liebsten zu Boden sinken möchte, zwinge ich mich, aufrecht und mit hoch erhobenem Kopf stehen zu bleiben. Mit krächzender Stimme, die hoffentlich sarkastisch klingt, frage ich ihn:

»Was willst du damit machen, Johnny? Mich bei lebendigem Leib in Stücke teilen? Und mit mir schlafen, wenn ich tot bin?«

Er wirft mir einen vernichtenden Blick zu.

»Ich habe dir nicht erlaubt zu sprechen, Bo!«

Johnny, endlich! Ich erkenne ihn an seiner Stimme wieder, die hart und brutal klingt. Und er duzt mich. Ich halte seinem Blick stand und sehe ihn herausfordernd an.

»Du brauchst mir nur die Zunge herauszureißen!«

Er bewegt sich kaum merklich, und ich spüre einen kalten Hauch auf meinem Oberarm. Ich sehe hin. Eine rote Spur zieht sich über meinen Gips. Und dann merke ich auch schon den Schmerz. Heftig und brennend.

Ich betrachte den Unbekannten, der mir gegenübersteht, zur Hälfte Klein, zur Hälfte Johnny.

»Beeindruckend. Ein echter Spezialist. Sag mal, Liebling, ich dachte, du hast es nur auf richtige Frauen abgesehen ... Du hast sofort von Marlène abgelassen, als du merktest, dass du an einen Mann geraten warst. Wie komme ich also zu der Ehre?«, erkundige ich mich und deute dabei auf das Beil.

»Weil du Klein gefällst«, sagt er mit Grabesstimme.

Und bricht in schallendes Gelächter aus.

Er senkt den Kopf und hält sich eine Hand vor die Augen. Ich verstehe nicht, was das soll. Doch als er sich wieder aufrichtet, sehe ich, dass er keine Kontaktlinsen mehr trägt.

»So, genug gescherzt«, meint er und legt die Linsen sorgsam in eine Perlmuttschachtel. »Du hast es mir wirklich geglaubt, was? Das mit der Persönlichkeitsspaltung?! Klein, der auf Männer steht, und Johnny, der Frauen umbringt ... Ein Fall wie aus dem Lehrbuch.«

Er zieht sich den Bart ab, die Überreste des Klebers sind auf seinen blonden Wangen zu sehen. Johnny, der mich mit einem zufriedenen Lächeln auf den Lippen ansieht. Ich zuckte die Achseln, bleibe aber hartnäckig:

»Du hast meine Frage nicht beantwortet.«

»Ich muss dir nicht antworten. Ich stelle hier nämlich die Fragen.«

»Ach, wir spielen Polizist. Hast du nichts Originelleres auf Lager?«

Er lächelt hinterhältig.

»Oh! Aber natürlich, Bo, ich habe zig Sachen ganz speziell für dich in Reserve!«

Ich gehe mit wiegenden Hüften auf ihn zu, so nah, dass ich ihn berühren kann. Seine Lippen sind nur wenige Zentimeter von den meinen entfernt. Die Spitzen meiner Brüste streifen seinen Oberkörper. Ich berühre mit meinen Lippen die weiche Haut seines Halses und flüstere:

»Ich liebe dich.«

»Nein!«, schreit er und schlägt mich in den Magen.

Ich krümme mich zusammen, klammere mich an seine Beine, vergrabe meinen Kopf zwischen seinen Schenkeln. Mein Mund. Die blutverschmierte Schürze. Er schlägt um sich und stößt undeutliche Schreie aus. Ich weiß, dass das Hackbeil auf meinen Schädel niedersausen wird, aber ich presse meine Lippen noch immer auf seinen Körper, auf sein Fleisch, das ihm nicht gehorcht, er schreit: »Nein, nein!« Er lässt sich auf das Sofa fallen. Ich glaube, er weint. »Nein, nein!« Er biegt seinen Körper nach hinten, doch ich klebe noch immer an ihm.

Unbeweglichkeit. Zwei keuchende Körper. Mein Kopf ruht in seinem Schoß. Seine Hand hält das Beil in Höhe meiner Augen umklammert, weiße Fingerknöchel. Ich lege meine Hand auf seine, er lässt es los. Es fällt auf den Teppich. Ich nehme es und stehe auf. Johnny verbirgt sein Gesicht in den Händen.

Ich trete einen Schritt zurück und lehne mich gegen die Kommode. Ich fühle mich sehr schwach. Die Kameliendame ist bereit für ihren letzten großen Auftritt. Caruso hat aufgehört zu singen, der Kronleuchter ist nicht zersprungen, doch Johnny ist in sich zusammengefallen.

»Warum hast du sie getötet?«

Er antwortet nicht, richtet sich auf. Seine Augen sind feucht und gerötet.

»Johnny, antworte mir.«

»Gib mir das Beil, Bo.«

»Hör auf damit. Antworte mir. Bitte.«

Er zuckt die Achseln und grinst übertrieben, so dass seine perlmuttschimmernden Zähne zu sehen sind.

»Da musst du schon selber draufkommen. Du bist doch so schlau.«

»Aber das bin ich doch schon, mein Liebling. Ich wollte dir nur ersparen, es selbst auszusprechen.«

Er tut so, als wolle er aufstehen. Ich schwinge das Beil. Ich zittere nicht mehr.

»Rühr dich nicht vom Fleck, Liebster. Ich bin momentan sehr nervös und auch sehr ungeschickt.«

»Verflucht noch mal! Bo . . .«

»Hör auf, man möchte meinen, du stotterst.«

»Du wirst mir jetzt sofort das Beil geben!«

»Ich denke nicht im Traum daran. Ich werde dir vielmehr sagen, warum du sie getötet hast. Ganz einfach, weil Frauen dich nicht anmachen. Weil du dich ihnen unterlegen fühlst. Das klassische Motiv, mein Liebling, aber Oma Bo weiß Rat ...«

»Du Idiot!«

Er ist aufgestanden und sieht mich mit vor Wut funkelnden Augen an. Ich rede im Tonfall des verständnisvollen Pädagogen weiter:

»Johnny, wir schreiben das Jahr 1998, kein Schwein interessiert sich für deine sexuellen Probleme.«

Er schüttelt entmutigt den Kopf.

»Du widerst mich an, Bo! Wenn du wüsstest, wie sehr du mich anwiderst.«

Ich glaube ihm. Plötzlich wirkt er sehr müde. Und ich ekele mich ein wenig vor mir selbst, aber daran bin ich gewöhnt.

»Johnny, hör zu. Du kannst so nicht weitermachen.«

Er hebt die Arme, um meinen Redefluss zu unterbrechen. Er holt tief Luft, wie ein Taucher vor dem Sprung, und stürzt sich dann ins Wasser:

»Das habe ich schon versucht. Woanders. Früher. Schon oft.«

Er spricht so leise, dass ich die Ohren spitzen muss.

»Ich kann nichts dagegen machen, ich muss es ganz einfach tun. Ich liebe es. Ganz gleich, was die Typen im Knast erzählen, du weißt schon ... von Gewissensbissen und dem Wahnsinn ... Ich werde dir jetzt die Wahrheit sagen: Es ist fantastisch!«

Er lächelt verschlagen – wie ein missratenes Kind, das man bei einer Unartigkeit ertappt hat und das nun hofft, man ließe sich durch sein Theater erweichen.

Ich weiß nicht, was ich tun soll. Er wird nicht aufhören zu töten, ich sehe es in seinen glänzenden blauen Augen. Er hat nichts von dem, was ich gesagt habe, verstanden. Ich höre meine Stimme, ohne dass ich bewusst entschieden hätte zu reden:

»Ich schlage dir einen Handel vor. Nimm mich. Mich kannst du lange quälen. Du sperrst mich in den Kühlraum ein, und wann immer du Lust dazu hast, vergnügst du dich mit mir. Ich bin sehr zäh, du wirst schon sehen.«

Sein Kiefer spannt sich an.

»Du hast sie nicht alle, Bo. Du bist vollkommen verrückt. Ich habe dir schon gesagt, dass ich nichts von dir will. Weder ein Opfer noch sonst irgendetwas.«

»Aber ich gehöre dir, Johnny, ob du es nun willst oder nicht. Und ich werde mich dir zum Geschenk machen, und du wirst es annehmen, weil du keine andere Wahl hast!«

Beunruhigt sieht er mich an.

»Was wirst du tun?«

»Sag mir nur eines: Wenn ich das Beil weglege und versuchen würde zu gehen, was würdest du dann tun?«

»Ich würde dich töten«, antwortet er einfach. »Egal, wohin du auch gehst und was du auch machst, ich werde dich in jedem Fall töten.«

»Du siehst, was diesen Punkt angeht, sind wir einer Meinung ... Ich möchte sterben, und du, du möchtest mich umbringen. Hören wir also auf, uns gegenseitig auf den Wecker zu gehen, und fangen wir an!«

Ich reiche ihm das Hackbeil. Zögernd nimmt er es, hebt es hoch und lässt es wieder sinken.

»Na los, worauf wartest du?«

»Ich möchte dich nicht damit töten«, sagt er und wirft das Beil zur Seite.

Ich fange es auf und sehe dabei unser Spiegelbild im Fenster. Er groß und muskulös, mit seiner blutbefleckten Schürze, ich im schwarzen Abendkleid, sehr festlich. Ein eher kitschiges Paar: der Metzger und die Comtesse. Während ich rede, betrachte ich noch immer unser Spiegelbild.

»Warum willst du mich nicht damit umbringen? Weil du es dir für deine kleinen nächtlichen Ritualmorde aufhebst? Und was hast du für mich vorgesehen? Den Baseballschläger? Oder ein einfaches Küchenmesser?«

»Sei still.«

»Weißt du, was mir soeben aufgegangen ist, Johnny? Allmählich begreife ich, dass ihr, die sexuellen Triebtäter, die sagenumwobenen Serienmörder, nicht freier seid als eine Ameise. Du hast nicht mehr Freiheit, Johnny, als jeder andere Durchschnittstyp auch. Du bist nur ein kleines Insekt.«

»Sei still.«

Das glühend heiße Fieber reißt mich mit sich wie ein tosender Gebirgsbach.

»Ich weiß nicht, warum ich dich liebe, aber es ist nun mal so. Wenn du also nicht in der Lage bist, mich zu nehmen, dann werde ich mich dir eben schenken. Stück für Stück.«

Er sieht mich entsetzt an. Ich lege meinen eingegipsten Arm auf den Tisch. Meine Finger sind geschwollen und veilchenfarben. Ich fühle mich leicht, ganz leicht, als wenn ich vollkommen betrunken wäre. Bin ich jetzt auch verrückt geworden? Nichts ist mehr von Bedeutung. Berauscht von meinen eigenen Worten bin ich nun bereit, ihnen Taten folgen zu lassen, ohne zu begreifen, ob das wichtig ist oder nicht. Ich spiele ein Spiel, das der Große Drehbuchautor nach und nach in mir hat entstehen lassen.

Ich hebe das Beil. Johnny öffnet den Mund. Seine schönen Lippen zittern.

»Als erstes werde ich dir meinen Zeigefinger schenken. Und dann die anderen Finger, anschließend meine Füße, meine Beine, meinen Arm ... Ich werde an deiner Stelle die Arbeit tun, Liebling.«

»Hör auf damit, Bo. Hör damit sofort auf.«

Ich habe keine Lust mehr, ihm zu gehorchen. Ich habe keine Lust mehr, überhaupt irgendjemandem zu gehorchen.

Ich stoße einen Schrei aus und lasse das Beil heruntersausen.

Zunächst spüre ich nichts. Ich sehe meinen von der Hand abgetrennten Finger auf dem Tisch liegen. Ich sehe Blut aus meiner blau angelaufenen Hand spritzen. Ich sehe Johnnys offenen Mund und seine Augen. Und dann plötzlich ... durchschießt mich der Schmerz raketenartig, ich zittere, ich werde explodieren ... Stabilisierung. Mit zusammengebissenen Zähnen gelingt es mir, weiter zu sprechen:

»Und jetzt, was würde dir nun Freude machen, mein Liebling?«

Fauchend wie ein Raubtier stürzt er sich auf mich, seine Hand zum Schlag geballt. Nein! Ich reiße schützend beide Arme vor das Gesicht, er prallt mit einem dumpfen Geräusch gegen mich, er erstarrt, reißt die Augen weit auf, ich verstehe nicht, er weicht zurück, einen Schritt, zwei ...

Sein weißes Hemd färbt sich leuchtend rot, eine Linie verläuft von seiner linken Brusthälfte zu seiner Leber. Ich sehe auf meine rechte Hand hinab. Auf das Beil, das ich in meiner rechten Hand halte. Oh, nein! Ich lasse es los. Es fällt lautlos auf den Teppich. Kein einziges Geräusch ist in dem Zimmer zu hören, in dem Johnny herumtaumelt. Ich gehe auf ihn zu, er weicht zurück. Er presst seine Hand an die Brust, sieht auf das Beil, sieht mich an, sieht auf seine behandschuhte Hand, die voller Blut ist. Wie ein Stummfilm in Zeitlupe. Seine Knie geben nach. Er fällt.

Ich presse die verletzte Hand gegen meinen Brustkorb. Ich spüre, wie mein Blut an mir hinabläuft. Ich sehe, wie seines den weißen Stoff des ordentlich gebügelten Hemdes durchtränkt. Plötzlich laufen die Bilder wieder mit normaler Geschwindigkeit, ich kann mich wieder bewegen, ich stürze zum Telefon.

»Bleib ruhig liegen, Johnny, beweg dich nicht. Ich rufe den Notarzt.«

»Nein«, murmelt er und presst seine Handschuhe auf die offene Wunde. »Nein. Ich … will nicht … ins Gefängnis.«

Ich höre nicht auf ihn. Ich wähle die Nummer des Notrufs. Ich gebe ihnen die Adresse durch, beschreibe die Verletzung, die Frau am anderen Ende der Leitung sagt, ich soll ruhig bleiben, es würde sofort jemand kommen. Ich frage:

»Und bei einem abgehackten Finger? Muss man da einen Druckverband machen?«

Sie behält die Nerven und wiederholt lediglich:

»Machen Sie nichts, bis der Arzt eintrifft. Trinken Sie nichts. Bewegen Sie sich nicht.«

Ich lege auf. Ich setze mich neben Johnny, lehne seinen Kopf an meine Schulter. Ich sehe noch immer unser Spiegelbild im Fenster, eine Oper in Purpur.

»Sie kommen gleich.«

Das Sprechen kostet ihn große Mühe.

»Ich habe es schon lange nicht mehr getan. Ich war umgezogen … hierher. Aber als ich dich traf … fing alles wieder an. Ich kann nichts … dagegen machen. Die Wut, die mich überkommt, ist kalt wie Eis und … glühend wie … flüssiges Metall. Ich mache es … und ich weiß, es ist schlecht, und ich mache es … und es ist mir egal.«

Ich wiege ihn sanft.

»Sag nichts mehr.«

»Bull … ist mir gefolgt … hat mich hier ins Haus gehen sehen … er hat, während ich duschte, mein Appartement … nach den Schlüsseln abgesucht. Der Idiot konnte echt gerissen sein. Er ist heimlich hergekommen … allein. Hat Elvira gesehen … das Blut, die Werkzeuge … ich habe ihn in dem Moment überrascht, als … er wieder herauskam … hat mir geschworen, nichts zu sagen …«

Er keucht, hat Schwierigkeiten zu sprechen, ich streiche über sein Haar. Zum ersten Mal streiche ich über das Haar meines Liebsten.

»... habe ihm nicht geglaubt ... und umgebracht.«

»Das ist doch jetzt nicht mehr wichtig, Johnny.«

Ich höre mich diese Worte sagen, die wie ein Filmzitat klingen. Ich sehe mich dort sitzen, meine blutbeschmierte Hand auf seinem blonden Haar. Ich spüre, wie ich schwächer werde, alles verschwimmt vor meinen Augen. Ich möchte nicht, dass er jetzt, wo ich nichts erkennen kann, stirbt, denn damit würde man mich des letzten Bildes von ihm berauben ...

In der Ferne hört man dumpf den Klang von Sirenen. Sie nähern sich.

»Sie kommen, hörst du, sie kommen ...«

Er versucht, die Augen offen zu halten, seine Lider zittern, er atmet schwer und unter Krämpfen. Seine große Hand umschließt plötzlich meine, drückt sie mit aller Kraft.

Gepolter im Treppenhaus, aufgeregte Rufe. Sie kommen tatsächlich, die Kavallerie ist da, wir sind gerettet. Ich beuge mich über ihn. Plötzlich will ich es wissen.

»Warum bist du zu Maeva gegangen?«

Er starrt mich verständnislos an, schmutzig rosafarbene Blasen quellen aus seinem Mund.

»Niemals ... gewesen ... war ich nicht«, stammelt er.

Er blinzelt. Ich tauche ein in das trübe Wasser seiner Augen, möchte hinunter bis auf den Grund und im Strudel seiner Seele versinken, ich möchte mit ihm im kühlen Wasser eines Gebirgsbachs liegen und die vorüberziehenden Wolken betrachten, ich ...

»Bo ...«

Seine Hand löst sich. Meine Finger fahren über seine Lippen, seine Nase, seine Wangen, seine Stirn. Er rührt sich nicht. Ich weiß nicht, was er sieht. Die Tür öffnet sich. Stimmengewirr, Rufe. Man hebt mich hoch, doch ich klammere mich an ihm fest. Er ist schwer, so schwer.

»Verdammt! Sie müssen dieses Ding hier benutzt haben ...«

»Vorsichtig, vorsichtig! Ihre Hand ...«

»Der Finger liegt dort auf dem Tisch. Eis, schnell!«

Ich höre ihnen nicht zu. Ich bin an Johnny festgeschweißt, ich versuche, eins mit ihm zu werden, mich mit seinem kaum noch warmen Körper zu vereinen.

»Mademoiselle … Bitte …«

»Der Mann ist tot. Verständige die Einheit unten.«

»… Schockzustand …«

Injektion, Krankentrage, ich will Johnny nicht loslassen, ich weiß, dass ich ihn niemals wieder sehen werde. Niemals. Hände auf meinem Körper, Lärm, Gerüche, Lichter.

Stille.

KAPITEL 14

Ich mag Krankenhäuser. Wenn ich als Kind ins Hospital kam – er ist von der Treppe gefallen, gegen die Heizung geschlagen, in der Badewanne gestürzt –, liebte ich den Geruch der Laken, des Desinfektionsmittels, der Frieden spendenden Medikamente.

Ich sitze mit verbundener Hand und neuem Gips im Bett. Man musste den Knochen noch einmal brechen, da er schlecht zusammengewachsen war. Es tat nicht weh, man hatte mich mit Sedativa ruhig gestellt. Die Verwirrung war groß, als man merkte, dass ich gar keine Frau bin, doch inzwischen hat sich die Aufregung gelegt. Alle sind sehr nett zu mir. Alle wissen, was man im Kühlraum gefunden hat. Ich bin ein Überlebender. Niemand weint Johnny eine Träne nach. Nicht mal ich.

Mein Bettnachbar, ein alter Rentner, hat sich das Bein gebrochen, als er mit seinem Rauhaardackel spazieren ging. Der Rentner heißt René; sein Dackel Jojo. René hat mir am ersten Tag die ganze Geschichte erzählt, über zwei Stunden lang, inzwischen bekomme ich sie tagtäglich noch mal ein halbes Stündchen lang zu hören, für den Fall, dass ich sie vergessen haben sollte. Das Ganze hat sich fast genauso wie in *101 Dalmatiner* abgespielt. Beide gingen im Park spazieren und genossen die laue Frühlingsluft. Plötzlich tauchte eine wunderschöne Dackeldame auf, die offensichtlich läufig war. Im gleichen Augenblick raste der wild gewordene Jojo hinter ihr her, schneller als ein junger Rekrut, der auf keinen Fall den Zug verpassen will, der ihn in sein Wochenende bringt. Dabei wickelte sich die Leine um Renés Beine, René verlor das Gleichgewicht und fiel auf eine nette alte Dame, die am Teich mit den toten Goldfischen saß. Bilanz der Operation »Herzklopfen«: Die nette alte Dame trug ein blaues Auge davon, René brach sich an der steinernen Bank das Schienbein. Er macht sich Sorgen um Jojo, der in der Zwischenzeit bei seiner Schwester untergebracht ist. Diese findet Jojo, den alten Schwerenöter, zu dick und zu verwöhnt und weigert sich, ihm seine Markknochen zu kaufen. Ich fühle mit René.

Er sieht gerade fern; ich sehe aus dem Fenster. Die Mimosen blühen. Ein Mann und eine Frau unterhalten sich lachend. Der Mann berührt flüchtig die Hand der Frau, und die Frau zuckt nicht zusammen. Ich lasse meine Gedanken schweifen.

Mossa ist gekommen. Er hat mir erzählt, dass ich ganze sechs Tage mit Elviras Leichnam im Kühlraum gewesen bin. Als sie die Tür öffneten, war der Gestank unerträglich. Alle mussten sich übergeben, auch der Pastor. Und als sie dann entdeckten, wie der Leichnam zugerichtet war, wurde es nicht besser. Einer der jüngeren Polizisten, ein Neuer, hat nach diesem Vorfall seine Entlassung eingereicht. Mossa hat Miranda zur offiziellen Identifizierung ins Leichenschauhaus begleitet, denn Elvira hat keine Familie. Man hatte ihr die Wangen wieder zugenäht, und alles andere mit einem weißen Tuch zugedeckt. Miranda brach in Mossas Armen in Tränen aus.

Johnny hieß weder Klein noch Belmonte oder Garnier, sondern Noël Simon, geboren am 25. Dezember 1963 in Lille. Seine Kindheit hat er im Waisenhaus verbracht. Die Namen, die er für seine wechselnden Identitäten wählte, stammten vom Personal des Heims, in dem er groß geworden war. Man verdächtigt ihn, in ganz Frankreich gut ein Dutzend Morde verübt zu haben. Es handelt sich um bisher nicht aufgeklärte Prostituiertenmorde.

Bevor er ging, hat Mossa seine dunkle Hand auf meine weiße Bettdecke gelegt und gesagt:

»Ich hoffe, Bo, dass jetzt mit dem Unsinn Schluss ist.«

Ich habe »Na klar« gesagt und gelächelt. Mossa hat auch gelächelt und mir zum Abschied eine Schachtel Pralinen geschenkt. Als er weg war, meinte mein Bettnachbar:

»Ihr Freund, der Neger, scheint sehr nett zu sein.«

Ich habe ihm keine Praline angeboten.

Linda ist gekommen, ohne Laszlo. Er kann Krankenhäuser und den Anblick von Kranken nicht ertragen. Sie hat mir Konfekt mitgebracht und den neuesten Klatsch aus dem Viertel erzählt. Unter anderem, dass Bulls Eltern, Postbeamte im Ruhestand, nach der Beerdigung sein Appartement leer geräumt haben und auf ein Glas in der Kneipe vorbeigekommen sind. Elvira hat sie nicht erwähnt. Auch Johnny nicht. Sie hat mir immer wieder die Schulter gedrückt und gesagt, dass sie nach vierzig Jahren zum ersten Mal wieder in einer Synagoge war und dass der Posten als Tellerwäscher immer noch frei ist. Und sie hat ein paar Tränen vergossen.

»Mach dir keine Sorgen«, habe ich ihr gesagt, »es wird schon.«

Als sie gegangen war, hat mich mein Bettnachbar gefragt, ob ich etwa aus religiösen Gründen meinen Schinken mittags nicht gegessen habe.

Diana und Stéphanie haben mich auch besucht. Sie waren völlig verschüchtert. Diana hat mir einen Strauß Rosen mitgebracht, und Stéphanie hat mir einen Walkman geschenkt. Wir haben uns umarmt und geküsst und kleine Freudenschreie ausgestoßen. Mein Bettnachbar hat die Augen verdreht und den Fernseher lauter gestellt. Mit leiser

Stimme haben wir von Elvira gesprochen. Diana meinte, ich hätte vollkommen Recht gehabt, mit dem Anschaffen aufzuhören, es würde immer schlimmer werden. Und Stéphanie hat erzählt, dass der Libanese sie zu einem Urlaub auf die Balearen eingeladen hat.

Als sie gegangen sind, meinte mein Bettnachbar, dass »die junge Frau, die der armen Prinzessin Diana so ähnlich sieht«, wirklich ganz bezaubernd sei. Ich stelle den Walkman auf volle Lautstärke.

Robert Makatea ist, die Hände in den Taschen, gekommen. Er wich meinem Blick aus, und seine kurzen Haare waren stacheliger denn je.

»Ich möchte mich entschuldigen«, murmelte er. »Die Polizei hat mir gesagt, dass Sie es waren, die ... Wissen Sie, ich wusste schon seit langem über meinen Vater Bescheid. Ich habe mehrmals versucht, mich mit ihm zu treffen, doch er ging mir aus dem Weg. Er hatte sicher Angst vor meiner Reaktion. Dabei wollte ich ihm nur danken, dass ich studieren konnte und so. Ich wollte ihm sagen, dass ich ihn liebe, dass er für mich mein Vater ist, auch wenn er Frauenkleider trägt. Ich hatte dazu nicht mehr die Gelegenheit. Ich bin froh, dass man dank Ihnen den Mörder gefasst hat. Das war es, was ich Ihnen sagen wollte, auf Wiedersehen.«

Er hatte das alles, ohne Atem zu holen, heruntergebetet und war schon wieder aus dem Zimmer, bevor ich auch nur ein Wort sagen konnte.

Mein Bettnachbar entschuldigte sich, dieses Gespräch ungewollt mit angehört zu haben, und erkundigte sich, ob bei den Chinesen alle Männer Frauenkleider trügen.

Der Pastor ist gekommen. Er hat mir nichts mitgebracht. Der Fall ist abgeschlossen, die Beschuldigungen, die gegen mich vorlagen, sind vergessen. Johnny gilt offiziell als der Mörder der Russin, von Natty, Jésus-Marlène, Maeva, Bull, Louisette Vincent und Elvira. Er hat versucht, mich umzubringen, wir haben uns ein Handgemenge geliefert, er ist ausgerutscht und hat sich dabei mit seiner Waffe den Brustkorb aufgeschlitzt.

»Und das hat der Richter geglaubt?«

»Er weiß, dass ich nicht die Angewohnheit habe zu lügen«, erwidert der Pastor mit einem besänftigenden Lächeln.

Er hat mir eine Zigarette angeboten und mir erzählt, dass Théodore Morelli enttäuscht sei. Er hatte für mich einen Praktikumsplatz als Fachkraft in einem Verbrauchermarkt gefunden, aber auf Grund meiner Handverletzung ist diese Arbeit natürlich nicht mehr möglich. Ich habe Anspruch auf eine Invalidenrente, und Théodore wird sich weiter den Kopf zerbrechen, um eine passende Arbeitsstelle für mich zu finden ...

Als er ging, wünschte er mir alles Gute.

Mein Bettnachbar beugte sich zu mir herüber und murmelte:

»Sagen Sie mal, ich will Ihnen ja nicht zu nahe treten, aber Ihr Freund da, der ist doch wohl ein bisschen sehr zugeknöpft, oder?«

Es war das erste Mal, dass ich seit der Sache mit Johnny lachen musste ...

Es riecht nach Frühling. Ich atme den Geruch des Meeres, des blauen Himmels und der Auspufftöpfe ein. Ich spaziere durch die von Menschen wimmelnde Stadt und betrachte die Auslagen der Geschäfte. Meine bandagierte Hand spiegelt sich in den Schaufenstern. Gestern, als die Krankenschwester den Verband wechselte, habe ich das Loch gesehen. Diese geschwollene verdickte Stelle, diese etwas zu große Lücke zwischen meinem Daumen und meinem Mittelfinger. Nun, ich wollte ja sowieso nie Pianist werden.

Dank dieser unfreiwilligen Ruhepause habe ich ein wenig zugenommen. Ich gefalle mir in meinen grünen Jeans. Meine im Nacken zusammengebundenen Haare streichen mir über den Rücken. Bald werde ich bei Linda arbeiten. Ein neues Leben beginnen. Tagsüber arbeiten, sparen und mir die Operation leisten. Dann werde ich frei sein.

Doch zuvor muss ich mit der Vergangenheit abschließen. Und dazu ist ein sehr spezielles Treffen notwendig.

Wenn Johnny Maeva nicht getötet hat, muss es jemand anderer gewesen sein. Und derjenige, der die Tat begangen hat, ist auch der Mörder von Louisette.

Ich taste suchend in der Handtasche nach den Schlüsseln und steige wieder einmal diese Treppe hinauf. Kurz zögere ich, bevor ich die Tür aufschließe und erneut die kleine düstere Wohnung betrete. Alles ist geputzt worden. Kein Blut mehr auf den Möbeln, keine anklagenden Buchstaben mehr an der Wand. Doch mich beschleicht noch immer das Gefühl, mich in einem überdimensionalen Sarg zu befinden. Ich setze mich ruhig auf das Sofa und warte.

Fünfzehn Uhr. Die Wohnungstür öffnet sich. Schritte im Flur, der Geruch von Zigaretten. Er bleibt in der Zimmertür stehen.

»Sieh mal einer an, du bist heute ja eine richtige Schönheit, Bo ...«

»Sie sehen auch sehr gut aus, Paul.«

Er blinzelt kurz, so als sei er es nicht gewöhnt, mit Vornamen angesprochen zu werden. Eine Hand in der Tasche seines schwarzen Ledermantels und seine obligatorische Baseballkappe auf dem Kopf, steht er im Türrahmen.

»Warum wolltest du dich hier mit mir treffen?«, fragt er und bläst den Rauch seiner Zigarette ins Zimmer.

»Weil Johnny Maeva nicht umgebracht hat.«

Mit einem tiefen Seufzer sagt er müde:

»Das darf doch wohl nicht wahr sein! Und dafür bestellst du mich hierher?! Bist du nicht etwas zu jung, um Miss Marple zu spielen?«

»Johnny hat Maeva nicht umgebracht«, fahre ich ungerührt fort. »Das hat er mir, bevor er starb, gesagt. Er hat sie nicht getötet, denn er hatte keinen Grund, es zu tun.«

»Kannst du vielleicht etwas deutlicher werden?«

»Johnny hat, wie die Polizei ja bereits festgestellt hat, nur Frauen umgebracht.«

»Vielleicht hat er dich angelogen?«

»Warum hätte er mich anlügen sollen? Ich habe an seinem Blick gesehen, dass er gar nicht wusste, wovon ich sprach. Maeva war ihm vollkommen egal. Er hat sie niemals besucht.«

»Dann wird wohl die Witwe Vincent gelogen haben«, schlägt der Pastor vor, während er seine makellosen Fingernägel begutachtet.

»Sie hat sicher gelogen, wenn sie ausgesagt hat, Johnny sei öfter hier gewesen. Diese Behauptung wäre für Johnny tatsächlich eine Bedrohung gewesen und würde erklären, warum er Louisette getötet hat. Aber woher sollte er wissen, dass eine Frau, von deren Existenz er nichts wusste, ausgesagt hatte, dass er regelmäßig einen Transvestiten besuchte, den er kaum kannte?«

»Entschuldige«, unterbricht er mich, »nimm es mir nicht übel, aber ich fühle mich wie eine Billardkugel zwischen zwei Queues. Erst einen Stoß in die eine, dann einen Stoß in die andere Richtung ... Worauf willst du hinaus, Bo?«

»Auf die Buchstaben an der Wand, Maeva war Analphabetin, Mossa hat es mir gesagt.«

»Ich habe den Eindruck, Mossa verbringt zu viel Zeit mit dir.«

»Nun werden Sie mal nicht eifersüchtig, meinen Heiratsantrag hat er abgelehnt.«

»Treib es nicht zu weit, Bo! Bis jetzt höre ich dir netterweise zu, also pass auf, dass ich nicht wütend werde«, erwidert der Pastor und lässt etwas Asche auf den Teppich fallen.

»Maeva hat niemals ›Bo‹ geschrieben. Sie hat einen Buchstaben geschrieben, auf den ein O folgte. Sie schrieb alles, was man im Französischen wie O ausspricht, einfach mit O.«

Der Pastor sieht auf die Uhr.

»Entschuldige, aber wenn du jetzt einen Rechtschreibkurs abhalten willst ...«

»Egal, ob es sich um die Buchstabenkombination EAU oder AU oder O handelte, sie hat einfach immer ein O geschrieben.«

»Du sagst mir, wenn ich ›Einspruch, Euer Ehren!‹ rufen muss, oder?«

»Wenn ich Sie des Mordes beschuldige.«

Schweigen. Seine Augen hinter den Brillengläsern verengen sich. Er tritt die Zigarette aus und steht nun, beide Hände in den Taschen, da.

»Maeva hat nicht BO geschrieben, sondern PO. Für Paul. Paul Luther. Sie waren es, der später dem P noch einen Bogen hinzugefügt hat.«

»Deine Geschichte ist ja wirklich hochinteressant und klingt gar nicht an den Haaren herbeigezogen! Sag mal, Hercule Poirot, wie kommst du auf solche Hirngespinste? Ich schneide dieser fetten Nutte die Kehle durch, und in einem Anfall von Mordlust bringe ich dann auch noch die alte Vincent um.«

»Genau, doch Sie haben sie nicht aus Mordlust, sondern aus Berechnung umgebracht. Sie haben Louisette aus zwei Gründen die Kehle durchgeschnitten: Erstens, weil die alte Dame Sie gesehen hat, als Sie gekommen sind. Daher glaubte sie auch, Sie zu kennen, und deshalb waren Sie eifrig bemüht, den Zeitungsartikel mit Ihrem Foto zu erwähnen; zweitens, weil Sie gelogen haben: Sie hat nie mit Johnny gesprochen, aber alle Verbrechen sollten auf Johnnys Konto gehen.«

»Und wann erscheint der Graf von Monte Christo auf der Bildfläche?«

Er mustert mich mit gelangweilter Miene. Ich setze mich bequemer hin und ziehe an meinen Jeans wie ein echtes Mädchen. Er wirkt ruhig. Wie eine Eidechse, die im Schatten einer nach getrocknetem Blut stinkenden Höhle vor sich hin döst. Ich warte darauf, dass seine lange rote Zunge hervorschießt. Er deutet mit dem Zeigefinger auf meine versehrte, bandagierte Hand.

»Wie geht es deiner Hand? Tja, immerhin brauchst du jetzt weniger Nagellack ...«

Ich schenke ihm ein kühles Lächeln.

»Haben Sie eine Zigarette für mich?«

Er kramt in seiner Tasche, zieht die Schachtel heraus, bietet mir eine an und beugt sich vor, um mir Feuer zu geben. Seine Augen sind jetzt ganz nah und wirken wegen der Brille fast transparent, lange seidige Wimpern, er riecht nach Pfefferminzpastillen. Ich nehme einen tiefen Zug.

»Sie waren Maevas Geliebter.«

Seine Augenlider flattern hektisch. Ja, die sind schwer unter Kontrolle zu halten.

»Und dann sind Sie ihr Zuhälter geworden. Sie verlangten von ihr einen Anteil, und mit der Zeit wurden Sie immer anspruchsvoller. Sie wollte nicht mehr zahlen. Schließlich hat sie Ihnen gedroht, Sie bei Ihren Vorgesetzten anzuschwärzen. So war es doch, oder?«

Er lächelt mich an, es ist ein mechanisches Lächeln. Er lehnt sich gegen die Wand und nimmt seine Kappe ab, unter der dichtes, weißes Haar zum Vorschein kommt. Er setzt die Brille ab, wischt mit dem Arm über die Gläser, setzt sie wieder auf und seufzt.

»Maeva fing an, mir auf die Nerven zu gehen. Sie wollte auspacken. Ich wusste, dass sie hier eine hübsche Stange Geld versteckt hatte, und ich brauchte Bargeld, sehr viel Bargeld.«

Ich hänge an seinen schmalen Lippen.

»Wofür? Für den Schwarzhandel mit Methadon? Oder für eine Haarimplantation?«

»Nein, ein ganz klassisches Motiv: Glücksspiel. Ich fuhr nach San Remo, um hier nicht aufzufallen. Ich spielte in immer größerem Stil und habe alles verloren. Ein paar Typen haben mir Geld geliehen. Die Art von Typen, mit denen man sich besser nicht einlassen sollte, auch ich als Polizist nicht. Und sie wollte mir den Geldhahn zudrehen. Sie sagte, ich würde sie nicht respektieren und dass ich es nur auf ihr Geld abgesehen hätte. Und, verdammt, sie hatte Recht!«

»Also haben Sie sie angerufen ...«

»Ich rief sie an, ich brauchte Geld. Wir schrien uns am Telefon an. Sie hat mir erneut gedroht, Mossa und Derek alles zu sagen. Die blöde alte Ziege hätte es fertig gebracht, mir die Beförderung zu versauen. Ich weiß nicht, was in mich gefahren ist, doch wie die Verdächtigen beim Verhör immer sagen: Ich sah rot und beschloss, sie umzubringen und mir das Geld zu holen.«

»Sie sahen rot, und zufällig hatten Sie auch gerade ein Messer zur Hand?«

»Ich habe immer mein Springmesser dabei. In dieser Stadt treibt sich so viel Gesindel herum ...«

Ich sah ihn belustigt an. War er wirklich dazu im Stande, jemanden mit dem Messer zu töten, mit dem er geschlafen, gelacht und gegessen hatte? Er erzählt weiter, ist nicht mehr zu bremsen.

»Ich habe geläutet, sie hat die Tür aufgemacht, und ich habe ihr die Kehle durchgeschnitten, mit einer einzigen Handbewegung, wie bei einem Kommandounternehmen. Ich war schon immer ein guter Schüler. Ich wollte ihr nicht wehtun, doch sie hörte nicht auf, sich zu bewegen, schlug um sich, lebte noch immer, versuchte, etwas an die Wand zu schreiben! Da habe ich so lange zugeschlagen ...«

Er schweigt und fährt sich mit einer Hand über das Gesicht. Er schwitzt. Schweißperlen sammeln sich auf seiner Oberlippe.

»Wenn du wüsstest, wie seltsam das ist, es einmal von der anderen Seite zu erleben. Wenn ich an die unzähligen Male denke, bei denen ich eine ähnliche Schilderung zu hören bekam und dachte: ›Red du nur, mein Guter.‹«

In dem Gefühl, die Rollen getauscht zu haben, unterbreche ich ihn:

»Und dann, nachdem sie schließlich tot war?«

Er schließt für einen Moment die Augen und macht sie dann wieder auf.

»Ich war ganz ruhig... als wenn ich mit einem Schlag nüchtern geworden wäre. Kalte Dusche. Adrenalin. Die Buchstaben an der Wand. *No problem.* Ich habe sofort an dich gedacht, sie hatte mir dermaßen oft von ihrer Freundin Bo die Ohren vollgequatscht! Ich habe das P in ein B geändert, dann habe ich mir gesagt, mit ein bisschen Glück könnte ich vielleicht dem Hurenmörder dieses Verbrechen unterschieben.«

Erneutes Schweigen. Er schluckt.

»Und dann?«

»Nun, ich hatte zwar nicht dieselbe Waffe benutzt, aber ich wusste ja, dass er sie verstümmelt hatte, ihnen die ...«

Die Worte wollen ihm nicht über die Lippen. Ich sehe ihn an.

»Ihnen die ... Zunge ... herausgerissen hatte«, stößt er hervor.

»Und, haben Sie es getan?«

»Ja, ja. Ja, ich habe es getan.«

Zum ersten Mal wird seine Stimme lauter, und mit einem Schlag ist es mir klar – mit dem Gefühl, den Geschmack förmlich in meinem Mund zu spüren, murmele ich:

»Das Tatar ...«

Er schließt für einen kurzen Moment die Augen.

»Ja, das Tatar. Das Ding brannte mir in den Fingern, dieses Stück von ... ihr. Es war eklig, ich hab es im Mixer zerkleinert und auf einem Teller angerichtet. Weil ich glaubte, ein Geräusch gehört zu haben, sah ich nach und vergaß, den Teller in den Kühlschrank zu stellen ...«

Ungläubig wiederhole ich:

»In den Mixer?«

Er hat sich wieder gefasst und richtet sich auf.

»Ja, meine Schöne. Tut mir Leid, wenn ich mit meiner Geschichte dein Zartgefühl beleidigt habe ...«

Ich schüttele den Kopf.

»Und Louisette?«

»Was ist mit Louisette?«

»Wurde es Ihnen nicht zu viel, auch noch die alte Dame umzubringen?«

»Nein. Ich glaub, ich träume! Miss ›Bitte-schlag-mich‹ hält mir eine Moralpredigt! Verflucht noch mal! War ich es etwa, der davon träumte, mit einem Serienmörder ins Bett zu steigen? War ich es, der alles getan hätte, um ihn zu schützen? Sogar bereit war, sich in Stücke hauen zu lassen?!«

In dem nüchternen Tonfall, in dem er normalerweise spricht, fährt er fort:

»Kommen wir wieder zu Louisette.«

Es funktioniert. Er beruhigt sich. Ich fühle mich wie eine Lehrerin, der es gelungen ist, die Aufmerksamkeit ihrer dreißig Schüler auf den Unterricht zu lenken.

»Der Grund, die Witwe aus dem Weg zu räumen, war der, dass ich meine Ruhe wiederfinden wollte«, erklärt er mir mit monotoner Stimme. »Zum Schutz meiner Reputation, meiner beruflichen Karriere. Du kannst das vielleicht nicht verstehen, weil du kein richtiges Leben hast.«

Kein richtiges Leben, da hatte er nicht Unrecht. Ich bin ein Fleisch gewordener Traum, im eigentlichen Sinne des Wortes. Und das ist schmerzhaft.

»Du hattest Recht, Bo, die Witwe Vincent hatte mich schon mal gesehen. Bei jedem meiner Besuche achtete ich stets peinlich genau darauf, meine Haare unter einer Kappe zu verstecken… Doch ich durfte nicht das Risiko eingehen, dass sie sich eines Tages an mich erinnerte. Sie war ein Hindernis und eine Gefahrenquelle. Es war kein Mord aus Leidenschaft, sondern er musste aus rein strategischen Erwägungen durchgeführt werden.«

»Das freut mich für sie.«

Er zuckt die Achseln und zieht seine Hand aus der Tasche. Ihm fehlt kein Finger, und alle fünf umklammern den Kolben einer Automatikwaffe mit Schalldämpfer. Er richtet sie auf meinen Kopf.

»Unser Gespräch ist zwar sehr spannend, aber ich finde, wir sollten langsam zum Ende kommen.«

»Keine letzte Zigarette?«

»Bo, die Frau, die hart im Nehmen ist, in ihrer letzten, ihrer ergreifendsten Rolle!«

Er reicht mir eine Zigarette. Ich stecke sie zwischen meine Lippen und greife nach dem Feuerzeug, das auf dem kleinen runden Tisch steht. Die Flamme flackert auf, ich nehme einen tiefen Zug. Meine Hand zittert nicht.

»Wie sind Sie auf Johnny gekommen?«

»Maeva hat mir von ihm erzählt. Sie hat mir gesagt, dass du dich unsterblich in einen Sadisten verliebt hättest, der zu deinem Pech überdies Schwule hasste. Er hatte sie mal eingeladen, sie und eine kleine, üppige Blondine…«

»Stéphanie…«

»Ja, er hatte den beiden etwas zu trinken spendiert, und als er merkte, dass sie… Maeva dachte, er würde sie schlagen.«

»Ich sehe nicht, in welchem Zusammenhang das mit dem Frauenmörder steht…«

»He, soll ich vielleicht so sprechen wie im Film. ›Schwester Anne, merken Sie nichts? Da stimmt doch etwas nicht!‹«, fährt er mich mit durchdringender Stimme an. »Ja, ich hatte Johnny auf dem Kieker.«

Plötzlich weiß ich, wie es wirklich gewesen ist, und rufe:

»Nein! Bull hat Sie auf Johnny gebracht! Eines Tages sagte er zu mir: ›Auch ich habe Freunde bei der Polizei!‹ Er meinte Sie! Damals dachte ich an ... aber nein, er arbeitete für Sie!«

»Gelegentlich. Ich war wegen der Sache mit Maeva noch vollkommen durcheinander, da rief er mich an und erzählte mir, er kenne den Schlupfwinkel des Prostituiertenmörders ... Natürlich wollte er diese Information zu Geld machen, zu sehr viel Geld. Er sagte, er würde mir Fotos bringen ... Na, den Rest kennst du ja. Als ich von seinem Tod erfuhr und herausbekam, dass Johnny im gleichen Haus wohnte, fing ich an, mir Fragen zu stellen. Ob du es nun glaubst oder nicht, ich bin ein guter Polizist.«

»Derek war auch ein guter Polizist.«

»Derek?«

»Hm. Sie wissen doch, der Typ, der das Büro gleich neben Ihrem hatte. Der, den Marlène um Hilfe für ihre Freundin Maeva gebeten hat. Der, der ihr einen Gefallen schuldete. Der Sie zu sich gebeten hat, um das Problem mit Ihnen zu besprechen.«

»In welchem Dreck du herumwühlst!«

Ich klimpere mit den Wimpern und präzisiere:

»Ja, ich bin ein richtiges Trüffelschwein. Kurz, Sie haben bei seinem Selbstmord ein bisschen nachgeholfen, und als dieser Idiot nicht sterben wollte, sind Sie ins Krankenhaus gegangen, um ihn endgültig ins Jenseits zu befördern.«

»Reine Spekulation, meine Süße«, erwidert er und grinst.

Ich zucke die Achseln.

»Sie haben nicht auf den Fahrstuhl gewartet, um nach oben zu fahren, sondern Sie waren auf dem Weg nach unten. Sie hatten ihn gerade umgebracht und hatten, genau wie ich, die

Treppe benutzt, um nach unten zu kommen und sich wieder unauffällig unter die anderen Besucher zu mischen.«

Er seufzt.

»Du bist eine richtige Nervensäge, Bo! Ich hatte dem armen Derek gerade die Nase so lange zugedrückt, bis er keinen Muckser mehr tat, wobei ich ständig befürchtete, dass eine Krankenschwester hereingeschneit käme ... Nun, nachdem das erledigt war, schlich ich mich unbemerkt aus dem Zimmer, schaffte es in den nächsten Stock, ohne dass mir jemand über den Weg lief, und als ich mich gerade unter die Menge mischen wollte, wen sehe ich da? Die kleine Bo! Ich dachte, ich träume, beziehungsweise befürchtete, dass du etwas wusstest. Deshalb habe ich bei Robert Makatea immer schön auf dich hingewiesen. Du siehst ... auch ich denke nach!«

»Und was wird man denken, wenn man meine Leiche findet?«

»Hier wird monatelang niemand aufkreuzen. Du kannst in aller Ruhe verwesen.«

»Und der Gestank? Sie haben sich doch noch kein eigenes Schlachthaus zugelegt, oder?«

Er zieht einen schweren Plastikbeutel aus der anderen Tasche.

»Ungelöschter Kalk. Nach dem Ableben zu verwenden.«

»Danach? Sie sind zu gut zu mir!«

»Du meinst wohl, zu blöd. Ich hätte mich vor dir in Acht nehmen sollen.«

Schweigen. Als ob wir unsere Antworten vergessen hätten. Dann meint er seufzend:

»Gut, dann also adieu, Bo.«

Mein Herz schlägt wie ein verrückt gewordener Punchingball. Ich sehe seine Finger am Abzug ...

Ein Blitz erhellt das Zimmer. Er fährt zusammen, richtet instinktiv seine Waffe auf das große Glasfenster. Ich hechte zur Seite. Ein weiteres Mal flammt das Blitzlicht auf. Diana schwenkt die Polaroidkamera und verschwindet.

»Miststück!«, schreit der Pastor mit lauter Stimme, während er auf das Fenster zuläuft.

Es ist verriegelt, und er bemüht sich hektisch, es aufzubekommen. Er ist so beschäftigt, dass er Stéphanie nicht näher kommen hört, die eine große hellblaue Vase auf seinem Schädel zerschmettert. Er fasst sich an den Kopf, sieht mich vorwurfsvoll an und bricht mit glasigem Blick zusammen.

Diana taucht wieder auf. Ich öffne ihr die Glastür. Und gemeinsam betrachten wir den Mann, der ausgestreckt auf dem Boden liegt.

»Das wurde aber auch allerhöchste Zeit«, sage ich. »Ich war mir sicher, dass er mir jeden Moment eine Kugel in den Kopf jagt.«

»Ach nein«, erwidert Diana, »ich habe die ganze Zeit genau seinen Finger am Abzug beobachtet. Charles hatte mir eingeschärft, erst dann zu fotografieren, ›wenn das Gelenk weiß hervortritt‹.«

Ich bekomme ganz weiche Knie, wenn ich an die Situation denke.

»Und wenn er nicht gestanden hätte?«, will Stéphanie wissen.

»Ich war sicher, dass er es war. Er hatte gelogen, als er sagte, Louisette habe Johnny hier gesehen. Und Maeva hatte Angst vor ihm. Und außerdem habe ich es auch ein bisschen Jojos Herrchen zu verdanken.«

»Jojo?«, wiederholt Diana verwirrt.

»Das ist ein Hund.«

»Ein Hund als Detektiv?«, wundert sich Stéphanie.

»Wo ist das Arschloch?«, hört man eine tiefe Stimme sagen.

Und Prinz Charles betritt die Szene, begleitet von zwei Highlandern ohne Kilt, dafür aber mit Schlagringen.

»Lasst noch was von ihm übrig«, meint Diana. »Er soll nur eine Lektion erhalten. Sonst macht er uns hinterher das Leben zur Hölle.«

»Verstanden. Eine Verwarnung im Auftrag der Prinzessin«, knurrt Prinz Charles.

Als wir unten auf der Straße stehen, fragt mich Diana plötzlich:

»Glaubst du nicht, wir hätten ihn vor Gericht bringen können?«

Ich deute auf unsere drei Silhouetten, die sich in der schwarzen Marmorfassade einer Bank spiegeln.

»Ich weiß nicht. Was denkst du? Verehrte Richter, die Dalton-Sisters gegen Lucky Luke!«

»Ich würde eher sagen, die drei kleinen Schweine«, kichert Stéphanie.

»Und ich würde sagen, wir sollten jetzt eine Pizza essen gehen!«, schlägt Diana vor.

»Eine schnöde Pizza, Euer Hoheit? Das ist doch wohl nicht dein Ernst!«, protestiert Stéphanie. »Du wolltest sagen: Ein Festmahl muss her!«

»Das ist zu teuer!«, wehrt Diana ab. »Bo, kommst du?«

Ich komme.

Egal, wohin wir gehen, ich will mir auf keinen Fall die Gesichter der anderen Gäste entgehen lassen.

EPILOG

Draußen ist so schönes Wetter, dass viele Patienten im Park sind. Rollstühle, Besucher, weiß gestärkte Hauben ... In meinem hellbeigen Seidenkostüm finde ich mich sehr elegant. Selbstsicher gehe ich auf den Eingang zu.

Die Dame am Empfang lächelt mich freundlich an, doch beim Anblick meiner versehrten Hand zuckt sie zurück.

»O mein Gott, Madame Ancelin! Also, Sie sind ja wirklich vom Pech verfolgt!«

Wenn sie wüsste, wie sehr sie damit Recht hat, denke ich bei mir. Ich erzähle ihr, wie es passiert ist:

»Ein dummer Unfall, der Finger ist mir beim Zuschlagen einer Autotür zerquetscht worden.«

Sie schaudert vor Entsetzen.

»Dennoch, Sie sehen einfach glänzend aus!«, meint sie liebenswürdig.

»Heute habe ich Geburtstag, und da habe ich mir eine Sitzung bei der Kosmetikerin gegönnt.«

»Da haben Sie ganz Recht!«

Es stimmt, heute ist tatsächlich mein Geburtstag. Doch ich hatte keinen Termin bei der Kosmetikerin, sondern ich war beim Chirurgen. Es ging um die geplante Operation. Ich muss für einige Zeit von der Bildfläche verschwinden. Vorher will ich mich aber noch von Violette verabschieden, der das herzlich egal ist.

Was eindeutig beweist, dass man alles im Leben nur für sich selbst macht.

Als ich die Tür zu ihrem Zimmer öffne, fährt ein leichter Luftzug durch ihre weißen Haarsträhnen. Sie schläft, auf dem Rücken liegend, mit offenem Mund. Eine Woge der Zärtlichkeit ergreift mich beim Anblick dieser Frau, die mich in ihren Armen gehalten hat und nun meinen Namen nicht mehr weiß. Ich nähere mich leise und beuge mich über sie, um sie zu küssen. Und in diesem Augenblick sehe ich ihre weit geöffneten Augen. Sie sieht mich an, so wie sie es stets getan hat: ohne mich wahrzunehmen.

Ich berühre ihre Stirn, die Haut ist so weich wie die eines Säuglings. Ich schließe ihr die Augen und hauche ihr einen Kuss auf die runzlige Wange. Als ich ihr Lebewohl sage, stelle ich mir dabei vor, dass der kleine Lufthauch, den ich beim Eintreten verspürt habe, ihre entkräftete Seele war, die davonflog.

Die Tür öffnet sich, und die Oberschwester kommt mit einem breiten Lächeln herein.

»Nun, alles in Ordnung? Ruht sie sich ein wenig aus?«

»Sie ist mausetot«, sage ich so anmutig wie möglich.

Und als sie auf das kleine weiße Bett zueilt, gehe ich hinaus.

Es ist so schönes Wetter draußen.